O ADORÁVEL CAFÉ DOS DRAGÕES

A. T. QURESHI

O ADORÁVEL CAFÉ DOS DRAGÕES

Tradução
Ana Beatriz Omuro

Rio de Janeiro, 2025

Copyright © 2025 by Aamna Qureshi. Todos os direitos reservados.
Copyright da tradução © 2025 by Ana Beatriz Omuro por Editora HR LTDA.
Todos os direitos reservados.

Título original: The Baby Dragon Café

Todos os direitos desta publicação são reservados à Casa dos Livros Editora
LTDA. Nenhuma parte desta obra pode ser apropriada e estocada em sistema
de banco de dados ou processo similar, em qualquer forma ou meio, seja eletrô-
nico, de fotocópia, gravação etc., sem a permissão dos detentores do copyright.

Produção editorial	Cristhiane Ruiz
Copidesque	Rebeca Benjamin
Revisão	Rachel Rimas e Thais Entriel
Ilustração de Capa	Alex Cabal
Design de Capa	Ellie Game
Adaptação de Capa	Guilherme Peres
Diagramação	Abreu's System

Dados Internacionais de Catalogação na Publicação (CIP)
(Câmara Brasileira do Livro, SP, Brasil)

Qureshi, A. T.
   O adorável café dos dragões / A. T. Qureshi; tradução Ana
Beatriz Omuro. – Rio de Janeiro: Harlequin, 2025.

   Título original: The baby dragon Café.
   ISBN 978-65-5970-523-8

   1. Romance norte-americano I. Título.

25-268990   CDD: 813.5

Índice para catálogo sistemático:
1. Romances : Literatura norte-americana   813.5
Bibliotecária responsável: Eliete Marques da Silva – CRB-8/9380

Harlequin é uma marca licenciada à Editora HR LTDA. Todos os direitos reservados à Editora HR LTDA.

Rua da Quitanda, 86, sala 601A – Centro
Rio de Janeiro/RJ – CEP 20091-005
Tel.: (21) 3175-1030
www.harpercollins.com.br

Para Noor,
minha inspiração.

1

Saphira Margala mal teve tempo para respirar durante o dia. A Cafeteria dos Dragões andava bastante movimentada — o que era uma coisa boa, ela lembrou a si mesma, ainda que seus pés doessem.

Era finalzinho de março, o início da primavera. Cada vez mais pessoas saíam para passear na cidade, aproveitando os intervalos do almoço e os fins de tarde para caminhar pela rua principal, o que resultava em maior fluxo de clientes para a cafeteria.

Os dias também ficavam mais longos, com o sol brilhando forte por mais horas, e todos queriam aproveitar o tempo ameno. Se pusesse os pés lá fora, Saphira tinha certeza de que veria pelo menos meia dúzia de dragões voando sobre o vale, deleitando-se com a mudança de tempo após o longo e frio inverno.

Vale Estrelado era um santuário para dragões e seus tutores. A cidadezinha ficava entre estonteantes montanhas cobertas de neve, e o relevo era perfeito para o voo, proporcionando-lhes belas vistas de florestas, colinas e lagos.

Saphira amava observar os dragões adultos em pleno voo, fascinada. Naquele exato momento, estava diante da janela olhando às escondidas para as criaturas majestosas. Eram um pouco maiores do que a maior raça de cavalo, formando silhuetas nítidas, ainda que distantes, no céu. Eram criaturas deslumbrantes, de tirar o fôlego.

Quem dera seus filhotes fossem tão serenos.

Os monstrinhos em questão trouxeram sua atenção de volta para a cafeteria, que estava lotada de clientes que ocupavam a variada mobília e as mesas. Alguns dos filhotes acompanhavam os tutores em caminhas ou tocas, enquanto outros pulavam nos playgrounds ou nichos fixados nas paredes de pedra.

Saphira se enchia de orgulho ao ver os filhotes na cafeteria. Ela abrira a loja fazia seis meses, e aquele era o primeiro café a permitir a entrada dos dragõezinhos, o que entusiasmou o povo de Vale Estrelado. A maioria dos estabelecimentos proibia animais de estimação, e muitos até tinham placas com a inscrição FILHOTES DE DRAGÃO NÃO SÃO PERMITIDOS em letras garrafais.

Infelizmente, cada vez mais Saphira começava a entender o motivo disso.

Ela pegou as canecas vazias de uma mesa próxima e empurrou as cadeiras de madeira para dentro antes de levar a louça de volta para o balcão. Ao passar por um homem barbudo que tomava um gole de cappuccino e sua jovem filha que devorava um bolo de limão com framboesa, Saphira tomou o cuidado de olhar por onde andava para não pisar no dragãozinho que brincava entre as pernas da garota.

— Ah, me desculpe! — exclamou uma moça quando quase colidiu com Saphira por trás.

— Sem problema! — respondeu ela, dando um passo para o lado.

Infelizmente, ao fazer isso, ela colidiu sem querer com um filhote que dormia em uma caminha de pelúcia. O dragão acordou sobressaltado, lançando uma nuvem de chamas nas pernas dela.

O calor chamuscou a barra da saia de Saphira, que pulou para trás com um grito. O já familiar aroma de tecido queimado tomou conta do ambiente. *Fantástico.*

Todos os seus vestidos e saias passaram a ter marcas de queimado na barra, ou marcas de mordida, ou ambas. Saphira sabia que devia ser prática e usar calça, mas amava a sensação de vestir uma saia bonita. (Seu apreço pela estética em detrimento da praticidade era um problema real.)

Porém, quando Saphira olhou para o culpado, não conseguiu nem ficar brava. O filhote a fitou com olhinhos azuis e uma inocência estampada no rosto adorável. Saphira se ajoelhou e acariciou a pele escamada do dragão, que ficou feliz em se aconchegar ao toque dela.

Filhotes de dragão eram travessos que nem crianças humanas, mas também tão fofos quanto, se não mais. Saphira os amava muito, e era por isso que, quando abrir a própria cafeteria era apenas um sonho, os dragõezinhos já faziam parte da visão. Aos 25 anos, talvez ela fosse um pouco jovem demais para ser dona de um negócio, mas estava dando seu melhor.

Virando-se de volta para o balcão, Saphira ligou o moedor de café para preparar os próximos pedidos. Despejou a bebida gelada em um cálice de cristal e a quente em uma caneca de cerâmica decorada com margaridas, depois serviu os petiscos em pratos de aço.

Quando ficou tudo pronto, colocou as bebidas e os petiscos em uma bandeja, passando por mesas lotadas e cadeiras com pré-adolescentes tagarelando e casais apaixonados antes de chegar ao destino desejado.

— Um *cold brew* com espuma de açúcar mascavo para a sra. Cartwright e um *latte* de baunilha com leite de aveia para a sra. Li — disse Saphira, colocando as bebidas na mesa diante das duas senhoras.

Elas estavam sentadas à vontade em poltronas ao lado das janelas grandes e abertas, com um vaso de flores frescas e duas velas acesas sobre a mesa.

Saphira se agachou diante das caminhas de dragão aos pés das senhoras para dar os petiscos aos filhotes. Um era da raça opala, com olhos grandes e amarelos e escamas brancas iridescentes, enquanto o outro era da raça azura, com olhos azul-oceano profundos e escamas da mesma cor. Cada um tinha cerca de trinta centímetros, contando com as asinhas.

— Petisco de carne seca para o pequeno Thorn e balinhas de gengibre para o bebê Viper — anunciou ela, depositando os pratos de aço diante deles.

Com as mãos livres, ela então acariciou os filhotes. Eles responderam com arrulhos, satisfeitos, antes de atacarem os petiscos que Saphira guardava especialmente para os clientes reptilianos.

— Obrigada, querida — disse a sra. Cartwright, com os olhos enrugados por trás dos óculos.

Ela pôs as agulhas de tricô de lado para tomar um gole da bebida gelada, murmurando de satisfação.

— Você é um anjo — acrescentou a sra. Li, fazendo o mesmo. — Um verdadeiro *anjo.*

Saphira sentiu um calorzinho no peito e abriu um sorriso gigante.

— Se precisarem de mais alguma coisa, é só falar!

— Pulsos novos, talvez? — pediu a sra. Li, esfregando uma das mãos enrugadas. — Estes aqui sempre me dão problemas.

— Vou querer o mesmo — completou a sra. Cartwright, assentindo.

— Hum. — Saphira fingiu pensar. — Vou verificar na cozinha e aviso às senhoras! — Ela deu uma piscadinha, arrancando um sorriso das duas.

Bem naquele momento, um grunhido ressoou.

Ela olhou para baixo e viu que Viper tinha roubado um pedaço do petisco de carne seca de Thorn, engolindo-o em duas mordidas. *Ah, não.* O batimento cardíaco de Saphira disparou com palpitações. O pequeno Thorn não ia gostar nada disso…

Como esperado, Thorn reagiu lançando um jato de chamas em Viper, que sibilou, preparando-se para retaliar quando a sra. Cartwright fez um som de aviso para o filhote.

— Tsc, Viper, quietinho — ordenou a sra. Cartwright. — Sem briga.

— Thorn — chamou a sra. Li, em tom severo. — Comporte-se.

Os dragõezinhos relaxaram, abandonando a posição de luta, e Saphira soltou um suspiro de alívio. Dragões das raças azura e opala eram conhecidos por brigarem entre si; no entanto, como suas tutoras eram melhores amigas, Thorn e Viper eram obrigados a se entender, algo pelo qual Saphira era grata.

Ela não daria conta de mais um desastre, não tão cedo depois do último.

Apenas duas semanas antes, ela tivera que refazer o encanamento do banheiro depois que um filhote se empolgou demais na banheira, estragando todos os canos ao usá-los como mordedores. Não conseguira detê-lo antes que a ferinha danificasse a tubulação toda. A reforma lhe custara um bom dinheiro, e Saphira não estava a fim de gastar mais para cobrir os danos de uma briga entre os dois dragõezinhos.

Com um sorriso para a sra. Cartwright e a sra. Li, Saphira voltou ao balcão, mantendo os olhos atentos a mais sinais de problemas. Por sorte, todos os filhotes pareciam estar se comportando.

Ela amava os dragõezinhos, mesmo que eles fossem ímãs de confusão. Filhotes de dragão não conseguiam voar por muito tempo, não antes de crescerem um pouco, o que significava que estavam sempre pulando e esbarrando nas coisas. Também não sabiam controlar as próprias chamas, o que significava que viviam queimando os móveis.

Por sorte, os dragões atingiam a maturidade aos 2 anos e continuavam a se desenvolver até os 5, quando passavam a ser usados para deslocamento. Antes disso, porém, eram um perigo. Saphira pensou que poderia simplesmente ter feito a cafeteria à prova de dragão — usado apenas móveis de aço, imunes a mordidas e queimaduras —, mas qual seria a graça nisso? Ela adorara montar e decorar a cafeteria para que fosse a epítome do conforto. Tinha uma visão, ora!

O interior do lugar tinha um pé-direito alto e lindas paredes de pedra aparente, com janelas grandes e abertas, o que permitia a entrada de uma bela luz natural. Havia poltronas confortáveis perto das mesas da frente, cadeiras de madeira nas mesas do meio e, nos fundos, alguns sofás acolhedores com várias almofadas macias e mantas quentinhas.

Uma das paredes de pedra abrigava uma enorme lareira abastecida com lenha (o único lugar, supunha ela, que estava a salvo de desastres relacionados a filhotes de dragão). Havia estantes nos fundos repletas dos romances favoritos de sua avó, assim como alguns de seus próprios livros. Lâmpadas pendentes forneciam um brilho quente a toda a cafeteria, reforçado pelas chamas bruxuleantes de velas cítricas.

Havia toques do Império Mongol também, nos afrescos e nas obras de arte em madeira entalhada à mão que ela pendurara nas paredes, junto a fotografias emolduradas de arquitetura deslumbrante e lindos versos de poesia urdu (que não, ela não sabia ler, mas sim, tinha pesquisado a tradução antes de comprar), todos referências a suas origens.

Saphira odiava aqueles estabelecimentos com decoração minimalista e sem graça; embora a cafeteria pudesse ser considerada um pouco exagerada, parecia um lugar habitado, um lar. Ela a amava — mesmo que gastasse um tempo desnecessário reposicionando e renovando detalhes que os dragõezinhos haviam estragado.

Tinha planos de reformar o jardim dos fundos para ampliar o espaço, assim que arranjasse tempo (e dinheiro); até lá, porém, o salão interno era acolhedor o bastante para abrigar todos os fregueses e seus filhotes de dragão.

Não era o tipo de cafeteria para entrevistas ou reuniões, nem mesmo para estudar ou trabalhar. Era uma cafeteria para a qual se vai em um primeiro encontro para tomar um *latte*, para rever velhos amigos e tomar *chai*, ou para ler um livro perto da lareira saboreando uma caneca de chocolate quente com minimarshmallows.

Um lugar onde as pessoas *se conectavam* — onde podiam se sentir em casa. Onde se sentia o oposto da solidão.

Olhando ao redor da cafeteria naquele momento, era assim mesmo que Saphira se sentia. Ela observou os filhotes que pulavam entre os nichos nas paredes de pedra, para o grupo de amigos que ria com as canecas de café já vazias. A cafeteria estava cheia e aconchegante.

Era um sonho realizado. Saphira trabalhara em cafeterias desde o ensino médio, mas sempre almejara ter a sua própria. Ela costumava desenhar a decoração e criar cardápios nos versos de seus cadernos durante as aulas, quando deveria estar prestando atenção, e agora aqueles esboços tinham se tornado realidade.

Ela queria que Nani-Ma estivesse ali para ver isso.

Sua avó morrera fazia pouco mais de um ano; era a única família que restara a Saphira. Ela nunca conhecera o pai, e a mãe falecera quando Saphira era pequena. Fora Nani-Ma quem a criara. Quem a fizera ir atrás de seu sonho.

— Quando eu me for, você precisa me prometer — implorara Nani-Ma. — Prometa que vai fazer a cafeteria virar realidade.

— Prometo — jurara Saphira, apertando com força a mão da avó.

Uma semana depois, Nani-Ma partiu, e Saphira ficou sozinha. Ela não sabia como cumpriria a promessa até perceber o tamanho da herança que a avó lhe deixara.

Então, em meio ao luto, Saphira se agarrou a seu sonho, à visão que tinha. Vendeu o chalé em que moravam nas colinas e comprou aquele espaço na rua principal, indo morar no apartamento de um quarto no andar de cima. Precisou de seis meses de esforço incansável para fazer o café ganhar vida, e então, em outubro, a loja foi inaugurada.

Seis meses se passaram e, no final de março, as vendas estavam indo bem. Os filhotes causavam alguns problemas, mas Saphira recebia um pequeno subsídio da cidade por permitir dragões no estabelecimento, o que ajudava.

Ter um dragão era caro — mais custoso do que abrigar o melhor dos cavalos —, e não era só pela manutenção. Como dragões causavam muitos danos incontroláveis e imprevisíveis para a cidade, os condutores tinham que pagar um imposto especial, cuja arrecadação ia direto para os reparos.

Como na vez em que um dragão garneta que tinha acabado de aprender a voar colidiu sem querer com a fiação elétrica e deixou a cidade sem luz por uma noite. Ou quando um opala e um azura se desentenderam na rua principal e destruíram o coreto. Situações desse tipo.

Por causa disso, Saphira recebia um pequeno subsídio da cidade por criar um espaço que permitia a entrada de dragões. A princípio, ela pensou que o dinheiro extra era uma ótima oportunidade. Por que outras empresas não permitiam dragões em seus estabelecimentos e recebiam o pagamento? Como eram idiotas!

O sentimento de superioridade minguou depois do primeiro mês, no qual o subsídio foi gasto no reparo de quase todos os móveis da cafeteria. E tinha sido assim desde a inauguração: o dinheiro escorria de seus dedos antes que Saphira pudesse se dar conta, e ela tinha que usar suas economias para cobrir os custos dos consertos. Não tinha previsto como os dragõezinhos seriam incontroláveis.

Saphira não tinha mais nenhum dinheiro guardado, mal conseguindo se manter. Mas, desde que nada pegasse fogo naquela semana, ela tinha certeza de que tudo ficaria bem...

Infelizmente, o otimismo durou apenas cerca de uma hora.

— Flare, não! — gritou uma garotinha.

Saphira olhou para onde a garota perseguia o filhote. Era a mesma que estava comendo bolo de limão com framboesa junto do pai — Aziz, Saphira achava que era o nome dele.

— Tudo bem, Aziz? — perguntou Saphira, saindo de trás do balcão.

— Hana, precisamos fazer o Flare descer — disse Aziz à filha. — Me desculpe, Saphira, o Flare está um pouco agitado, é só isso.

Mas o filhote parecia mais do que apenas hiperativo. Ele tinha subido na mesa e pulava no ar, na tentativa de alçar voo.

— Flare, para! — bradou Hana, irritada, enquanto o dragão aterrissava no encosto de uma cadeira.

O dragãozinho tinha olhos travessos e, antes que Hana conseguisse detê-lo, ele pulou da cadeira outra vez, tentando voar.

Saphira pegou alguns melões-amargos fritos — os filhotes adoravam! — e estendeu a mão para Flare. Ao se aproximar, ele sentiu o cheiro da fruta e correu na direção dela. O dragãozinho arregalou os olhos de felicidade e pulou em Saphira, mas ver os melões pareceu deixar Flare animado demais. Saltando no ar e batendo as asas, ele abriu a boca. Saphira viu uma luz vermelha no fundo de sua garganta.

Ela sabia o que isso significava.

Sem hesitar, ela se agachou, cobrindo a cabeça bem quando as chamas passaram por cima dela. Alguns instantes depois, o calor se dissipou.

Com o coração acelerado, Saphira ficou de pé.

O cheiro de borracha queimada e aço quente encheu o ar. A cafeteria caiu em silêncio, todos os olhos voltados para a bagunça. *Meu Deus.* Devagar, Saphira se virou, e foi então que ela viu.

A máquina de café expresso. O centro tinha colapsado por completo, e Saphira congelou, encarando a massa derretida. As mãos dela tremiam.

— Ah, não, mil desculpas — disse Aziz. Ele levou a mão ao bolso, tirando algo de lá. — Aqui está uma cópia do meu seguro. Tenho certeza de que vão pagar por isso.

Ele entregou a Saphira um cartãozinho com informações. Tutores estavam acostumados a carregar consigo cópias do seguro Drakkon para situações em que seus dragões eram expressamente responsáveis por causar danos.

— Sem problemas — grunhiu Saphira, esforçando-se para abrir um sorriso despreocupado para Aziz e a filha. Ela conteve as lágrimas que se acumulavam nos olhos. — Obrigada.

De longe, Saphira ouviu Aziz repreendendo a filha ao saírem da cafeteria, mas ela mal prestou atenção nas palavras.

Saphira sabia que o seguro não arcaria com um gasto daqueles. O seguro Drakkon cobria somente até certo valor, e

Saphira tinha assinado um termo de renúncia logo que abriu o negócio reconhecendo aquele fato e o risco que estava assumindo ao permitir que filhotes de dragão entrassem no estabelecimento.

O seguro não tinha coberto o encanamento danificado do banheiro, e não cobriria uma máquina de café expresso de três mil dólares.

Uma sensação de pânico percorreu o corpo de Saphira. O que faria? Ela não tinha dinheiro para comprar uma máquina nova e, sem ela, como conseguiria manter uma cafeteria? A maior parte do lucro vinha dos *lattes* caros.

A ansiedade disparou dentro dela, e seus olhos marejaram. Ela logo piscou para segurar as lágrimas, forçando-se a respirar fundo e manter a calma. Não surtaria na frente dos clientes.

Talvez não fosse um desastre tão grande, disse a si mesma. Afinal, o cardápio era vasto. Com certeza ainda conseguiria lucro, mesmo sem a máquina de café expresso! Seriam apenas algumas semanas, pensou ela. Só até conseguir juntar dinheiro para comprar uma nova.

De uma coisa Saphira tinha certeza: ela não desistiria. Não podia. Não quando tinha investido tudo no café. Não quando tinha feito uma promessa a Nani-Ma.

— Tá tudo bem! — gritou ela para a cafeteria, exibindo seu maior e mais radiante sorriso. — Sinto muito por isso! Mas vocês sabem como são os filhotes!

Isso arrancou algumas risadas da clientela, e em pouco tempo todos voltaram a tomar um gole de suas bebidas, conversando entre si.

Durante os dias que se seguiram, Saphira continuou operando normalmente. Fazia doces e lanches, além de petiscos para os filhotes. Tinha os chás — preto, verde e de ervas — e outros tipos de café — coado, *drip*, *cold brew*. Tinha *chai* e refrescos e chocolate e *matcha*... mas nada de café expresso.

E, de repente, parecia que *todo mundo* queria café expresso!

A especialidade da Cafeteria dos Dragões, afinal, era o café torrado por dragões. Os grãos de café eram tostados com chama de dragão até desenvolverem um perfil doce e intenso, cheio de corpo e textura.

Já que os grãos eram torrados por mais tempo do que nas torras clara, média e escura, tinham um sabor especial e elaborado que brilhava nos *lattes*, que Saphira gostava de combinar com leite de aveia para obter o sabor amendoado. (Dava um ótimo *cold brew*, também, mas ficava sempre amargo demais para Saphira — ela preferia que a vida fosse doce, em todos os aspectos).

— Me desculpe — disse ela, recusando o pedido de mais um cliente que queria um *latte*. — A máquina nova já está a caminho! As coisas vão se normalizar em um ou dois dias, se puder aguentar só mais um pouco!

Mas as palavras eram como ácido na boca, porque eram uma mentira.

Naquela noite, o pânico se instalou. O dia de pagamento chegaria em dois dias, e ela mal tinha dinheiro na conta para pagar sua assistente.

Saphira se sentou no apartamento, assustada e sozinha, sempre sozinha. Era por isso que gostava tanto de trabalhar na cafeteria: lá, ficava cercada de pessoas o dia todo.

Quando ficava sozinha com seus pensamentos, tendia a se descontrolar — como estava acontecendo naquele instante. Lágrimas escorriam pelas bochechas, e a ansiedade percorria seu corpo. Ela sempre chorava com muita facilidade, dizia Nani-Ma.

— Você tem que amar a vida — apontava Nani-Ma, segurando o rosto de Saphira nas mãos e enxugando as lágrimas da neta. Saphira ouvia a voz da avó em sua mente. — Ame-a, mesmo se não tiver forças para isso.

— Estou tentando, Nani-Ma — falou Saphira para o apartamento vazio, a voz ecoando no silêncio.

Tudo que ela fazia era tentar amar a vida, mas era como se a vida não quisesse seu amor. Por que outro motivo era tudo tão difícil, o tempo todo? Ela queria descansar. Queria que as coisas fossem fáceis.

Enxugando as lágrimas, Saphira desceu a escada até a cafeteria que era seu sonho. Estava tão silenciosa, tudo vazio e imóvel. Sem o movimento dos clientes, Saphira podia apreciar todos os detalhes que faziam do lugar *seu*, mas o sentimento não era o mesmo.

Uma casa vazia não era um lar; era só mais um prédio.

Pela janela, ela notou que a cidade estava silenciosa, com todas as lojas fechadas. Chegou mais perto da janela, erguendo os olhos para o céu noturno, fitando as estrelas. Milhares delas eram visíveis, brilhando com força e certeza.

Foi daí que veio o nome da pequena cidade. Ali, aninhada entre as montanhas, era possível ver mais estrelas do que se podia contar, e a luz delas sempre brilhava sobre o vale.

Entre as estrelas, ela vislumbrava as silhuetas de alguns dragões e seus condutores em um passeio, e a melancolia familiar preencheu Saphira, que sentia aquele gosto amargo no fundo da garganta. Ela sempre desejara um dragão para chamar de seu — desejara um de maneira desesperada —, mas não pertencia a uma das famílias Drakkon, as que possuíam dragões havia gerações.

Anos antes, ela tinha feito as pazes com o fato de que nunca teria um dragão — e foi mais ou menos naquela época que teve a ideia de abrir a Cafeteria dos Dragões, um lugar onde poderia passar os dias perto daquelas criaturas, mesmo que nunca pudesse ter uma.

Ela transformara a ideia em realidade; abrira a cafeteria e se cercara de dragões. Tudo com a ajuda de Nani-Ma.

Nani-Ma, que dera tudo a Saphira, pedindo em troca apenas que Saphira realizasse seus sonhos.

Ela olhou ao redor da cafeteria, para todos os detalhes em que tinha pensado meticulosamente, cada centímetro planejado, cada peça escolhida com amor.

Então ela viu a máquina de expresso arruinada.

Saphira *tinha* transformado seu sonho em realidade, sim, mas como sustentá-lo? Ela não fazia ideia.

E foi por isso que Saphira permaneceu perdida em pensamentos — até notar as chamas.

2

Aiden Sterling estava tendo um dia horrível.

Para piorar, seu celular tocou pela milionésima vez em uma hora. Ele tirou o aparelho do bolso, dando uma olhada rápida na tela — mais um primo —, e no mesmo instante rejeitou a ligação. Estava perdendo o jantar em família, um ritual sagrado e bimestral para os Sterling, que estavam se revezando para tentar falar com ele.

Todos, menos a única pessoa que jamais ligaria para Aiden de novo.

Danny, seu irmão mais novo.

Danny, que tinha morrido.

E, sem querer falar mal dos mortos, mas... Danny, a causa de sua atual dor de cabeça. Quando Danny falecera, dois anos antes, surpreendera a todos deixando seu ovo de dragão ainda não eclodido para Aiden. Embora Aiden e Danny fossem irmãos, com apenas um ano de diferença ("Onze meses!", como a mãe amava corrigir, sempre que alguém dizia que tinham um ano de diferença), os dois não poderiam ter sido mais diferentes.

Danny era barulhento e irritante, e adorado aonde quer que fosse. Aiden sempre foi quieto, tímido e desajeitado. Danny passava os dias voando em seu dragão, resgatando animais abandonados ou perdidos, como quimeras, grifos, fênix e dragões. Aiden, por sua vez, preferia passar os dias em casa, em especial no jardim, onde ninguém poderia incomodá-lo.

Aos 28 anos, talvez fosse jovem demais para ser tão recluso, mas era o que ele preferia. Era tudo mais simples na segurança de casa. Ele sabia bem o que fazer lá e como cuidar das flores, que sempre respondiam à sua atenção com delicadeza. Preferia mil vezes a companhia das plantas à das pessoas e desejava muito estar em seu jardim naquele momento.

Em vez disso, estava na cidade, procurando um dragão bebê, que fora chocado havia apenas seis meses por seus pais em uma tentativa de forçar Aiden a tomar uma decisão: ou ele daria o ovo à família, ou cuidaria dele por conta própria.

Como o ovo era a última coisa que Danny lhe deixara, Aiden se recusava a abrir mão do dragão — e era por isso que estava correndo pela rua principal.

As ruas ficavam vazias àquela hora da noite; todas as lojas estavam fechadas. No entanto, o monstrinho pelo qual era responsável amava a fonte da cidade, e Aiden o levara lá na esperança de que o filhote de dragão se acalmasse.

Sparky fora um pesadelo o dia todo, e a paciência de Aiden tinha se esgotado já fazia dezoito horas. Primeiro, Sparky fizera Aiden passar a noite toda em claro com seu choro, porque os dentes do dragãozinho estavam nascendo.

Depois, já naquela manhã, ele tinha mastigado metade das flores de Aiden, quase arruinando o jardim.

O filhote então se pôs a fazer uma bagunça monumental na casa tranquila de Aiden, atacando-o sempre que ele tentava intervir. Mas, agora, depois de uma visita à fonte, Sparky estava mais bem-disposto, o que significava que ele não parava de correr, forçando Aiden a ir atrás dele.

Era enlouquecedor.

Aiden olhou para o céu noturno, fazendo uma careta para as estrelas cintilantes. Onde quer que Danny estivesse, Aiden tinha certeza de que estava se divertindo um bocado. Pela décima vez naquele dia, Aiden considerou vender Sparky. E, pela décima vez, sua consciência o censurou.

Sparky era tudo que Danny lhe deixara. Talvez tivesse sido uma brincadeira, já que Danny sabia que Aiden nunca se interessara por dragões, mas, mesmo assim, Aiden não abandonaria o presente de despedida do irmão.

Mesmo que o tal presente fosse um estorvo.

Lá ia o monstrinho, saltando dos braços de Aiden e lançando chamas ao céu.

— Sparky, não! — gritou Aiden.

Ele sentiu o calor no rosto e fechou os olhos para se proteger do fogo. Filhotes de dragão não causavam danos muito grandes — dragões adultos eram capazes de derreter o rosto de um humano —, mas isso não queria dizer que os bebês não pudessem causar algum estrago.

Aiden olhou ao redor para se certificar de que não houvera um desastre; por sorte, não parecia o caso. O som de um sinete soou no ar quando uma porta se abriu. Ele se virou e viu que estavam parados diante de um estabelecimento chamado Cafeteria dos Dragões.

— Tá tudo bem? — indagou uma voz que vinha da porta.

Os olhos dele recaíram sobre o que devia ser a mulher mais linda que já vira, e, de repente, Aiden sentiu o rosto quente por motivos completamente diferentes.

Ela era um pouco mais baixa que ele; usava um cardigã grande demais e um vestido com o que pareciam ser marcas de queimado na barra. Sua pele era de um marrom quente. Tinha um piercing dourado no nariz e o cabelo escuro estava preso em uma trança frouxa. Quando ela o fitou com cativantes olhos castanhos, ele ficou paralisado no lugar.

Aiden sabia por alto sobre ela e a cafeteria. Vale Estrelado era uma cidade pequena; todos se conheciam em alguma medida. Mesmo que Aiden quase nunca saísse de casa, ouvia o suficiente nas conversas da enorme família. Sua prima Emmeline fornecia café para a cafeteria, e só porque Aiden não era de falar muito não significava que fosse um péssimo ouvinte também.

A mulher era uma Margala... Qual era o nome dela? De repente, estava desesperado para saber, e ficou irritado por já não ter a informação. Pelo que lembrava, ela era poucos anos mais nova que ele e não pertencia a nenhuma das famílias Drakkon, então seus caminhos não tinham se cruzado antes (na verdade, o caminho de Aiden se cruzava com o de pouquíssimas pessoas).

— S-sim, desculpa — gaguejou Aiden, correndo atrás de Sparky, que se dirigia à porta aberta, quase saltitando de alegria.

A linda mulher soltou um gritinho quando Sparky passou por ela e entrou no estabelecimento.

— Sparky! — exclamou Aiden, sendo completamente ignorado. — Me desculpa — pediu, com medo de que a mulher ficasse brava, de que ele já tivesse estragado as coisas antes mesmo de os dois terem a chance de se conhecerem direito, sem que sequer soubesse o nome dela.

Mas ela o surpreendeu com uma risada, segurando a porta para que Aiden pudesse correr atrás do dragãozinho. Braceletes de ouro tilintavam em seu braço. Quando passou por ela, sentiu o perfume da mulher: rosas. Por um momento esqueceu o bichinho endemoniado e inspirou o aroma doce.

— Quem é esse anjinho? — perguntou ela, fazendo uma voz de bebê ao contemplar Sparky.

Aiden sempre achara que conversar com filhotes de dragão era coisa de gente louca, ainda mais com voz de bebê, mas, vindo dela, até que era encantador.

Sparky, ao que parecia, concordava. Ele se iluminou.

— Tá com fome? — questionou ela, agachando-se. Sparky arrulhou, um som que Aiden nunca ouvira do dragão. — Esse dragãozinho fofinho tá com fome?

Então ela aninhou Sparky nos braços, o que acendeu um sinal de alerta em Aiden.

— Não, eu não faria isso! — contestou ele, mas a preocupação pareceu em vão.

Enquanto Aiden teria recebido um grunhido e uma mordida, a mulher recebia um dragãozinho obediente. Sparky se acomodou nos braços dela com a maior alegria e boa vontade (Aiden não podia julgá-lo, mesmo).

Ela coçou debaixo do queixo de Sparky, e o dragão fechou os olhos, sorrindo. *Hã?* Aiden nunca vira o animal se comportar tão bem.

— Você tá *mesmo* com fome! Quer um petisco? — perguntou ela, ainda falando com voz de bebê.

Ela foi com Sparky para trás do balcão e puxou uma enorme jarra de vidro com batatinhas pretas, tirando algumas do recipiente. Tinham a aparência e o cheiro de pedaços de naan queimado.

A mulher jogou uma na própria boca (o que ele achou loucura), depois deu outra para Sparky, que ficou doido de alegria, aninhando a cabeça no tecido grosso do cardigã dela. Ela encarava o diabinho com afeto, e o diabinho a encarava com a mesma adoração.

Como ela fazia aquilo? A mulher tinha progredido mais com o filhote em seis minutos do que Aiden em seis meses. Ele ganhara mais arranhões, e mordidas, e queimaduras do que era capaz de contar!

— Você disse que o nome dele... dela... é Sparky? — quis saber ela, virando-se para Aiden.

Ele se sobressaltou ao se ver na mira daqueles magníficos olhos escuros.

Sua nuca começou a suar, e o coração batia rápido e irregular. Precisou de alguns instantes para se lembrar de que ela lhe tinha feito uma pergunta e estava aguardando uma resposta com a maior paciência.

— Isso, o nome dele é Sparky — conseguiu dizer Aiden. — De novo, sinto muito.

Ele precisava pensar em alguma coisa inteligente para falar além de se desculpar. Meu Deus, qual era o problema dele?

Aiden deu um passo na direção dela, estendendo os braços para Sparky. O dragão grunhiu no mesmo instante. Ah, lá estava o animal desobediente que ele conhecia tão bem.

A mulher riu.

— Acho que ele não gosta muito de você — disse ela, sorrindo para Aiden.

— Ninguém gosta — murmurou ele, lúgubre, mas ela não escutou. Ele pigarreou. — De novo, me desculpa. Meu nome é Aiden, aliás. Aiden Sterling.

— Saphira — respondeu ela, e Aiden sentiu uma onda de prazer ao descobrir seu nome. *Saphira.* — E não se preocupe, eu amo filhotes de dragão. Acho que nunca vi o Sparky por aqui antes…

Ela deixou a frase morrer no ar, como se tivesse se dado conta de alguma coisa. Seu olhar se voltou para Aiden, que viu Saphira ligar os pontos e perceber quem exatamente ele era.

— Ah, você é o irmão do Danny — constatou ela. — Sinto muito pela sua perda. Sei que são condolências bem atrasadas, mas… — Saphira parou de falar.

Em geral, Aiden odiava quando as pessoas mencionavam a morte de Danny, mas ela estava sendo sincera, os olhos castanhos arregalados. Ele sentiu um nó se formar na garganta.

— Obrigado. — Ele pigarreou. — Significa muito.

Todos em Vale Estrelado conheciam Danny em algum grau, e todos também sabiam como ele tinha morrido. Ela tinha razão: as condolências estavam um pouco atrasadas. Já fazia mais de dois anos que Danny se fora, mas Aiden ainda apreciava as palavras.

Mesmo assim, uma onda de pesar o atingiu.

— Bom, eu não queria incomodar.

Ele estendeu os braços para Sparky.

— Não incomoda — disse ela, dando um passo à frente para lhe entregar o filhote.

Quando Saphira passou Sparky para ele, sua mão roçou a dele, e uma corrente elétrica subiu pelo braço de Aiden. O pulso acelerou ao encará-la.

Quando percebeu em que colo estava, Sparky rosnou e mordeu a mão de Aiden, sem dúvida insatisfeito.

— Ah! — gritou Aiden, passando Sparky para a outra mão. — Nossa, eu odeio esse bicho.

— Mas ele é tão fofinho! — argumentou Saphira. — Não é, lindinho?

Sparky arrulhou quando ela acariciou sua cabeça. Mas, no momento em que Saphira recolheu o braço, Sparky aproveitou a oportunidade para tentar morder Aiden outra vez.

— Para com isso! — repreendeu Aiden.

Saphira deu uma risadinha.

Ela tinha uma covinha. Por motivos que Aiden não sabia explicar, isso era muito devastador para ele.

Ele queria flertar com aquela mulher encantadora, puxar papo, mas tivera um dia longo e estava cansado, não sabia o que dizer. Era por isso que, em geral, antes de sair, ele se preparava, ensaiando as falas em sua mente.

Mas ela o pegara de surpresa.

Quando se via em uma situação como essa, ele costumava fugir na primeira oportunidade. Mas era estranho, ele não queria ir embora, mesmo que estivesse se sentindo desconfortável e inseguro. Então, ficou ali parado, como um idiota.

Saphira o encarava com curiosidade, de olhos grandes e bem abertos. Havia algo de tão brilhante nela, tão sereno e cálido. Ela brilhava como a luz das estrelas.

Uma mecha de cabelo tinha se soltado; era uma pequena espiral perfeita. Ele quis passar o dedo pelos fios.

Aiden estava inquieto, nervoso. Era por isso que não saía de casa; nunca sabia como agir!

O olhar dele se desviou para trás de Saphira, onde viu o que pareciam ser os restos arruinados de uma máquina de café expresso.

— Parece que o Sparky não é o único travesso — disse Aiden, apontando para a máquina. — Um dragão fez aquilo?

Assim que as palavras saíram de sua boca, ele se encolheu por dentro. Era uma pergunta idiota. É claro que um dragão tinha feito aquilo! *Meu Deus!*

— Ah, sim — respondeu Saphira, suspirando. — Amo que o café abra as portas para os dragõezinhos, mas eles dificultam que as portas *continuem* abertas. — Ela avaliou a máquina de expresso derretida, a bagunça de metal que restara. — Uma cafeteria para filhotes de dragão é uma ótima ideia em teoria, mas, na prática, é muito fogo.

Os olhos de Saphira se encheram de lágrimas, e ela se apressou em piscar para reprimi-las. Aiden foi tomado pela necessidade de fazer algo, mas não sabia o quê.

— Eu... posso... hã... ajudar? — perguntou ele.

— Não, não, tá tudo certo! — garantiu ela, forçando um sorriso. — Quer dizer, não está, claro, mas tudo bem. Não tranquilo *de verdade*, mas vai ficar. Eu acho. — Ela respirou fundo. — Bom, vou deixar você ir embora!

Ela o estava dispensando. É claro que estava. Ele era tão inútil.

Saphira deu um passo para a frente, e o coração dele acelerou. Por um momento, Aiden pensou que ela o tocaria, e parou de respirar, mas Saphira só estava acariciando Sparky uma última vez. Ela ergueu a cabeça para Aiden com olhos nos quais ele poderia se afogar.

— Boa noite, Aiden — disse.

Ele sentiu um arrepio.

Aiden se virou e se dirigiu à porta, mas só deu dois passos antes de parar, com uma ideia se formando na mente.

— Espera — chamou ele, dando a meia-volta.

Saphira já estava subindo as escadas, mas parou ao ouvir a voz dele.

— O Sparky quer mais um petisco? — perguntou ela.

O coração dele acelerou. Talvez fosse uma ideia ruim; talvez ela não fosse aceitar; talvez ele não devesse nem perguntar. Mas, antes que pudesse pensar demais, ele deixou as palavras escaparem de uma vez:

— Sim… não, quer dizer… você estaria disposta a treiná-lo?

Ela arregalou os olhos, surpresa. Aiden já procurara adestradores antes, mas não tivera muita sorte. Qualquer pessoa que levasse jeito com dragões tendia a já ter um próprio e não queria outro para treinar, porque eles podiam dar bastante trabalho.

Mas lá estava Saphira e, até onde Aiden sabia, ela não tinha um dragão.

— Mas você é o condutor dele — afirmou ela.

O vínculo entre dragão e condutor era especial, inquebrável. Por isso, condutores sempre treinavam seus próprios dragões.

No entanto, Aiden passara os últimos seis meses tentando e não fizera nenhum avanço. Os Sterling eram uma das mais respeitadas famílias Drakkon à qual alguém poderia pertencer; ele vinha de uma linhagem de condutores. Todos os outros membros de sua vasta família tinham se afeiçoado a seus dragões de imediato, mas lá estava Aiden, ainda com dificuldade; um fracasso.

Talvez Saphira pudesse ajudá-lo. Ela sem dúvida amava dragões e levava jeito com eles, e…

— Vou te pagar, é claro — explicou Aiden, indo até ela.

Saphira estava no terceiro degrau, e Aiden teve que erguer a cabeça para fitar os olhos dela.

— Não sei — disse ela, hesitante, mas seus olhos vagaram até a máquina de expresso.

Diga sim, uma voz ecoava na mente dele. *Por favor, diga sim*. Quanto mais pensava, mais desesperado ficava para que ela aceitasse.

— Um adiantamento à vista. Que tal dois mil? — propôs ele. — Depois, pagamentos semanais. Quinhentos dólares está bom?

Ela ficou de queixo caído.

— É muita coisa.

— Posso pagar, se é com isso que você está preocupada — garantiu ele.

— Não, não estou — falou ela. — Conheço sua família.

Então ela voltou os olhos para Sparky. Desceu um degrau, e a respiração de Aiden falhou. Estavam perto o bastante para se tocarem. O sangue latejava nos ouvidos dele.

— Ok — respondeu ela. — Fechado.

3

Na manhã seguinte, Saphira acordou pouco antes do amanhecer para se aprontar para o trabalho. Os braceletes dourados tilintaram no braço quando ela tirou o pijama e colocou o vestido amarelo que a fazia pensar em creme de baunilha.

Foi a deixa para seu estômago roncar enquanto ela prendia o cabelo para trás em uma trança frouxa. Ela se perguntou se haveria sobras de pãezinhos de *elaichi* do dia anterior. Saphira quase não dormira durante a noite, então talvez o café da manhã lhe desse alguma energia. Mal conseguia funcionar antes de sua dose matinal de cafeína.

Assim que começou a contemplar o que comer, a campainha tocou no andar inferior. Ela saiu do pequeno apartamento e foi até a escada que levava à cafeteria, perguntando-se quem poderia estar lá àquela hora. Não tinha nenhuma entrega programada tão cedo assim. O sol nem sequer tinha nascido; o mundo ainda estava escuro.

Quando abriu a porta lateral e se deparou com uma figura alta e charmosa parada diante de si, Saphira lembrou *por que* mal conseguira dormir na noite anterior.

— Aiden! — exclamou ela, a voz aguda. — Oi!

Imagens dançaram na mente de Saphira: a cafeteria escura, um homem deslumbrante, um filhote de dragão. Ela pensava que o encontro tinha sido um sonho — decerto era algo que sua imaginação fértil teria roteirizado —, mas não, Aiden Sterling estava diante dela, carregando consigo seu bichinho adorável.

— Bom dia — falou Aiden, a voz rouca de tanto tempo sem falar.

Ela sentiu um arrepio ao ouvir o timbre grave dele, e sua aparência atraente não ajudava em nada, um fato impossível de ignorar. Todos na cidade já haviam tido uma quedinha por Aiden em algum momento, mas ele era conhecido por ser recluso, quase nunca visto. Ainda mais depois da morte de Danny.

Ele tinha um estilo simples, livre de acessórios, com exceção de um anel de sinete na mão esquerda, que parecia ser um brasão de família com uma pedra preta no centro que combinava com o cabelo grosso dele. A barba por fazer cobria as bochechas esculpidas e a mandíbula angulosa. Seus olhos escuros feito tinta faziam com que fosse difícil para Saphira perceber o que ele estava pensando ou sentindo, e ela o encarou.

Era tão misterioso, de um jeito incrivelmente sexy. Saphira notara isso na noite anterior, mas estava notando tudo de novo, mesmo à luz fraca do amanhecer.

Nos braços de Aiden estava o filhote adormecido, todo encolhido no peito dele. Saphira quase derreteu diante da imagem. Antes que pudesse desmaiar, porém, uma rajada de vento atingiu Aiden por trás, empurrando-o para a frente. Ele colidiu com ela sob o batente, e a luz do interior iluminou seu rosto.

Ele arregalou os olhos.

— Desculpa.

Ela riu.

— Isso foi minha avó me dando uma bronca por não ter te convidado pra entrar antes — disse ela, dando um passo para o lado. — Vem, entra.

Saphira fechou a porta atrás dele, mantendo o ar gelado da manhã do lado de fora. A cafeteria estava quentinha. Ainda não era época de desligar o aquecedor durante a noite, mas logo a primavera traria o tempo perfeito: luz do sol, brisas e pétalas dançantes no vento.

— Deixa eu buscar uma coisinha pra ele — falou Saphira, afastando-se de Aiden para pegar uma cama para Sparky.

Sparky era um dragão basalta, uma raça maior, o que significava que Sparky também era um dos maiores filhotes. Ele tinha escamas pretas e olhos roxos. Dragões basalta eram a raça mais cara de dragão devido à raridade. Também havia boatos de que eram a melhor raça para corrida de dragões, um esporte ilegal do qual Saphira não sabia muito além dos boatos.

Saphira não fazia parte de uma das famílias Drakkon, então sua exposição aos dragões fora em grande parte por conta da cafeteria, e lá ela só via mesmo os filhotes. O mais próximo que chegava de dragões adultos era quando eles voavam bem acima do vale, e ela os observava de longe.

Depois de buscar a caminha, Saphira a depositou no chão perto do balcão e, com cuidado, Aiden acomodou Sparky nela, parecendo estressado. Foi só quando Sparky estava dormindo em segurança que Aiden soltou um suspiro de alívio.

— É cedo — disse Saphira. — Não é de se espantar que o bichinho ainda esteja com sono. — Ela bocejou. — Queria estar dormindo como ele.

— Gosto de acordar cedo — respondeu Aiden.

Saphira lhe lançou um olhar curioso.

— Por escolha própria? Se eu não tivesse que me levantar nesse horário desumano pra arrumar a cafeteria, sempre acordaria tarde.

Os lábios de Aiden estremeceram. Ele não sorria com facilidade, Saphira notou, o que teria sido intimidador, já que tinha sido contratada por ele, mas havia algo em Aiden que a fazia se sentir muito à vontade.

— É bom acordar antes de todo mundo — comentou ele. — Tudo é tranquilo e silencioso. É ainda melhor na primavera, quando os passarinhos cantam a plenos pulmões.

— Que lindo — disse ela. — Nunca tinha pensado nisso desse jeito, mas você tem razão: traz certo conforto abrir a cafeteria de manhã, antes de todo mundo entrar e a correria do dia tomar conta.

— Falando em correria, é por isso que passei aqui tão cedo — explicou ele, tirando o celular do bolso da calça. — Queria pegar seus dados bancários pra poder mandar o primeiro pagamento, e queria falar com você antes que qualquer outra pessoa chegasse.

Saphira lhe lançou um olhar curioso.

— Você não gosta muito de gente, né? — indagou ela.

Saphira mal o via pela cidade.

Aiden ficou em silêncio. Saphira se perguntou se talvez não devesse ter dito aquilo. Não conseguia decifrá-lo muito bem. Ele era um pouco... rabugento, mas ela não sentia que era de um jeito antagonístico, como se estivesse bravo com ela ou o mundo. De novo, havia algo nele que a fazia se sentir tranquila.

Infelizmente, Saphira tinha o péssimo hábito de pensar sempre o melhor das pessoas, como Nani-Ma lhe dizia com uma risada afetuosa, balançando a cabeça: "Menina bobinha, se apaixonando por desconhecidos a torto e a direito".

Não era sempre de um jeito romântico; Saphira apenas ansiava por conexões humanas. Ela interagia com tantas pessoas todos os dias que era fácil alimentar aquele vício. O lado ruim era que, ao final do dia, depois que todos iam embora, ela ficava sozinha.

— Pode me passar seus dados bancários, por favor? — pediu Aiden, parecendo um pouco desconfortável. Ele falava como se tivesse ensaiado as falas em pensamento.

— Claro — afirmou ela, recitando o número do celular com facilidade. — Pode transferir o dinheiro para esse número — continuou. — Aí você já fica com o meu contato se precisar me mandar mensagem.

Saphira estremeceu por dentro ao ouvir as últimas palavras. Aquilo era *mesmo* necessário? Por sorte, a expressão de Aiden se suavizou.

— Bom saber — respondeu ele.

Ela observou enquanto Aiden digitava no celular e, logo depois, recebeu uma notificação no próprio aparelho.

Saphira foi pega de surpresa ao ver o valor. Ele dissera na noite anterior que lhe pagaria um adiantamento de dois mil dólares, mas ver aquela quantia em sua conta ainda era chocante.

Ela nem tinha começado a treinar Sparky, mas precisava com urgência do dinheiro. Iria para a compra de uma nova máquina de expresso, e a perspectiva a deixou satisfeita e aliviada.

Foi tomada pela culpa ao pensar na *quantia* que ele estava lhe pagando, mas Aiden devia estar desesperado, algo que Saphira não entendia nem um pouco. Ele era um Sterling, de uma antiga família Drakkon. Os ancestrais de Aiden voavam em dragões desde que os animais foram domesticados. Por que precisaria da ajuda *dela*?

Seu olhar vagou para onde Sparky continuava adormecido na caminha, e Saphira sentiu um calor se espalhar pelo corpo ao vê-lo, o que silenciou as perguntas em sua mente.

Ela queria um dragão para chamar de seu tanto quanto precisava de dinheiro. E, embora Sparky não fosse seu, e nunca fosse ser, talvez aquilo fosse o mais próximo que chegaria de ter um.

— Chegou? — perguntou Aiden.

Saphira piscou, voltando a se concentrar no homem à sua frente. Aiden a olhava com atenção, e o coração dela martelava por ter sido pega perdida em pensamentos.

— S-sim, obrigada — respondeu Saphira, guardando o celular e abrindo um sorriso radiante para ele.

Aiden assentiu.

— Tudo certo, então, vou indo — disse ele.

Aiden deu meia-volta e se dirigiu até a porta. Ela ficou com a sensação de que não tinha entendido alguma coisa. Sentiu um choque ao vê-lo se afastando, alarmada.

— Espera! — Saphira correu atrás dele. — O que você quis dizer?

Ele já estava quase na porta, suas pernas longas se movendo depressa.

— Você recebeu o dinheiro, não? — questionou ele, direto.

— Sim, recebi, mas eu não...

— Você vai treinar o Sparky, correto? Não foi esse o acordo?

Saphira pestanejou, confusa. Os olhos dela foram de Sparky para Aiden, que mexia os dedos, inquieto. Será que ela o ofendera? Ele parecia desconfortável.

Ele a encarava sem jeito, e ela se sentia sem jeito também.

— Você quis dizer treiná-lo neste exato momento? — perguntou ela, atônita. Saphira piscou. — Mas eu preciso trabalhar!

— Ah.

As bochechas dele ficaram rosadas. Por um instante, pareceu que Aiden estava se repreendendo em silêncio. Uma onda de desconforto a percorreu; ela tinha se sentido tão em sintonia com ele mais cedo, mas agora os dois pareciam desalinhados, e ela não gostava nem um pouco da sensação.

— É. — Saphira mordiscou o lábio inferior. — Acho que a gente deveria pensar com mais calma na logística dessa coisa toda — disse, tentando recuperar a naturalidade anterior. Ele assentiu. — Beleza. Mas, antes, café.

Ela voltou para a cafeteria, indo até o balcão. Um instante depois, Aiden a seguiu. Saphira tirou um *cold brew* da geladeira. Ela preferia os *lattes*, mas andava se virando com as outras bebidas enquanto a máquina de expresso estava quebrada. O cardápio da cafeteria também tinha drinques de fusão, como *chai lattes*, milk-shakes de *falooda* e refrescos de *rooh-afza*.

Aiden se aproximou, e ela fez um gesto para que se sentasse. Ele se acomodou em uma das banquetas e, enfim, os dois se encararam. Saphira aproveitou o momento para dar uma olhada melhor no rosto dele. Aiden tinha longos cílios que emolduravam os olhos negros insondáveis nos quais ela queria mergulhar. O restante de seu rosto fora moldado com linhas duras, como se tivesse sido entalhado em pedra, mas havia uma suavidade ao redor da boca enquanto ele a observava servir o café.

— O que você quer? — perguntou ela.

— Não quero nada, obrigado — respondeu Aiden, observando, alarmado, ela bombear uma quantia obscena de xarope de baunilha no *cold brew*.

— Vou preparar alguma coisa pra você de qualquer jeito, então é melhor me falar — avisou ela, despejando leite de aveia no próprio café, depois misturando.

Quando a bebida atingiu a cor certa, Saphira deu um gole. O golpe de cafeína foi imediato, e ela saboreou o gosto doce e amargo na boca, murmurando para si mesma.

— Não gosto de café — revelou Aiden, soando completamente sério.

Saphira arfou, de um jeito um pouco dramático, mas ele tinha dito algo horrível. Ela levou a mão ao peito como se tivesse levado um tiro.

— Não! — exclamou ela. — Desculpa, mas acabou, não posso trabalhar com você. Como assim, não gosta de café?! Não confio em gente que não gosta de café. Tipo, o que você está tentando provar? E também, por que se privar do sabor? Não faz o menor sentido!

— Desculpa, foi uma piada. — Os lábios dele se retorceram, e ele pigarreou. — Uma que você com certeza levou pro lado pessoal.

Ah, ele era um piadista! Saphira se sentiu instigada por isso, mesmo que não tivesse percebido a piada quando ele a fizera.

— *Ufa*. — Ela recuperou o fôlego. — Que alívio. Ok, de volta ao nosso acordo original.

Então Aiden sorriu, o que foi uma espécie de vitória pessoal para ela. Saphira nunca o tinha visto sorrir, e era um sorriso discreto, mas mesmo assim. Ele tinha um sorriso adorável.

— Posso tomar o mesmo que você está tomando, só que com bem menos açúcar. Não entendo muito de café.

— Nem se preocupe! Porque eu sou especialista.

Saphira preparou a bebida de Aiden com apenas uma quantia razoável de xarope de baunilha, depois a finalizou com espuma gelada. Ela polvilhou canela sobre um estêncil de coração, então passou o copo para ele.

Foi só quando colocou a bebida diante de Aiden que Saphira percebeu que o desenho de coração talvez tivesse sido um pouco além da conta. Ela estremeceu.

— É minha bebida de sempre — explicou ela, sentindo as bochechas quentes. — É superfácil, e é a que eu mais faço, e todo mundo gosta, e…

— É fofa — disse ele, dando um fim ao sofrimento de Saphira.

Os olhos de Aiden foram do café para ela, e o coração de Saphira acelerou. Aiden não parecia tê-la achado estranha. Saphira não queria mesmo que ele pensasse que ela era estranha ou exagerada. Ela podia se empolgar um pouco às vezes, e ele já tinha mostrado ser mais o tipo forte e calado. Mas ele não parecia se importar; parecia contente.

Saphira sorriu.

— Tá bom, experimenta — incentivou, observando com apreensão enquanto ele dava um gole.

Saphira observou a longa linha do pescoço de Aiden se mexer enquanto ele engolia, distraindo-se um pouco.

— É muito bom. — Ele parecia surpreso. — Nunca tomei isso antes, mas gostei.

Saphira bateu palminhas para si mesma.

— Oba!

Então ela deu um gole na própria bebida também. Ficaram ambos em silêncio por um momento na cafeteria.

— Vamos aos negócios: o que eu vou fazer com o Sparky o dia inteiro? — perguntou Aiden.

— A cafeteria funciona das oito às cinco — informou Saphira —, então posso treinar o Sparky depois disso, no horário que for mais conveniente para você.

Aiden refletiu.

— Pensei que o Sparky pudesse passar o dia aqui — revelou ele. — Já que você tem as caminhas, os nichos e outros filhotes para o Sparky interagir.

— Bom, se ele fosse treinado, sim, isso não seria muito difícil — respondeu Saphira. — Mas, como ele não é treinado, talvez seja meio complicado. As três grandes etapas no treinamento de um filhote de dragão são aprender a controlar o fogo, aprender a interagir e aprender a voar.

O desejo intenso de Saphira de ter o próprio dragão a levara a adquirir esse conhecimento, para tornar seus devaneios mais vívidos.

Um arrepio percorreu seu corpo quando ela se deu conta de que seus devaneios estavam se tornando realidade com Sparky.

— É, ele não sabe fazer nenhuma dessas coisas, e é mesmo muito malcriado — falou Aiden, a voz virando um resmungo.

Ele arregaçou a manga e mostrou para Saphira a marca de mordida no antebraço como evidência da afirmação.

Saphira fez uma careta. Era um ferimento pequeno, nada muito feio, mas, mesmo assim, a imagem a deixou chateada. Ela lutou contra a vontade de estender a mão e tocar a pele de Aiden.

Saphira pigarreou.

— Como ele não é treinado, acho que não é uma boa ideia deixá-lo na cafeteria — disse ela, retomando o foco. — Eu teria que ficar o tempo todo de olho para ele não se machucar ou se perder. Ele é um bebê!

Filhotes de dragão precisavam de cuidados tão atentos quanto bebês humanos porque eram muito vulneráveis a predadores, que podiam ser outros animais mágicos adultos, como quimeras ou grifos, ou mesmo outros dragões. Dragões adultos sabiam se cuidar, e era por isso que podiam vagar à vontade sob a proteção das montanhas e colinas que rodeavam o vale.

A cafeteria era segura, mas, do lado de fora, os tutores precisavam ter cuidado com caçadores ilegais — havia aqueles que sequestravam dragões e os vendiam no mercado clandestino pelo maior preço. Como dragões basalta eram muito raros, Sparky seria um alvo ainda maior.

Saphira ouvira que aqueles dragões eram então usados em corridas. Ela não sabia se os rumores eram verdadeiros, mas, quando se tratava de segurança, cautela nunca era demais.

— Você tem razão — concordou Aiden, suspirando. — Eu deveria ter pensado nisso. Não sei onde estava com a cabeça... — Ele parecia chateado consigo mesmo.

— O que você tem feito com o Sparky esse tempo todo? — perguntou Saphira, chamando a atenção dele. — Não dá pra continuar fazendo isso? — Ela parou, se dando conta de uma coisa. — *O* que você *faz*, aliás?

Saphira não sabia muito sobre ele, ninguém sabia. Aiden era uma pessoa muito reservada, e ela estava morrendo de curiosidade. Queria saber quem ele era.

Saphira disse a si mesma que estava afoita desse jeito só porque era uma pessoa curiosa, que gostava de conhecer os outros, mas não podia negar que havia algo em Aiden que a deixava mais interessada do que o normal.

Eles iam trabalhar juntos, afinal; devia ser isso.

— Tenho minha própria empresa de paisagismo — explicou ele, parecendo um pouco relutante ao falar sobre si mesmo. — Eu projeto jardins.

— Ah, legal! Tipo os Bloomsmith? — perguntou ela. — Sempre vejo a placa deles pela cidade.

Aiden coçou a nuca, desviando o olhar.

— Hã, é... Na verdade, eu sou os Bloomsmith.

— Ai, meu Deus! — exclamou Saphira, impressionada de verdade. — É *você*? Eu AMO o seu trabalho! A primavera é minha estação favorita por causa das flores.

Ele dispunha as coisas de um jeito tão maravilhoso: as cores, as formas, as alturas variadas e os espaços vazios intencionais.

— Não é para tanto — disse Aiden, acanhado.

— Não, nada disso! — falou ela.

Havia uma sinfonia no trabalho dele que transmitia o cálculo e a reflexão cuidadosos por trás dos arranjos, um verdadeiro olhar artístico. O talento de Aiden fazia com que caminhar pela cidade fosse um deleite, tão agradável quanto andar pelas ruas no meio do inverno com a neve caindo. A diferença é que aquilo não era um fenômeno natural; era ele.

— Você deixa a cidade toda linda. É incrível.

Embora ele não conseguisse olhá-la nos olhos, Saphira podia ver que Aiden estava contente com os elogios.

— Já que é primavera, vou estar muito ocupado — explicou ele logo em seguida. — Os negócios foram devagar no inverno, de qualquer forma. Não tive muita coisa para fazer ainda, então cuidar do Sparky não foi um problema. Mas já estou cheio de clientes particulares e públicos, como a prefeitura. Não posso ficar andando com o Sparky por aí.

— Por que não? — perguntou ela, olhando para o anjinho tranquilo.

— Porque ele é um demônio — respondeu Aiden, seco. — Ele vai estragar tudo. É por isso que precisa ser treinado.

— Por que você não pede para sua família ficar com ele ou algo assim? — questionou Saphira.

Aiden hesitou.

— Danny o deixou pra mim — afirmou Aiden, em voz baixa. Perder o irmão dois anos antes devia ter sido difícil de um modo inimaginável; Saphira podia ver como a perda ainda era sentida. — Não tenho coragem de desistir do Sparky, mesmo que ele seja uma praga.

Saphira notou que havia algo mais ali, alguma outra razão que Aiden não queria revelar, mas ela não queria se intrometer.

— Não tem ninguém em quem você confia para cuidar do Sparky durante o dia? — perguntou ela. — Você não tem uma irmã?

— Genevieve — disse Aiden, assentindo. — Ela é muito nova. Tem 19 anos, está na faculdade e não dá conta da responsabilidade.

Saphira já a vira na cidade. Genevieve era amiga de sua colega de trabalho, assistente e melhor amiga, Lavinia.

Aiden suspirou, frustrado, e Saphira teve a sensação de que ele estava procurando qualquer solução para se livrar de Sparky, o que a deixou confusa. Não fazia sentido, porque estava claro que ele não queria se livrar por completo do filhote o deixando aos cuidados da família Sterling — pessoas que poderiam tomar conta dele muito bem —, mas, ao mesmo tempo, Aiden não parecia entusiasmado para passar tempo com Sparky. Parecia estar jogando o dragãozinho em cima de Saphira.

Ela não pensaria muito no assunto, decidiu. Precisava do dinheiro e queria passar tempo com o filhote.

— Vou pensar em alguma coisa para a parte da manhã — afirmou Aiden, terminando a bebida. — Você pode treinar o Sparky no fim da tarde, quando tiver fechado a cafeteria? Posso deixar ele aqui, se não tiver problema.

— Tudo bem, pode ser assim — confirmou ela.

Aiden se levantou e, bem naquela hora, os dois ouviram uma certa comoção quando Sparky acordou. Ele olhou em volta, assimilando os arredores até pousar os olhos em Saphira. O dragãozinho se iluminou, animado.

— Sparky, não! — repreendeu Aiden quando ele pulou em uma cadeira, depois em uma mesa.

Descontente por ter sido censurado, Sparky sibilou, depois lançou um pequeno anel de fumaça na direção de Aiden, que o afastou abanando as mãos.

— Sabe, além do treinamento do filhote, o condutor também precisa ser treinado — comentou Saphira, saindo de trás do balcão. Ela deu um petisco para Sparky, que o comeu todo contente. — É importante para o vínculo entre condutor e dragão, algo em que vocês dois precisam trabalhar.

Aiden não parecia muito entusiasmado com a ideia, o que ela achou estranho. Por que ele não ia querer criar um vínculo com o próprio dragão?

— Não se preocupa com isso — disse Aiden, parando de frente para ela. — E obrigado por tudo.

— Não precisa me agradecer — respondeu ela.

Era um acordo benéfico para ambos, afinal.

Aiden piscou, e ela se distraiu com o movimento dos cílios escuros dele. Saphira quis tocar as curvas, sentir o toque leve como pluma contra a ponta do dedo.

Ela ergueu a cabeça para Aiden, encarando seus olhos escuros, perguntando-se que pensamentos estariam rodeando aquela cabecinha linda enquanto ele a observava. O olhar de Aiden era incandescente, e ela sentiu um calor subir pela coluna e se espalhar pelo peito.

Aiden estava quieto, imóvel, até o pescoço se mexer quando ele engoliu em seco. Ele cheirava a café; seus lábios ainda estavam úmidos. Saphira teve uma vontade estranhíssima de ficar na ponta dos pés e experimentar o sabor dele.

O pensamento fez o coração de Saphira acelerar. Ela estava congelada no lugar, em transe...

— Hã... oi? — chamou uma voz, interrompendo o momento.

Saphira se virou e viu uma mulher na porta lateral.

Aiden deu um passo para trás, como que escaldado.

— Até mais — disparou ele, pegando Sparky, sibilante, e saindo com pressa.

Saphira se sentia tonta.

Assim que Aiden partiu, Lavinia Williams se aproximou.

— O que tá rolando? — questionou ela, de olhos arregalados e boca aberta.

— Não faço ideia do que você está falando — respondeu Saphira, sem encontrar o olhar de Lavinia enquanto começava a tirar as cadeiras de cima das mesas.

Ela olhou para o relógio: faltava pouco menos de vinte minutos para a cafeteria abrir! Havia tanto a fazer!

Se ao menos o coração dela pudesse parar de bater tão rápido...

— Como é? — indagou Lavinia, parando na frente de Saphira.

Lavinia era baixinha e tinha o corpo curvilíneo, com cabelo cacheado e grandes olhos inocentes. Naquele momento, parecia estar à beira de um ataque de riso.

— Será que dá pra parar o falatório e voltar ao trabalho? — disse Saphira, a boca trêmula.

Ela sempre sentia vontade de rir quando estava com Lavinia, o que era perfeito, já que elas se viam muito.

Lavinia tinha 22 anos e trabalhava como assistente da cafeteria de Saphira desde a inauguração, enquanto tirava um ano sabático antes de começar a faculdade de veterinária no outono. Ela tinha a grande ambição de cuidar de animais mágicos.

— Vou parar o falatório quando você me disser quem é aquele homem lindo e por que ele estava aqui no raiar do dia quando não tem mais ninguém acordado — falou Lavinia. — Ele passou a noite aqui? Se você tiver um contatinho secreto que escondeu de mim, eu vou me demitir!

— Meu Deus, não — disse Saphira, as bochechas ardendo. — Ele não passou a noite aqui!

— Tá bom, então o que ele estava fazendo aqui tão cedo? — perguntou Lavinia, lançando um olhar desconfiado para Saphira.

— A gente só estava conversando! — respondeu Saphira, a voz aguda. Então estreitou os olhos para Lavinia. — E o que eu te falei sobre interromper quando os adultos estão conversando?

Era uma piada recorrente entre as duas: Lavinia, aos 22 anos, era uma criança pequena, enquanto Saphira, aos 25, era uma adulta de verdade.

— Eu sei, eu sei, as crianças não devem interromper — reconheceu Lavinia, abaixando a cabeça. — Peço desculpas.

— Exato. — Saphira se abanou, e Lavinia abriu um sorrisinho. — Não me olha assim! — ordenou.

— Só tô esperando você me dizer o que tá rolando! — avisou Lavinia. — Quem é ele, afinal?

— Aiden Sterling — respondeu Saphira. — Ele está me pagando um valor exorbitante pra treinar o filhote de dragão dele, o que significa que posso encomendar uma nova máquina de expresso pra cafeteria.

— Exorbitante o suficiente para pagar entrega expressa? — quis saber Lavinia. Saphira assentiu. — Uaaaaaau. Então você só estava sendo uma mulher de negócios perspicaz.

— Sim — replicou Saphira. — Exato. Cem por cento isso aí.

— Adorei. Apoio completamente essa decisão — endossou Lavinia. — E ele ganha pontos extras por ser um grande gostoso.

— Sabe que eu nem reparei? — falou Saphira, colocando uma mecha solta de cabelo atrás da orelha.

— Sei, sei… *Por que* você ia reparar? Você estava apenas olhando nos olhos dele como se quisesse se perder neles.

Saphira deu um gritinho de indignação enquanto Lavinia dava risadinhas.

— Não tenho tempo pra isso! Tenho uma cafeteria pra administrar!

— Dá pra fazer as duas coisas ao mesmo tempo!

As duas riram. Saphira e Lavinia se conheciam havia anos; ambas tinham trabalhado juntas em uma casa de chá nas montanhas até Saphira abrir o próprio estabelecimento e Lavinia abandonar o lugar para se juntar à amiga. A casa de chá era mais sofisticada, enquanto o negócio de Saphira na rua principal era muito mais acolhedor. Grande parte daquela atmosfera se devia a Lavinia.

— Tá bom, mas a gente precisa mesmo trabalhar — disse Saphira, uma declaração que se pegava fazendo com frequência quando ela e Lavinia se distraíam no meio de uma conversa.

Elas voltaram a arrumar a cafeteria, e Saphira encomendou a máquina de expresso, escolhendo a opção de entrega mais rápida para que chegasse até a manhã seguinte. Ainda estavam organizando as coisas quando uma batida soou na porta lateral.

— Eu atendo — anunciou Lavinia, indo até lá.

— Deve ser o Theo — falou Saphira.

Lavinia abriu a porta, que revelou um garoto franzino com cabelo escuro e ondulado e pele marrom. Ele usava uma camisa de flanela com as mangas arregaçadas e estava com um dos braços sujo de farinha.

— Bom dia, meninas — disse Theo Noon, carregando caixas de guloseimas assadas com um cheiro divino.

— Bom dia — respondeu Lavinia, ficando na ponta dos pés para beijar a bochecha de Theo.

Ele era trinta centímetros mais alto que ela e era o assistente da padeira. Estava lá para fazer uma entrega.

Lavinia pegou algumas das caixas, dando um sorriso afetuoso. Theo também era o melhor amigo de infância de Lavinia — *apenas* amigo, como Lavinia sempre dizia quando Saphira perguntava se por acaso haveria algo mais entre os dois.

— O que você tem pra mim? — perguntou Saphira, entusiasmada para ver o que Theo trouxera.

Havia os itens de sempre — croissants, muffins, bolinhos, cookies —, mas ela não estava interessada nisso. Ela queria ver o que *Theo* tinha feito.

Ele ainda era um mero aprendiz e entregador na padaria, e não tinha permissão de preparar as próprias receitas para o cardápio. Mas o rapaz gostava muito de sobremesas de fusão do Sul Asiático. Saphira amava isso, e era perfeito para sua cafeteria. Ela queria manter toques de cultura desi no café, para sentir que Nani-Ma ainda estava a seu lado e se manter conectada a suas origens. Então Saphira fizera um acordo com a padaria para permitir que Theo lhe trouxesse uma receita original de sua autoria toda semana, como item exclusivo da Cafeteria dos Dragões.

— O especial são bolinhos *bundt* de *gulab jamun* — disse Theo, abrindo a caixa para mostrar os doces.

Os bolinhos cor de caramelo tinham um cheiro divino, de cardamomo e açafrão, e eram decorados com um glacê branco e pétalas de rosa.

— Ah, adorei! — exclamou Lavinia, prestes a pegar um.

— Obrigada, Theo — falou Saphira. — Aceita uma bebida antes de ir?

— Eu daria tudo por um *iced latte* — respondeu Theo. O olhar dele se voltou para a máquina de expresso, que estava quase toda coberta por uma enorme placa de DANIFICADA. — Ah.

— A máquina nova chega amanhã! — contou Saphira.

O rosto de Theo se iluminou.

— Legal! É isso aí, time!

Os dois comemoraram com um toque de mãos, depois ficaram batendo papo até a abertura oficial da cafeteria e os clientes começarem a entrar. Quando Lavinia ficou ocupada demais para entretê-lo, Theo se despediu com um aceno.

Os clientes assíduos ficaram igualmente aliviados quando Saphira lhes contou que as bebidas feitas com café expresso estariam de volta no dia seguinte. Tinham sentido falta de seus *lattes* e cappuccinos, mas ficaria tudo melhor, ficaria tudo bem.

Saphira tinha chegado longe demais para desistir. Enquanto comia um pedaço do bolo de *gulab jamun*, pensou em Nani-Ma. *Vou te deixar orgulhosa*, prometeu.

4

Saphira tinha acabado de se sentar, aproveitando o que parecia ser uma brecha para descansar ao final do dia, quando viu uma figura atraente aparecer na porta da frente. A pulsação dela acelerou do jeito mais ridículo.

Ela se forçou a se acalmar — ele era seu patrão! —, então se levantou e foi atender a porta. A cafeteria estava silenciosa e vazia; todos os clientes tinham ido embora, e até Lavinia partira depois de ajudar Saphira a fechar. As pernas dela estavam doloridas de passar o dia todo de pé e correndo de um lado para outro.

Quando abriu a porta, porém, uma onda de energia a percorreu, como se tivesse virado uma dose de expresso da máquina ainda por chegar. Saphira tentou dizer a si mesma que era por causa do filhote de dragão, e não do seu tutor.

— Sparky! — exclamou Saphira com entusiasmo.

O dragãozinho ergueu a cabeça, também feliz em vê-la, o que só a deixou mais exultante. Ele reconhecia Saphira e a cafeteria.

Ele se iluminou quando Saphira sorriu.

Aiden dirigiu um olhar incrédulo ao filhote em seus braços.

— Juro que ele estava sibilando pra mim há dois segundos — disse Aiden, fazendo uma careta.

Saphira conteve uma risada.

— Entrem — chamou ela, acariciando as escamas negras de Sparky.

Depois que Saphira fechou a porta, estendeu os braços para Sparky, perguntando-se se o filhote iria até ela.

Sparky respondeu saltando dos braços de Aiden e pulando diretamente nos dela, com tamanha força que os joelhos de Saphira vacilaram. Aiden estendeu a mão para ajudá-la a se equilibrar, tocando-a de leve no cotovelo, e uma corrente elétrica a percorreu.

Saphira sentiu as bochechas quentes. Ela evitou olhar para Aiden; então, voltando toda a sua atenção para Sparky, disse:

— Oi, meu pequeno *golu-molu*, como vai?

Sparky arrulhou, sem dúvida adorando ser coberto de afeto. Saphira arriscou uma espiada em Aiden, que os observava com uma expressão bem-humorada.

— O que foi? — perguntou ela.

— O Sparky não tá acostumado a esse tipo de tratamento — respondeu Aiden.

— É o que ele merece! Meu bebezinho lindo — falava Saphira, com a voz mais infantil e doce quando de repente percebeu que talvez isso fosse estranho.

Ela parou, dando uma olhada em Aiden, mas ele não parecia perturbado, apenas um pouco entretido.

Saphira ainda não conseguia decifrá-lo; ele era estoico e austero. Na verdade, Aiden parecia um pouco grosseiro porque era muito calado, enquanto ela era muito falante; porém, quando prestava atenção, Saphira começava a perceber as pequenas sutilezas da expressão dele: uma ruga ao redor dos olhos, uma linha de sorriso perto da boca.

E, por algum motivo, Saphira estava prestando muita atenção.

Ela se convenceu de que com certeza *não* era por conta da beleza desnorteante de Aiden, mas porque ela queria ser uma boa treinadora para o filhote de dragão dele. Mas, ao mesmo tempo, parecia de fato importante reconhecer como Aiden era deslumbrante, porque, *uau*...

— Gostaria de alguma coisa? — perguntou ela, lembrando-se das boas maneiras e indo até os fundos da cafeteria vazia. Ela pôs Sparky no chão, e ele trotou ao lado dela. — Sobraram uns bolos de *gulab jamun*. O Theo deixou aqui de manhã, e ele sempre faz alguns a mais pra mim, porque sabe que amo um *gulab jamun*, principalmente com *chai*.

Aiden fez uma careta, mas foi tão rápido que ela pensou ter sido apenas imaginação. Continuou falando:

— Falando nisso... ainda não tomei meu chá da tarde, então posso botar a chaleira no fogo, se você quiser, ou fazer um *chai* de verdade?

— Ah, não, obrigado — disse ele, e Saphira percebeu que Aiden não tinha entrado. Continuava parado na porta.

Saphira estreitou os olhos e foi até ele. Aiden a encarava, parecendo constrangido. Então, pigarreou.

— Bom, vou te deixar à vontade.

Antes que ela soubesse o que estava acontecendo, Aiden se virou, prestes a ir embora. Saphira o segurou pelo braço.

— Espera!

Aiden olhou para onde a mão dela estava, ao redor de seu antebraço, e as pupilas dele se dilataram. Saphira sentiu as bochechas corarem. Soltou o braço dele, embora a pele de sua palma estivesse quente devido ao contato.

— Aonde você vai? — quis saber ela, a voz aguda. — Não vai ficar?

Ele coçou o queixo.

— Ah... não.

Saphira ficou horrorizada. Não tinha como treinar o filhote sem o condutor.

— Mas como vocês dois vão se conectar? — perguntou Saphira. — Desenvolver o vínculo condutor-dragão?

— Não estou preocupado com isso — respondeu Aiden. — Só quero que você o treine.

Ele estava sendo tão insensível. Saphira fez uma careta. Ela não entendia.

— Ele é seu dragão — argumentou Saphira, odiando o quão reclamona soava. Talvez não soubesse o suficiente para falar do assunto; afinal, não pertencia a uma família Drakkon. Mesmo assim, ela continuou: — Você vai ser o condutor dele, Aiden. Vocês dois precisam criar um vínculo.

Então algo se abriu na expressão dele, um lampejo de emoção intensa. Por um momento, pareceu que Aiden responderia, mas se deteve. Respirou fundo. Ele engoliu em seco, levando mais um instante para enfim dizer:

— Não quero atrapalhar.

— Você não vai atrapalhar! — replicou ela, tentando convencê-lo. — Não precisa fazer nada, sério, pode só assistir... pelo bem do Sparky.

Saphira baixou os olhos para Sparky a seus pés; ele estava esfregando a bochecha na perna dela, as escamas do rosto roçando de leve sua pele. O dragãozinho a olhava com os enormes olhos roxos, e ela sentiu o coração se encher de ternura. Ela daria tudo para ter um filhote de dragão só para si. Aiden parecia não entender a honra e o privilégio que tinha. Sim, ele estava permitindo que Saphira treinasse Sparky no momento, mas o filhote era *dele*. Sparky sempre pertenceria a Aiden, e Aiden sempre pertenceria a Sparky. Mesmo assim, ele não estava interessado em proteger aquele vínculo sagrado.

Aiden queria apenas abandonar Sparky!

— O Sparky não vai sentir minha falta — disse Aiden.

Realmente, não parecia que Sparky sentiria tanta falta de Aiden, mas Saphira sentiria. O pensamento a atingiu de surpresa. Ela ansiara o dia inteiro por passar tempo com ele. Queria conhecê-lo. O desejo era uma semente enterrada bem fundo no solo de seu coração.

E agora ele estava indo embora!

— Você não vai ficar mesmo? — insistiu ela.

Não conseguia pensar em nada inteligente para dizer, nenhum motivo para atraí-lo. Tudo o que ela tinha para oferecer era a verdade: uma mistura de descrença e decepção.

Mas por que ele se importaria? Aiden não a conhecia; não tinha motivo para se deixar influenciar pelas emoções de Saphira.

Porém, quando ele voltou os olhos escuros para ela, o ar ficou preso em sua garganta. O calor percorria seu corpo enquanto ela sustentava o olhar de Aiden.

Por um momento, ele pareceu convencido. Sem dúvida estava em conflito quanto a alguma coisa, às voltas com algum dilema nas profundezas da mente.

Aiden se aproximou dela. Saphira inalou o aroma de sua colônia, um cheiro rico e terroso, misturado com hortelã.

— Sinto muito, Saphira — disse ele, a voz grave. Um músculo se contraiu em sua mandíbula, e o timbre profundo da voz reverberou por ela. — Preciso ir.

Aiden tocou a mão dela, depois se virou para ir embora. Enquanto Saphira o via partir, sentiu a pele formigar, parecendo chamuscada pelo contato. Sentiu o toque leve feito pluma por todo o corpo e desejou que Aiden desse meia-volta e ficasse.

Mesmo assim, ele partiu.

5

Aiden saiu da cafeteria para a noite fresca. Mesmo que já fosse primavera, os fins de tarde continuavam um pouco frios. Ele sentiu um calafrio e disse a si mesmo que era por conta do tempo — e não da culpa que lhe corroía por dentro.

Ele jogou a cabeça para trás e suspirou. Seus olhos contemplaram as estrelas cintilantes que cravejavam a noite aveludada. O brilho o fez pensar no reluzir dos olhos de Saphira, na forma como se iluminaram quando ela abriu a porta. Aiden tinha certeza de que ela só estava feliz por ver Sparky, mas, mesmo que a luz de Saphira não fosse direcionada a ele, ainda podia sentir o calor de seus raios.

O que só fez Aiden se sentir mais culpado ao pensar em como a luz se esvaíra do rosto dela quando ele disse que ia embora. A lembrança quase o fez dar meia-volta, mas Aiden continuou adiante, caminhando pela rua principal, e depois rumo às colinas onde ficava o chalé que chamava de lar.

Quanto menos se envolvesse, melhor. Para começo de conversa, Aiden seria apenas um estorvo, porque Sparky nem gostava dele. A última coisa de que precisava era que Saphira visse a falta de tato — a falta de noção — que ele tinha com o próprio filhote de dragão, enquanto ela parecia ter nascido para aquilo.

Quanto ao vínculo condutor-dragão, ele sabia que Saphira estava certa. Era importante. Mas também sabia que não podia criar um vínculo com Sparky por causa do que isso significaria. Aiden mexeu no anel de sinete na mão esquerda. No centro havia uma pedra de basalto escuro, com o brasão da família Sterling.

Se Aiden se vinculasse a Sparky, quando o dragão chegasse à fase adulta, Aiden teria que voar nele. Os dragões ficavam deprimidos se os condutores os negligenciassem, sobretudo jovens dragões. Os dragões cujos condutores faleciam costumavam se vincular a outro membro da família, enquanto os dragões mais velhos ficavam satisfeitos em se aposentar.

Um jovem dragão como Sparky precisaria do condutor. Embora voar em dragões fosse uma prática linda e harmoniosa, algumas famílias não paravam por aí — elas competiam em corridas, um esporte que tinha sido proibido havia muito tempo por causa do perigo tanto para os dragões quanto para os condutores.

Infelizmente, os Sterling tinham sido os pioneiros da corrida de dragões. Não era segredo para ninguém no vale que um Sterling recebia um ovo de dragão ao completar 21 anos, treinava a criatura e depois passava a competir. Aiden nunca quis isso, e foi por esse motivo que nunca chegou a ter um dragão. Mas seu irmão, sim.

Danny fora um campeão — fazendo jus ao nome dos Sterling.

Era algo que Aiden nunca entendera — como Danny podia participar de algo tão perigoso? Só por diversão?

— Não é perigoso se você souber voar. — Era o que Danny sempre respondia toda vez que Aiden protestava.

Dizia isso com sua expressão característica: um brilho nos olhos escuros, o cabelo bagunçado pelo vento, um sorriso maroto nos lábios. Danny tinha dominado a arte de parecer que não se importava.

Ele era sempre tão cheio de vida e adorava a adrenalina das corridas de dragão, algo com que Aiden nunca conseguiu se identificar, muito menos aprovar.

Danny sempre gostou de perigo, e foi isso que levou a seu fim. Ele não morreu em uma corrida, mas em uma missão para resgatar um ninho de quimeras de um incêndio florestal.

Aiden não era tão corajoso quanto Danny — ele sabia que, se criasse um vínculo com Sparky, acabaria sendo pressionado a participar das corridas, o maior orgulho da família. E não teria forças para recusar. Não sem Danny. Alguém precisava defender o bom nome dos Sterling.

A irmã mais nova era jovem demais para ter um dragão, mas ele faria o que quer que fosse para garantir que Ginny também nunca se envolvesse com as corridas.

Então sobrava apenas Aiden.

Quando Danny morreu e Aiden descobriu que o irmão lhe deixara um ovo de seu próprio dragão — uma grande basalta chamada Cinder, que morreu com ele —, Aiden não tinha a menor intenção de chocar aquele ovo. Também não queria abandonar o filhote; afinal, era tudo que lhe restara do irmão. Aiden se contentou em não fazer nada — não estava realmente preocupado com o ovo de dragão ou com seu destino, não quando seu único irmão e melhor amigo tinha morrido.

Estava triste demais para fazer qualquer coisa, e nada disso importava. Ovos de dragão ficavam muito bem se não fossem chocados de imediato, mas ainda precisavam de cuidados para que não se deteriorassem, uma tarefa que ele deixara para os pais e a ampla equipe de cuidadores de dragão da família.

Os Drakkon sempre tinham numerosos ovos de dragão em suas reservas, para que cada membro da família pudesse ganhar o próprio dragão quando chegasse à idade. Genevieve logo pegaria um ovo de sua escolha para chocar quando fizesse 21 anos, dali a dois anos. Aiden nunca escolhera um e não tinha a menor intenção de fazer isso; a família com frequência tentara persuadi-lo a mudar de ideia, mas ele não cedera — nem mesmo quando Danny lhe deixara um ovo havia dois anos.

Então, seis meses antes, Aiden recebeu uma ligação para informá-lo de que seu ovo havia chocado e era hora de tomar uma decisão. Ele ficara chateado, mas os pais lhe disseram com bastante delicadeza que o ovo chocara por conta própria, coisa que pelo visto acontecia de tempos em tempos. Aiden não sabia o suficiente sobre dragões para contestar a afirmação, mas suspeitava que eles tivessem interferido um pouco na questão (como pais autoritários costumam fazer) para forçá-lo a se decidir.

Ou ele deixava o bebê aos cuidados da família, ou o treinava por conta própria.

Bom, ele com certeza não ia abrir mão do dragão, então surpreendeu a todos escolhendo criar o filhote ele mesmo — decisão que fora seu inferno particular nos últimos meses. Até ele conhecer Saphira, um raio de luz na escuridão. Com Saphira em sua vida, Aiden sentia que tudo daria certo. Desde que ele mantivesse o foco no que era importante: Sparky. Com Saphira o treinando, Sparky ficaria bem e, mais importante, ficaria *a salvo*. Longe dos Sterling, longe das corridas. Era por isso que Aiden precisava ficar de fora do treinamento — era o melhor para todos eles.

Aiden precisava que Sparky ficasse bem, mesmo que não fosse afeiçoado ao monstrinho. Fora por isso que ele não dera Sparky para um de seus primos ou parentes — Sparky era tudo que lhe restara de Danny. Sparky era filhote da dragão fêmea de Danny, Cinder, e Danny amara muito Cinder; a dupla tinha um dos vínculos mais profundos que Aiden já vira.

Aiden não permitiria que o dragãozinho se envolvesse com o perigo das corridas.

Sparky estava em boas mãos com Saphira. Enquanto Aiden seguia para casa, lembrou-se de como ela tinha coberto Sparky de beijos, do quão afetuosa e alegre a dona da cafeteria era. Aiden admirava isso nela.

Estava tão acostumado a ser uma pessoa fechada que era estarrecedor ver alguém ser tão aberto, tão livre. Podia fazer até mesmo um homem como ele querer ficar por perto, se ao menos um pouco da luz dela pudesse iluminá-lo.

Ele quase ficou quando ela lhe pediu com aqueles enormes olhos castanhos, mas teve que ser firme. As corridas eram perigosas porque os dragões ficavam muito excitados e sedentos de sangue. A corrida em geral terminava com pelo menos um dos condutores, ou dos dragões, ou ambos, feridos, se não à beira da morte. E era por isso que a prática era ilegal, mas é claro que as famílias Drakkon tinham seus interesses protegidos.

Com um sobressalto, Aiden percebeu que tinha chegado em casa, parando diante da porta. Às vezes, perdia-se tanto nos próprios pensamentos que se esquecia de todo o resto a seu redor. Ele costumava apreciar a estrada sinuosa que levava ao chalé, contemplando a visão das folhas retornando às árvores, dos botões que logo desabrochariam, mas não tinha notado nada disso naquele dia, de tão absorto que estava.

Pegou as chaves e entrou em casa, inspirando o aroma de hortelã. Tinha um monte de espécies de hortelã por toda a casa; seu chá era muito calmante para ele. Aiden não era muito de beber café, e fora por isso que ficara tão surpreso naquela manhã quando gostou de verdade da bebida que Saphira lhe oferecera. (Ele se perguntou se fora o café, ou apenas ela, que lhe agradara tanto.)

Deixando as chaves na mesa da frente, Aiden ligou as luzes, revelando o conforto de sua casa. Ele gostava de manter o lugar limpo, e por isso o ambiente tinha uma decoração esparsa, com apenas a mobília necessária e alguns vasos de plantas.

Havia certa bagunça na direção da mesa de jantar, notou ele, cortesia de Sparky naquela manhã, que não ficara feliz de deixar a cafeteria de Saphira e voltar para casa com Aiden. Sparky fizera toda a correspondência de Aiden sair voando por todo lado, e agora ele recolhia os envelopes espalhados, colocando-os em uma pilha organizada sobre a mesa.

Com um suspiro, olhou ao redor. A casa estava silencio-sa, com um ar sinistro. Aiden mal tivera um momento de paz desde que Sparky saíra do ovo. Decidiu se deleitar no silêncio e foi até a cozinha, separando os ingredientes para fazer o jantar.

Estava em paz, preparando um prato de arroz com frango que não fazia havia muito tempo. Em geral, com Sparky pulando de um canto ao outro, Aiden se resignava em preparar refeições rápidas e comê-las ainda mais rápido, antes que o dragão causasse algum dano permanente.

Depois que terminou de cozinhar, Aiden se sentou e comeu, observando o chalé, com uma sensação estranha no peito. Estava esperando apreciar tudo aquilo, mas em vez disso se sentia... solitário.

E, quando se sentia solitário, sentia falta do irmão. Como uma dor de dente que se consegue ignorar o dia todo quando está fora, por aí, conversando e rindo, mas que dói no momento em que se deita para dormir, a dor de repente destacada pelo silêncio.

Sempre que Aiden sentia falta de Danny, também se sentia culpado por todas as vezes em que ficara irritado ou impaciente com o irmão. Danny sempre fora agitado — um pouco como Sparky —, e às vezes (ok, talvez muitas vezes) Aiden só queria um pouco de paz e silêncio. Não queria passar tempo com Danny, sair em uma grande aventura — só queria ficar em casa.

E, depois que Danny tinha partido, Aiden pensava em todas aquelas vezes que poderia apenas ter dito sim. Todas as vezes que deveria ter cedido e passado tempo com o irmão. Seu melhor amigo.

Talvez ele *devesse* ficar quando Saphira estivesse treinando Sparky.

Em geral, não gostava de ficar perto de outras pessoas, sobretudo pessoas desconhecidas, mas havia algo de inexplicável nela. O jeito como olhava para ele, curiosa. Aiden achava que talvez Saphira pudesse de fato *vê*-lo e entendê-lo, se ele deixasse.

Não tinha que criar um vínculo com Sparky... Sparky ainda poderia ficar bem. Ele poderia só assistir! Estava mais interessado na treinadora do que no dragão.

A campainha tocou, interrompendo sua linha de raciocínio. O coração dele deu um salto doloroso, e Aiden levou a mão ao peito. Seria ela? Invocada por seus pensamentos?

Ele se levantou e foi direto até a porta, o coração palpitando. Mas, quando a abriu, viu uma pessoa totalmente diferente.

Era sua prima, Emmeline.

— Ah. — Ele murchou. — O que você tá fazendo aqui?

— Oiê — disse ela, beijando a bochecha de Aiden, ao que parece ignorando o humor azedo do primo.

Envolta em uma nuvem de perfume, ela entrou, os saltos estalando no chão. Aiden fechou a porta atrás da prima enquanto ela tirava o casaco, revelando um vestido de seda provavelmente muito caro.

Os olhos dela estavam delineados com *kohl*; seus lábios, pintados com batom vermelho-sangue. Parecia que tinha acabado de sair de uma festa glamorosa, mas Aiden a conhecia bem o suficiente para saber que aquele era apenas um dia comum para a prima.

Ela pendurou o casaco, depois se virou para ele com um sorriso deslumbrante.

— Nossa, é bom te ver também! Eu estou bem, obrigada por perguntar. Sim, é claro que eu quero jantar, que gentileza sua! O que você fez?

Emmeline foi até a mesa, sentando-se no lugar de Aiden. Jogou o longo cabelo preto para trás, depois começou a comer do prato do primo, que estava quase intocado. Aiden estivera distraído demais pelos próprios pensamentos para focar na comida.

Pegando um segundo prato, ele se serviu de outra porção, depois se sentou ao lado de Emmeline. Nenhum dos dois estava de fato irritado; estavam acostumados à natureza um do outro.

Aiden não tinha amigos — como a diferença entre ele e Danny era de apenas um ano, ele nunca precisara de amigos porque sempre tivera o irmão —, mas Emmy era a única dos muitos primos de quem ele era próximo.

— Aaah, isso tá uma delícia — elogiou Emmeline. Depois, ela olhou ao redor. — Cadê o Spark? Dormindo?

— Não.

— Tááááá. — Emmeline agitou o garfo. — Cadê ele? O que tá rolando? Você não anda atendendo nenhuma ligação, então me mandaram ver como você está, já que eu sou sua prima favorita e coisa e tal.

— Não conta para o Oliver — disse Aiden, referindo-se a um dos primos.

Emmeline revirou os olhos, perfurando um pedaço de frango com o garfo.

— Ollie sabe o lugar dele. E, se não souber, eu farei questão de lembrá-lo disso.

Isso arrancou um sorrisinho de Aiden. Apesar de ser um ano mais nova que ele, Emmeline era incrivelmente determinada e mandona.

— De volta ao que importa: cadê o Sparkyzinho?

— Com uma treinadora, na verdade — respondeu Aiden. — Primeiro dia.

O rosto de Emmeline se iluminou; ela estava intrigada.

— Uma treinadora? Isso é uma novidade interessante.

— É.

A resposta rendeu a Aiden mais um revirar de olhos.

— Não me venha com essas respostas monossilábicas. Preciso de detalhes.

Então Aiden contou à prima sobre a noite anterior — como Saphira fora ótima com Sparky, como estava claro que ela precisava do dinheiro extra, e como estava claro que ele precisava de uma ajuda extra. Pedir a ela que treinasse Sparky parecera a solução mais fácil para todos aqueles problemas.

Aiden não vira nada de estranho no arranjo que tinha criado, mas Emmeline reagiu com tanto entusiasmo que ele ficou preocupado. Ela quase gargalhava.

— Por que você está tão esquisita? — Ele fez uma careta. — Para, por favor.

— Eu amo a Saphira — disse ela, ignorando o pedido. — Forneço café pra ela, mas é claro, você já sabe disso.

— Sei.

— Ela é tãooooo querida e legal e *bonita*. — Emmeline lhe lançou um olhar incisivo, que Aiden ignorou. — Ela é mesmo uma expert com os filhotes. Já a vi na cafeteria, ela é incrível. Tão paciente, gentil e animada! É surpreendente, considerando tudo pelo que ela passou, e como está fazendo tudo sozinha.

— Ah.

Pelo que ela passou? Por que ela está sozinha? Aiden estava desesperado para ter mais informações, mas não queria transparecer; do contrário, Emmeline nunca o deixaria em paz.

— Ela não tem família por perto? — perguntou ele.

Aiden não acompanhava as notícias sobre todos da cidade. Mal acompanhava a situação dos próprios parentes mais distantes.

— Não — respondeu Emmeline, tomando um gole de água. — Ela foi criada pela avó, que faleceu pouco tempo atrás. Era a única parente viva dela, acho. Saphira usou a herança pra abrir a cafeteria.

— Vocês duas são próximas? — quis saber Aiden.

Emmeline era muito sociável, fazia amizade com todo mundo, mas não parecia ser próxima de ninguém — exceto da família —, até onde Aiden sabia.

— Com certeza gosto muito mais dela do que de outras pessoas daqui — falou Emmeline, respondendo depois de refletir sobre a pergunta. — E ela é a única pessoa da cidade que sabe fazer um *chai* decente, então vou à cafeteria de tempos em tempos pra matar a vontade.

O que significava que elas eram amigas; se Emmeline não gostasse de Saphira, não seria uma cliente regular da cafeteria.

— Quando comecei a trabalhar com ela, fiz questão de fazer uma checagem completa de antecedentes e levantar todos os detalhes — continuou Emmeline —, mas a coisa da herança foi a própria Saphira que me contou. Quase todo mundo sabe. Dá pra ver pela cafeteria também, os toques que são uma homenagem à avó, é só prestar atenção da próxima vez. Até mesmo algumas das receitas, como o *chai karak* e o chá *kashmiri*, são da Nani-Ma dela.

— Eu *prestei* atenção — resmungou Aiden, embora tivesse prestado mais atenção em Saphira do que na cafeteria.

Emmeline o encarou de modo sugestivo, como se lesse seus pensamentos. Ele a fuzilou com os olhos.

A cafeteria era uma extensão de Saphira — ele se lembraria disso da próxima vez que a visitasse.

Não era de se surpreender que ela estivesse tão determinada a garantir que o lugar fosse um sucesso.

— E os pais dela? — perguntou Aiden.

Emmeline deu de ombros.

— Não sei sobre o pai, acho que ele nunca fez parte da vida dela.

— E a mãe?

Emmeline arregalou os olhos escuros.

— É aí que a coisa fica interessante... A mãe dela morreu durante uma corrida.

— Merda — sussurrou Aiden.

Era tão comum que pessoas morressem nas corridas que, mesmo que Aiden tivesse ouvido falar da morte da mãe de Saphira, o nome dela teria sido um entre muitos.

— Pois é — respondeu Emmeline, recostando-se na cadeira e esvaziando o ar das bochechas. — A mãe dela comprou o dragão de um caçador ilegal, e você sabe como são essas coisas.

Pessoas que não pertenciam às famílias Drakkon tinham dificuldade para adquirir dragões porque eram muito caros, e não era só uma questão de dinheiro — dragões eram altamente exclusivos. Mesmo com dinheiro, era difícil achar um. Por isso, os interessados recorriam ao mercado clandestino.

— De que tipo era? — perguntou Aiden.

— Opala — revelou Emmeline.

Aiden ficou aliviado de não ser um basalta. Os Sterling eram a família Drakkon encarregada da raça basalta. Os opalas eram responsabilidade dos Cartwright, e Aiden sabia que, mesmo que a mãe de Saphira tivesse dinheiro, os Cartwright não teriam vendido para ela. Eram seletivos com quem deixavam entrar em seu clubinho Drakkon.

Dragões do mercado clandestino eram ainda mais difíceis de adestrar porque, quase sempre, tinham sido sequestrados e mantidos em condições ruins até serem amansados pelo caçador ilegal, depois preparados para a venda.

Quando um dragão e seu condutor não criavam um vínculo apropriado, a corrida nunca ia bem, o que devia ter sido o caso da mãe de Saphira.

— Você sabe o que dizem sobre condutores não Drakkon — continuou Emmeline, balançando a cabeça.

Aiden sabia, sim, e não era nada bom. Ele tinha consciência de que as falas quase sempre vinham de uma postura esnobe e classista, porque condutores não Drakkon não eram condutores ancestrais, mas infelizmente também havia algo de verdadeiro no fato de que pessoas não Drakkon — que não nasciam e cresciam perto de dragões, com gerações de conhecimento para guiá-las — não conduziam tão bem, o que em geral não importaria. No entanto, nas corridas, onde mesmo condutores habilidosos corriam perigo, não dominar a técnica apropriada podia ser fatal.

Era uma cultura que se retroalimentava. As famílias Drakkon detinham o dinheiro, o poder e a fama, então alguns não Drakkon pensavam que, se conseguissem se destacar nas corridas, receberiam o mesmo respeito e posição social, motivo pelo qual tentavam — talvez tivesse sido por isso que a mãe de Saphira tentara também. Mas as pessoas quase nunca tinham sucesso, o que só reafirmava a crença dos Drakkon em sua superioridade e seu merecimento.

— Esse negócio todo é tão repulsivo — disse Aiden, fazendo uma careta.

Ele sempre odiara as corridas de dragão, mas a ideia de que elas tinham machucado Saphira de um jeito tão pessoal a fez odiá-las de um jeito novo que ele não conseguia expressar muito bem em palavras.

— Concordo que é perverso — comentou Emmeline, dando de ombros. — Mas é assim que as coisas são. O que a gente pode fazer?

Uma preocupação atravessou Aiden.

— A Saphira sabe? — perguntou ele. — Sobre a mãe?

Emmeline balançou a cabeça.

— Acho que não. Você sabe que as fofocas de corrida costumam ficar em segredo, assim como as corridas.

Aiden soltou um palavrão baixinho. Ele precisava proteger Saphira daquela informação; isso só a machucaria. E precisava seriamente ficar longe dela, também.

As corridas de dragão tinham matado a mãe de Saphira. Se ela descobrisse que a família de Aiden estava envolvida naquele negócio, não ficaria nem um pouco feliz. A última coisa que Aiden queria era que ela o odiasse.

E aquele era o plano original mesmo — *ficar longe*.

Então por que ele se sentia tão decepcionado?

6

Fazia duas semanas que Saphira vinha treinando Sparky, e ela achava que estava se saindo muito bem, na verdade. Passara a primeira semana se familiarizando com o dragãozinho, fazendo com que ele se sentisse seguro e confortável com ela antes de começar o treinamento de fato.

Treinar um dragão era bastante delicado porque era preciso fazer isso com o dragão ainda bebê. Quando cresciam, ficavam muito caóticos e difíceis de controlar e se recusavam a aprender qualquer coisa. Por isso, os primeiros dias eram cruciais.

Aos poucos, Saphira conseguiu fazer com que Sparky não fosse tão hiperativo. Ele não precisava passar o tempo todo pulando de superfícies e mordendo coisas, ou estar em movimento constante. Saphira passava um bom tempo brincando com ele, usando petiscos para recompensar o bom comportamento, e Sparky parecia estar respondendo bem a seus comandos.

Saphira também tentara fazer Sparky pegar um pouco mais leve com Aiden, a não grunhir ou morder tanto sempre que o tutor vinha buscá-lo, mas isso era difícil com a recusa contínua de Aiden em participar do treinamento com Sparky.

Ele a elogiara pelas tentativas na noite anterior. Quando chegou para buscar Sparky, o dragãozinho foi de bom grado até o homem, sem sibilar ou fazer careta, e sem arranhar ou morder também.

Aiden ficou hesitante, esperando que algo desse errado, mas Saphira lançou um olhar severo de alerta para Sparky, e o dragão se acomodou com calma ao lado das pernas do tutor.

Ela soltou um suspiro de alívio, e Aiden ficou impressionado.

— Você domou o monstrinho — disse ele.

Sparky continuou bem-comportado, uma visão que fez o peito de Saphira inflar de orgulho.

— Meu gogluzinho é um menino tão bonzinho! — exclamou ela, afagando Sparky.

Ela coçou as escamas negras sob o queixo dele, e Sparky arrulhou.

— Tem certeza? — perguntou Aiden. — Talvez ele só esteja cansado.

— Não, ele não está cansado. Ele é bonzinho mesmo! — defendeu Saphira, indignada por Sparky.

— E se eu tentar provocar ele, só pra garantir? — questionou Aiden, entretido, os olhos escuros brilhando.

— Não!

Saphira segurou a mão de Aiden antes que pudesse cutucar a fera, e ele parou no meio do movimento. Tarde demais, ela percebeu que ele a estava provocando. O canto de sua boca esboçava um meio-sorriso.

Até que ele olhou para onde a mão dela tocava a dele.

A barriga de Saphira se revirou quando ela seguiu o olhar de Aiden e viu a própria mão cobrindo a dele, o polegar pressionado no pulso do homem. Sua mão parecia tão pequena contra a dele.

Então Aiden se desvencilhou.

Mesmo depois que ele foi embora, o coração de Saphira levou algum tempo para se acalmar.

Houve momentos breves como aquele espalhados pela semana que a deixaram desesperada por mais, mas Aiden só ficava ali por um instante, partindo em seguida. Saphira estava irritada por ele nunca ficar por lá. Aiden era tão rabugento.

Isso a fez ser ainda mais afetuosa com Sparky, para que ele não notasse que seu condutor nem sequer se dava ao trabalho de aparecer, muito menos de criar um vínculo.

De um jeito egoísta, Saphira gostava de ter Sparky todo para si. Estava se divertindo muito com ele. Mesmo que ficasse exausta ao cair da noite, era muito empolgante e simplesmente maravilhoso ter Sparky por perto. Ele era uma criaturinha vibrante. E, por um tempo, ela podia fingir que tinha mesmo um dragão para chamar de seu.

Ela o treinava na cafeteria depois de fechar ou saía para passear com ele. Sparky saltitava e flutuava a seu lado. Sparky gostava muito dela, e Saphira via que ele estava dando o seu melhor para ser um bom dragãozinho.

Antes de Sparky, ela costumava passar os fins de tarde na cafeteria silenciosa ou no apartamento silencioso. Estava acostumada ao silêncio desde o falecimento de Nani-Ma, mas Sparky trouxe vida para ambos os lugares. Era bom não estar sozinha.

Quase bom *demais*, preocupava-se ela. Talvez estivesse se apegando muito. Quem sabe precisasse de uma segunda opinião.

Saphira terminou de arrumar as mesas naquela manhã, depois pegou seu refresco de lichia com morango e foi procurar Lavinia.

Sua colega de trabalho e melhor amiga estava na cozinha, preparando alguns legumes para os pedidos de sanduíche que talvez fossem feitos ao longo do dia.

A cozinha ficava nos fundos e era um espaço pequeno, só o suficiente para atender às necessidades dos clientes que pediam lanches que não precisavam ser cozidos ou assados.

— Lavinia — disse Saphira, dando um gole na bebida, depois oferecendo para que a amiga experimentasse.

Lavinia deu um gole sem tocar no copo, já que estava ocupada cortando um tomate.

— Isso é bom — opinou Lavinia. Fazia um dia ensolarado e quente lá fora, e a bebida era refrescante. Lavinia tinha uma versão um pouco modificada, com manjericão, na bancada. — O que foi?

— Você acha que estou ficando muito apegada ao Sparky? — perguntou Saphira, apoiando-se na bancada.

Lavinia pensou no assunto, reservando as fatias de tomate.

— Hum, bem, só faz duas semanas, certo? Nem dá para ficar muito apegada, dá?

— Eu morreria por ele — declarou Saphira, brincando, mas com um fundo de verdade.

Ela sempre sentia as coisas de forma muito intensa, algo que Nani-Ma lamentava e achava graça ao mesmo tempo.

— Hum, ok — falou Lavinia. — Então talvez isso seja um pouco extremo.

Saphira grunhiu, enterrando o rosto nas mãos geladas.

— É que ele é tão fofinho! E eu sempre quis um filhote de dragão, você sabe disso.

Lavinia reservou o último punhado de fatias de tomate.

— Sim, mas ele não é seu. Você se lembra *disso*, né? — Ela foi lavar as mãos, e Saphira a seguiu, fazendo um biquinho. — Sem querer ser chata, é só um choque de realidade — acrescentou Lavinia.

— Ugh, eu sei — disse Saphira. — Mas o verdadeiro condutor do Sparky nunca está aqui! Que escolha eu tenho?

Antes que Lavinia pudesse responder, alguém bateu na porta lateral. As duas olharam para o relógio.

— Deve ser o Theo — presumiu Saphira, indo atender a entrega da padaria.

Lavinia pegou seu refresco na bancada e a seguiu para fora da cozinha.

Saphira abriu a porta lateral para que Theo entrasse e sentiu uma brisa quente ao fazer isso.

— Bom dia, meninas — saudou Theo, abrindo um sorriso para as duas.

— Bom dia, Theo — responderam elas em coro.

Saphira pegou uma das caixas enquanto Lavinia fechava a porta atrás dele. Os docinhos tinham um cheiro divino, e ela permitiu que o aroma de massa e açúcar a acalmasse.

Ela e Theo depositaram as caixas no bar, de onde os doces seriam colocados na vitrine, e o restante iria para a cozinha até que fosse necessário repor.

Depois de esvaziarem as caixas, Theo deu um abraço em Lavinia e em seguida foi dar um beijo na bochecha de Saphira.

— Qual é o especial? — perguntou ela, empolgada para ver.

Theo abriu uma das caixas para lhe mostrar pequenos copinhos com bolo de leite.

— Bolo *tres leches* de *ras malai* — replicou Theo. — É uma versão da sobremesa comum feita com cardamomo e essência de rosas.

— Aaah, hum! — exclamou Lavinia, pegando um copinho.

— Ei! — protestou Theo.

— Controle de qualidade, dã!

Lavinia pegou três colherzinhas e as distribuiu. Todos deram uma mordida; o bolo gelado era particularmente refrescante naquela manhã quente.

— Divino — declarou Saphira.

— É bom demais, sério — comentou Lavinia, murmurando de prazer.

As bochechas de Theo ficaram rosadas, e ele olhou para os sapatos, tímido. Saphira se perguntou se era por causa do elogio ou de Lavinia.

— Mas voltando ao que você estava falando… — começou Saphira, antes de se distrair com outra colherada da sobremesa e seu sabor delicioso. — Theo, isso é muito bom. Vou comer tudo sozinha!

Theo sorriu, satisfeito. Lavinia revirou os olhos.

— Não enche a bola dele — disse ela. — Um elogio já é mais do que suficiente.

Lavinia tinha que ser a melhor amiga implicante, já que ela e Theo se conheciam desde crianças.

— Do que vocês estavam falando? — perguntou Theo.

— Do Sparky e do tutor sexy dele — contou Lavinia, dando risadinhas.

Saphira fez uma expressão indignada.

— Não me lembro de ter chamado o tutor do Sparky de sexy uma vez sequer!

— Nem precisou — provocou Lavinia. — Ficou subentendido pelos seus suspiros sonhadores e pestanejos.

Lavinia levou as mãos ao peito, piscando como se estivesse prestes a ter uma convulsão.

— Eu não fico pestanejando! — protestou Saphira. — E não solto suspiros sonhadores! Isso é calúnia!

As bochechas dela estavam quentes.

Theo riu.

— Ahhh, ela também está ficando vermelha! — disse ele, depois apertou a bochecha de Saphira, que o afastou com um tapinha, tentando fuzilá-lo com os olhos, o que só fez Theo e Lavinia rirem.

— Saphira tem um crush! — entoou Lavinia, e logo Theo se juntou a ela. — Saphira tem um crush! Saphira tem um crush!

— Crianças, por favor, comportem-se. — Saphira tomou o bolo dos dois. — Já deu de açúcar.

Àquela altura, ela já estava bem envergonhada, mas tudo bem — eram apenas Lavinia e Theo, afinal.

— Tá bom, mas sério — prosseguiu Lavinia, virando-se para Theo para deixá-lo por dentro do assunto. — A Saph tá com medo de estar se apegando demais ao Sparkyzinho.

— O que você acha? — perguntou Saphira.

Theo considerou a questão por um segundo, dando um gole no refresco de Lavinia.

— Amar demais nunca é uma coisa ruim — afirmou ele, dando de ombros como se fosse simples assim. E talvez fosse.

— Ah! — suspirou Saphira.

Ela jogou os braços ao redor do pescoço de Theo, abraçando-o com força. Ele fez um som de sufocamento para avisá-la que estava ficando sem ar.

— Bem, exceto, talvez, quando não consigo respirar.

Ela o soltou, e eles riram.

— Ok, eu preciso ir, antes que Suki perca a paciência — anunciou Theo, se referindo à chefe.

Ele deu um último gole no refresco de Lavinia, e ela o acompanhou até a porta. Enquanto Saphira enchia a vitrine com os doces da padaria, ouviu Theo e Lavinia batendo papo por uns dez minutos na porta antes de se despedirem.

Quando o relógio chegou perto das oito horas, Saphira foi até a porta da frente e virou a placa para ABERTO. Quase de imediato, os clientes chegaram para suas bebidas matinais. Saphira se posicionou atrás do bar, usando a nova (e linda) máquina de expresso, que era perfeita.

As coisas estavam indo bem. Mais tarde, Saphira viu um jovem casal entrar na cafeteria. Já tinha visto o adolescente com jeito de artista acompanhado dos pais, mas hoje estava com uma garota. Ele trouxera um filhote de dragão consigo — provavelmente de algum membro da família, já que era jovem demais para ter o seu — e estava tentando impressionar a moça. Parecia estar funcionando.

O filhote — um garneta de escamas vermelhas — descansava tranquilo, bebendo suco de *karela* de uma tigela que Saphira levara. Dragões amavam sabores amargos e apimentados, e o garneta estava satisfeito na caminha, enquanto os adolescentes pareciam igualmente felizes na companhia um do outro.

Saphira amava observar as pessoas na cafeteria: seus relacionamentos, sua humanidade. Era um dia movimentado, mas, mesmo assim, ela captava aqueles momentos entre uma tarefa e outra: um marido tirando creme do queixo da esposa; uma mãe dividindo um muffin com a filha; amigos rindo tanto que os olhos se enchiam de lágrimas; um senhor lendo sozinho em silêncio, contente.

Eram imagens que faziam o peito de Saphira se encher de amor. Ela desejava poder passar os braços ao redor de todos — ao redor de toda a cafeteria! — e lhes dar um grande abraço.

Como o tempo estava mais quente, ela servia bem mais *chais* gelados e refrescos, mas as senhorinhas ainda queriam bebidas quentes, e Saphira sempre amava preparar um bule novo de *chai karak*. Ela servia petiscos para os filhotes de dragão, recebendo um queimado afetuoso na barra da saia, o que já tinha se tornado parte de seu estilo.

Aiden a pagava ao final de cada semana, o que era bom, porque ela podia usar o dinheiro para pequenos reparos. Saphira sabia que precisava sentar e fazer um planejamento financeiro apropriado, e assim otimizar seus recursos em vez de viver apagando pequenos incêndios. Mas não tinha tempo nem espaço mental para encarar um projeto daqueles.

Ela odiava matemática. Por que não podia só administrar sua cafeteria fofinha sem ter que fazer qualquer tipo de cálculo? Parecia injusto.

Certa vez, Theo se oferecera para ajudá-la com os números, já que era formado em administração de empresas, mas ela se recusara; o amigo já vivia muito ocupado com a padaria, e ela não tinha como pagar por um trabalho tão árduo.

Mas estava grata pela quantia exorbitante que Aiden lhe pagava, mesmo que ficasse um pouco chateada por vê-lo durante apenas um minuto a cada dia quando ele trazia Sparky, depois mais um quando o buscava.

A cada vez, Saphira perguntava se ele ia ficar, e Aiden sempre dizia não — mas havia algo na resposta que não fazia muito sentido para ela: como se ele quisesse ficar, mas estivesse se recusando por um motivo que ela não conseguia entender.

Saphira não o conhecia bem o suficiente para perguntar, mas ainda ficava irritada por ele não fazer o menor esforço para criar um vínculo com Sparky. E talvez ficasse um pouco irritada por ele aparentar não querer nada com *ela*, também.

Enquanto Saphira limpava o bar, pensava que não era saudável alguém viver sozinho daquele jeito, tão isolado.

Seus pensamentos foram interrompidos por um cliente que vinha fazer um pedido. Ela pestanejou diante do desconhecido atraente.

Não era um dos clientes frequentes — devia ser do distrito vizinho. Vale Estrelado tinha alguns bairros, cada um com a própria criatura mágica: dragões, quimeras, grifos ou fênix. Aquele homem tinha uma beleza de modelo, com traços marcantes, e um bom número dos clientes de Saphira se virou para encará-lo conforme ele caminhava até o balcão.

Pessoas atraentes como ele sempre deixavam Saphira um pouco nervosa. Ele era alto, com pele marrom-escura e cabelo preto e lustroso. Sem barba, com um maxilar letal e maçãs do rosto salientes, e olhos de um castanho vivo e escuro, emoldurados por longos cílios. Usava um terno todo preto, sem gravata, e tinha anéis em quase todos os dedos.

— Que bela cafeteria você tem aqui — disse ele, sorrindo para Saphira. — Vou querer um *flat white* para viagem, por favor.

— Obrigada. — O rosto de Saphira estava quente. — E anotado, já vai sair.

Ele pagou, depois foi um pouco para o lado, observando enquanto ela preparava a bebida. Saphira olhou de relance para ele, que abriu um sorriso charmoso.

— Ouvi dizer que sua torra de dragão é divina.

— Ah, obrigada — repetiu ela, abrindo um sorriso largo e finalizando a bebida.

Ela a deslizou para o homem no copo para viagem, mas ele não fez nenhum gesto para pegar a bebida.

— Onde você compra seu café? — Ele apoiou os cotovelos no balcão e abriu um sorriso acanhado. — Deixa eu adivinhar, da Inferno?

Era o nome da empresa de café torrado por dragões de Emmeline Sterling.

— Isso, de lá mesmo — respondeu ela, imaginando por que ele estava perguntando, se era óbvio que já sabia a resposta.

A pequena empresa de torra de café de Emmeline estava decolando; quase metade das cafeterias da cidade comprava os grãos dela.

— E se eu te dissesse que posso te arranjar um café com uma torra ainda melhor? — perguntou ele, os olhos cintilando. — Não tão escura quanto a do café torrado por dragões, mas com um perfil de sabor mais profundo.

— Hum...

Ele tirou um cartão do bolso e o deslizou para Saphira. Nele se lia o nome TEMPEST e, logo abaixo, LUKE HAYWARD.

— Tenho uma empresa de café torrado por quimeras — disse o homem, Luke. Então devia ser de Bayview, onde viviam todas as quimeras e famílias donas de quimeras. — Acabamos de abrir, então tenho certeza de que posso conseguir pra você um acordo melhor do que o que tem.

— Ah, tudo bem, obrigada — respondeu Saphira, devolvendo o cartão. — Estou feliz com a Inferno, mas agradeço mesmo pela oferta.

Luke apenas lhe lançou um sorriso fácil e devolveu o cartão para ela.

— Para o caso de você mudar de ideia — disse.

Ele pegou a bebida, deu uma piscadela para Saphira e se levantou. Ela o observou até ele chegar à porta, bem quando uma outra pessoa entrava.

Era Emmeline Sterling. Ela tinha uma silhueta inconfundível e, no momento em que viu Luke, disparou alguma coisa para ele. Saphira não conseguiu ouvir o que estava sendo dito, mas sabia o suficiente para perceber que Emmeline parecia muito irritada, enquanto Luke só parecia entretido.

Ele deu um longo gole na bebida, olhando para Emmeline por cima do copo.

Então ele foi embora, e Emmeline foi até o balcão, batendo os saltos com raiva no chão. Quando chegou a Saphira, estava sem fôlego, o olho esquerdo tremendo por trás do delineado esfumado.

— Tá tudo bem? — perguntou Saphira, intrigada por ver a sempre calma e contida Emmeline tão perturbada.

Com roupas elegantes e brilhantes, saltos enormes e batom impecável, Emmeline era deslumbrante como uma supermodelo. Saphira trabalhava com ela desde a inauguração da cafeteria e conhecia Emmeline desde um pouco antes, também, de vê-la na cidade.

— Aff, aquele *idiota* — bufou Emmeline.

Junto com o visual arrasador, vinha uma personalidade marcante que podia ser intimidadora, mas Emmeline era sempre simpática e gentil com Saphira. Era sociável com quase todo mundo, mas Saphira percebia que Emmeline gostava de verdade dela, e as duas eram amigas.

— Eu disse para ele que era leal a você — contou Saphira, erguendo as mãos em defesa. — Então espero que não esteja preocupada de ele fazer negócios por baixo dos panos comigo.

— Não esquenta, linda. Eu sei que você nunca agiria pelas minhas costas assim — respondeu Emmeline. — E também sei que não é idiota pra fazer negócios com ele. Mas é o *princípio* da coisa.

Emmeline franziu o nariz, que exibia um piercing elaborado de argola em um dos lados. Era algo que só ficaria bem em Emmeline. Saphira se contentava com um piercing simples de ponto de luz no nariz.

— Que audácia dele aparecer aqui! Uma provocação intencional!

— Então presumo que vocês dois se conhecem? — perguntou Saphira, intrigada com a reação de Emmeline, em geral tão profissional, mas tão esquentada naquele momento.

Emmeline bufou com desgosto.

— *Conhecer* é forçar um pouco a barra. *Odiar* seria mais correto.

— Ok, vamos respirar fundo — disse Saphira, forçando Emmeline a respirar junto com ela.

As duas inspiraram com força, depois soltaram o ar aos poucos. Em seguida, Saphira começou a preparar a bebida costumeira de Emmeline — um *chai karak* forte — e lhe passou a xícara com um dos bolos *tres leches* de *ras malai*. Isso pareceu acalmá-la um pouco.

— Então, como vai o treinamento? — quis saber Emmeline, de volta a seu eu de sempre. Ela parecia até um pouco... animadinha. — Aiden me contou sobre o arranjo de vocês.

Algo brilhou nos olhos dela, mas Saphira não entendeu o que era, então não fez nenhuma pergunta.

— Está indo bem — falou Saphira, sorrindo ao pensar no filhote de dragão. — O Sparky é uma coisinha adorável, eu amo tanto ele!

— Não é? Amo aquele monstrinho.

— Ele não é um monstro! — protestou Saphira. — É meu anjinho!

Emmeline riu.

— Desculpa, foi mal. É que é assim que o Aiden sempre o chama.

O sorriso de Saphira esvaneceu um pouco, e Emmeline ergueu uma sobrancelha, interessada. Saphira suspirou.

— Seu primo se recusa a aparecer nas sessões de treinamento. Ele não quer formar um vínculo com o Sparky? É estranho.

Emmeline fez um ruído pensativo, dando um gole no *chai*, e Saphira continuou:

— O Sparky está indo tão bem! Só quero que o Aiden veja isso, mas não consigo entender por que ele não se importa.

Ela mordeu o lábio inferior. E se Aiden estivesse mantendo distância porque não acreditava que Saphira estava fazendo um bom trabalho? E se ele não quisesse vê-la sendo um desastre e passando vergonha? Era um pensamento pouco plausível, mas ela estava considerando todas as possibilidades na tentativa de compreender a distância de Aiden.

— Deixa eu te dar um conselho sobre o meu primo — disse Emmeline. — Eu o amo muito, mas ele é impossível às vezes. Muito fechado. E a morte do Danny não ajudou nem um pouco. Mesmo que já tenham se passado dois anos, é como se, desde então, ele tivesse ficado ainda mais fechado. Ele é tipo um baú do tesouro trancado.

— Isso eu entendo — respondeu Saphira. Entendia mesmo. Depois de perder Nani-Ma, tudo que Saphira quis foi se isolar do mundo, apenas desaparecer. — Mas não é saudável viver tão isolado. Tento fazê-lo ficar, mas ele não quer. Talvez Aiden me odeie.

Emmeline franziu os lábios.

— Não acho que ele te odeie. Ele nunca teria pensado na ideia de te pedir pra treinar o Sparky se te odiasse. E sei que, embora não demonstre, ele ama o Sparky de verdade. Ele não o confiaria a *qualquer pessoa*.

— Ah.

As bochechas de Saphira ficaram quentes.

— Pois é. — Havia um brilho curioso nos olhos de Emmeline. — Sabe, na verdade eu fiquei surpresa quando fiquei sabendo que ele tinha te contratado para treinar o Sparky. Foi um gesto atípico dele.

— Bom, ele sem dúvida precisava de ajuda — apontou Saphira, a voz aguda.

— Acho que sim. — Emmeline fez um *humm*. — Mas nunca vi meu primo aceitar ajuda assim tão fácil...

— Bom, talvez ele tenha visto que eu também precisava de ajuda — argumentou Saphira. — Minha máquina de expresso estava destruída, e não dá para ter uma cafeteria sem uma.

Emmeline sorriu.

— Também nunca vi meu primo ser tão altruísta.

Saphira não sabia como responder a isso, mas seu coração estava batendo muito rápido, por algum motivo estranho.

— Ele é um pouco reservado...

— Ele está nos Jardins Públicos, perdido entre arbustos — falou Emmeline, dando uma mordida no bolo.

Uma ideia surgiu na mente de Saphira.

— E o Sparky? — perguntou.

— Provavelmente com um cuidador contra a vontade dele — respondeu Emmeline.

Os espaços públicos da cidade, como os jardins, quase sempre tinham uma área com cuidadores para filhotes de dragão, que, assim como bebês humanos, as criaturinhas não apreciavam.

Saphira olhou embaixo do balcão e pegou a bolsa.

— Lavinia! — chamou ela.

A amiga botou a cabeça para fora da cozinha, onde estava fazendo um intervalo.

— O que foi?

— Quando der a hora, você pode fechar a cafeteria pra mim? — indagou Saphira.

Faltava apenas meia hora para o fim do expediente.

— Claro, mas aonde você vai? — perguntou Lavinia, surpresa, arqueando uma sobrancelha.

Ela saiu da cozinha, examinando Saphira com atenção.

— Vou provar pro Aiden que ele está perdendo muita coisa por não participar do treinamento do Sparky — disse Saphira, erguendo o queixo.

Ela soava bem mais confiante do que se sentia, mas era hora de tomar as rédeas da situação. Saphira não continuaria esperando que Aiden estivesse ali, e Sparky precisava dele.

— Aaah, amei a atitude — comentou Lavinia, parecendo muitíssimo satisfeita por motivos que Saphira não conseguia decifrar.

— Eu também — acrescentou Emmeline, parecendo satisfeita do mesmo jeito.

Respirando fundo, Saphira saiu de trás do balcão e foi até a porta. Arriscou uma olhada por cima do ombro e viu Emmeline e Lavinia cochichando e rindo. Saphira estreitou os olhos para elas. As duas acenaram, abrindo sorrisos inocentes.

Saphira não tinha tempo para investigar do que elas estavam rindo.

— Emmy... você sabe em que parte dos jardins ele vai estar? — gritou Saphira.

— Acho que no jardim de rosas! — respondeu Emmeline.

— Obrigada!

Saphira ajeitou a postura, se preparando. Era uma mulher com um propósito.

7

Saphira saiu da cafeteria e pegou a rua principal. Era um dia ensolarado; o céu tinha um tom perfeito de azul-cerúleo, como se saído de um tubo de tinta, e a grama ao longo da calçada era de um verde igualmente perfeito. Toda a chuva das últimas noites tinha valido a pena, e agora o cenário era idílico.

O tempo estava agradável, como uma carícia — um lindo dia de primavera com uma brisa suave, a temperatura ideal para estar sempre ao ar livre. Os pensamentos de Saphira vagaram até o jardim sem manutenção atrás da cafeteria, para seu sonho original de transformá-lo em uma área recreativa para os dragõezinhos na primavera, onde pudessem aproveitar o tempo ameno. Infelizmente, ela não tivera a oportunidade — nem o dinheiro necessário.

Saphira caminhou pela rua, passando pela loja de cerâmica, onde havia oficinas de olaria. Depois, passou pela padaria O Rolo Encantado. Lá dentro, Theo reabastecia a geladeira.

Quando a avistou, deu batidinhas no relógio inexistente no pulso, depois fingiu chorar. Saphira riu e acenou.

Dragões voavam alto no céu, e suas escamas brilhavam à luz do sol, brancas, pretas, vermelhas e azuis, lembrando pedras preciosas. Os dragões apreciavam as colinas ao redor do vale, enquanto as quimeras preferiam ficar perto do lago; os grifos viviam nas densas florestas e as fênix construíam seus ninhos no alto das montanhas.

Embora Vale Estrelado fosse bem grande, era dividida em pequenas seções para atender ao animal mágico que habitava cada parte da região. As divisões faziam com que cada pedaço fosse um distrito pequeno e acolhedor. Os dragões eram o animal mágico mais comum, motivo pelo qual a rua principal que atravessava o vale era a maior, enquanto as áreas de Pines, onde residiam os grifos, e de Heights, onde residiam as fênix, eram menores.

Saphira passou pelo Hospital Veterinário (onde Lavínia almejava trabalhar um dia), pelo único restaurante bom da cidade, pela papelaria, pela floricultura, pela pizzaria, pelo teatro... todos os lugares pitorescos onde era possível esbarrar com facilidade em pessoas conhecidas.

Ela amava Vale Estrelado, e seu lugar preferido era a rua principal. Não conseguia se imaginar morando em qualquer outro lugar. Conforme avançava, uma mulher um pouco mais velha que ela passou com um filhote de dragão azura. Saphira olhou por cima do ombro e viu que a mulher ia para a Cafeteria dos Dragões, uma cena que a fez querer sair flutuando de alegria.

Amava tanto a cafeteria. Só precisava descobrir como fazer dela um sucesso duradouro. Os pagamentos de Aiden eram sem dúvida maravilhosos, mas ela tinha a sensação desagradável de que o que precisava mesmo era quitar o financiamento da cafeteria, algo que achava que já teria feito àquela altura.

Os pagamentos mensais sugavam a maior parte de seu dinheiro, mas, se pagasse tudo de uma vez, seria uma grande ajuda; além disso, ela seria proprietária plena da cafeteria e poderia começar a montar uma reserva. Nani-Ma também ia querer ver Saphira estável e segura.

Saphira não queria pensar na parte financeira, não enquanto estivesse debaixo do sol. Nunca gostara de matemática e infelizmente tivera que fazer contabilidade demais como dona de um pequeno negócio naqueles últimos seis meses.

Por sorte, bem naquela hora Saphira chegou aos deslumbrantes Jardins Públicos. Ela viu a pequena placa que dizia Os Bloomsmith e abriu um sorriso. Havia algo de especial em poder reconhecer e notar o trabalho de Aiden por toda a cidade que ela amava.

Seguiu até a construção principal, onde havia panfletos informativos sobre a história dos jardins, assim como mapas relativos às diferentes áreas. Ela logo encontrou a área dos cuidadores para dragõezinhos.

Havia cerca de cinco filhotes atrás de uma cerca na pequena área recreativa, causando destruição, enquanto uma pessoa sentada à escrivaninha com um computador os vigiava. Os bebês estavam sendo caóticos; ela não sabia dizer se estavam brincando ou brigando uns com os outros, mas logo avistou as escamas negras de Sparky.

No momento em que Saphira o encontrou, o olhar do dragãozinho foi até ela; seus olhos roxos se arregalaram e a carinha se iluminou. Sparky voou na cerca, guinchando. Com um sorriso, Saphira se agachou e o afagou através da cerca, e o filhote ronronou.

— Vim buscar o Sparky — disse Saphira, se levantando para falar com o monitor responsável, um adolescente em cujo crachá se lia o nome THOMAS.

Como a área de cuidadores ficava dentro do prédio principal, os filhotes não corriam grandes riscos de serem sequestrados, por isso a segurança frágil de um adolescente.

— Senhora, preciso ver sua identidade, por favor — informou Thomas, piscando com nervosismo.

O uso de "senhora" em referência a ela era um golpe baixo; fez Saphira se sentir uma *anciã* aos 25 anos, quando na verdade era muito jovem e cheia de vida!

— Aqui está — disse Saphira, tirando a identidade da bolsa.

Ela mostrou o documento ao rapaz, que foi até o computador. Ele arregalou os olhos; de repente, parecia muito estressado.

— Sinto muito, mas a senhora não é a dona dele — falou Thomas, parecendo estar prestes a chorar por causa do confronto. — O pessoal é bem rígido com esse tipo de coisa, então não posso deixar que leve o Sparky. Sinto muito, por favor não fique brava comigo.

— Ah, céus, me desculpa, eu estou com o registro Drakkon também — acrescentou Saphira, envergonhada pela preocupação que causara em Thomas.

Ela tinha um registro Drakkon graças a Aiden, que assinara um formulário para comprovar que Saphira era a cuidadora de Sparky, o que lhe permitia levar o dragãozinho para outros locais à vontade sem que seu dono estivesse presente. Ela não estava acostumada a ter que mostrá-lo em lugar nenhum, então, quando Thomas pediu um documento de identificação, ela presumiu que a identidade comum seria suficiente.

Em geral, dragões não iam a lugar nenhum com desconhecidos, mas o registro Drakkon existia para coibir caçadores ilegais. O de Saphira era prateado, temporário; os permanentes eram dourados, e um símbolo de status por si só.

Saphira tirou o cartão prateado da bolsa e o mostrou para Thomas. O documento mostrava com clareza as informações dela e de Sparky. Thomas soltou um longo suspiro de alívio.

— Ok, ufa, ainda bem! — exclamou ele, limpando o suor da testa. — Por um segundo pensei que a senhora fosse uma caçadora ilegal tentando me passar a perna.

Thomas soltou uma risada nervosa, e Saphira de repente se sentiu incrivelmente insegura.

Era tão óbvio assim que ela não pertencia a uma família Drakkon? Era tão claro para um completo desconhecido que ela não tinha o seu próprio dragão?

Antes que ela pudesse se perguntar se deveria ou não ficar ofendida, Thomas tirou Sparky do cercado, e o dragãozinho saltou nos braços de Saphira, apoiando as patas no peito dela enquanto lambia seu rosto. Ele ainda era pequeno o suficiente para que aquela ação não a machucasse, mas Saphira sabia que, conforme ele fosse crescendo, teria que dissuadi-lo de pular em seus braços, ou seria derrubada tanto pela força quanto pelo peso do dragão.

— Oi, bebê! Também tô feliz de ver você! — falou ela, rindo.

Todo o resto foi esquecido quando ela colocou Sparky no chão e lhe deu um petisco tirado da bolsa. Então se dirigiu para o jardim de rosas, com Sparky trotando com prazer a seu lado.

Saphira já visitara os jardins muitas vezes para apreciar a beleza do espaço, então conhecia o caminho. Quando chegaram perto dos canteiros de rosas, o coração de Saphira começou a bater mais rápido.

Ela estava nervosa. Respirando fundo, se agachou e coçou o queixo de Sparky.

— Vamos lá mostrar pro Aiden o quanto você aprendeu, tá bom? — disse Saphira, em voz baixa.

Ela não fazia ideia se Sparky entendia ou não, mas o dragãozinho a fitava com os enormes olhos roxos, sem dúvida escutando.

Com Sparky saltitando a seu lado, ela desceu a escadaria, que estava coberta de glicínias e heras. Atravessou o corredor de lilases, que tinha um cheiro maravilhoso, até chegar ao jardim de rosas geométrico, que era pontilhado de flores brancas feito papel, rosa-claras e vermelhas vibrantes.

O jardim de rosas parecia estar vazio, até que ela avistou uma figura alta. Saphira ficou nas margens por um momento, sem ser notada por Aiden, observando-o. Tudo era tão bonito, e ele era um elemento-chave daquela beleza.

Saphira aproveitou o momento para apreciar o quão lindo ele era. Aiden estava sempre com tanta pressa quando deixava ou buscava Sparky na cafeteria que ela mal conseguira vê-lo direito naquelas últimas duas semanas, então ela se deleitou com a oportunidade que tinha naquele instante.

Aiden estava ajoelhado na terra, trabalhando com afinco, e usava uma camiseta. Os braços dele chamaram a atenção de Saphira — ela sempre o via de manga comprida, então ali ele lhe parecia quase nu.

Saphira encarou as mãos de Aiden, os dedos longos e elegantes, as veias que subiam pelos antebraços, depois a forma do bíceps. Sentiu um calor percorrer o corpo, e teve um desejo estúpido de mordê-lo.

Ele estava um pouco bronzeado por passar o dia todo sob o sol, e sua pele brilhava, mas, tirando o fato de Saphira estar secando ele com os olhos, coisa que ela precisava mesmo parar de fazer naquele exato momento, Aiden parecia muito em paz enquanto trabalhava, muito calmo. Era como se gostasse mesmo daquilo. A linguagem corporal dele irradiava serenidade.

Sparky esfregou a cabeça na perna de Saphira, olhando para cima, e ela respirou fundo.

— Vamos lá mostrar pro Aiden como você é um bom menino — disse ela, acariciando a cabeça do dragãozinho.

Sparky lambeu os dedos dela e trotou adiante.

Quando os dois se aproximaram, Aiden ergueu a cabeça — o choque tomou o rosto dele enquanto assimilava a presença de Saphira, seguido depressa por... prazer? Sim, prazer. Ele estava agradavelmente surpreso em vê-la. Por algum motivo, isso só a deixou mais nervosa. Mas Saphira lembrou a si mesma que estava em uma missão.

— Oi — cumprimentou ela, e Aiden se levantou.

Saphira inclinou a cabeça para trás a fim de encontrar os olhos dele e viu o momento em que Aiden percebeu quem mais estava ali. Sua testa se enrugou de tensão.

— O que o Sparky está fazendo aqui? — perguntou Aiden. — Deixei ele lá dentro.

Ela franziu o cenho, desejando proteger Sparky, que pareceu perceber que Aiden não estava animado por vê-lo ali. O dragão escondeu parte do corpo atrás da perna de Saphira, segurando o tornozelo dela com uma das patas.

— Queria te mostrar nosso progresso — explicou Saphira, mantendo a voz alegre e animada. Ela se virou para Sparky e lhe ofereceu um sorriso reconfortante. — Sparky, diz oi pro Aiden.

Sparky hesitou, mas ela acenou com a cabeça. Acanhado, Sparky soltou o tornozelo de Saphira e trotou adiante até Aiden, que parecia estar se preparando para algo dar errado. Mas Sparky foi até ele e esfregou o nariz na perna do tutor.

— Sim, eu percebi que ele está se comportando muito melhor — observou Aiden, embora ainda soasse nervoso.

— Pega ele — falou Saphira para Aiden.

Sparky esperava.

— Ele vai me morder — respondeu Aiden automaticamente.

Saphira franziu a testa.

— Não vai. A gente andou trabalhando nisso. Quando foi a última vez que ele te mordeu?

Aiden parou para pensar.

— Na verdade, não me lembro. Não reparei.

Uma onda de irritação percorreu Saphira ao ouvir isso. Para começar, ela vinha trabalhando com afinco para treinar Sparky e Aiden nem sequer notara; além disso, ele não se importava o suficiente para tentar ser afetuoso com Sparky, muito menos criar um vínculo com ele.

Como ele podia não querer pegar Sparky sempre que tinha a chance? Saphira amava ficar perto do dragãozinho, segurando-o nos braços, amassando o rostinho dele, mantendo-o sempre o mais próximo possível.

Aiden devia ter sentido que Saphira estava incomodada, porque se agachou e pegou Sparky. O dragãozinho ficou um pouco agitado por um momento, mas então pareceu lembrar que Saphira estava observando e olhou para ela por cima do ombro. Ela lhe lançou um olhar severo, e Sparky se manteve calmo com alguma relutância.

— Impressionante — disse Aiden, abrindo um sorriso tímido para Saphira. Os olhos escuros dele eram afetuosos, e a expressão em seu rosto estoico, suave. — Você está fazendo um trabalho incrível.

Ela ficou contente com o elogio. Embora se irritasse com facilidade, também superava o sentimento bem rápido, algo que sempre fazia Nani-Ma balançar a cabeça. "Onde está seu *nakhre*, menina? Você deveria ser mais dura com as pessoas, principalmente com os rapazes!" Mas Saphira tinha o coração mole demais para isso.

Ainda mais porque dava para ver que Aiden estava sendo sincero.

Ele pôs Sparky no chão, e Saphira anunciou:

— Ok, olha só isso. — Ela se virou para o dragãozinho. — Sparky, senta.

Sparky obedeceu.

— Bom garoto!

Saphira coçou o queixo dele.

— Ele também não é mais tão hiperativo — comentou Aiden. — Bom trabalho.

— Queria te mostrar como estamos nos dando bem — comentou ela, encarando-o. — Já que você nunca aparece nos treinos. — Seu tom ganhou um ar de crítica.

Por um segundo, pareceu que Aiden queria falar alguma coisa, mas então pensou melhor e não disse nada.

Em vez disso, olhou ao redor.

— Quer ver o que a gente andou fazendo? — perguntou ele.

— Ah, quero! Mas não tem problema? Quer dizer, sei que você ainda está trabalhando...

— Tudo bem — respondeu Aiden, acenando com a mão. — Tenho uma outra equipe trabalhando perto do lago, mas praticamente acabamos nesta seção. Já mandei todo mundo pra casa, fiquei só trabalhando um pouco sozinho e perdi a noção do tempo.

— Dá pra ver por quê — afirmou ela, olhando em volta. — Este lugar é lindo.

Aiden pareceu feliz por Saphira gostar daquele lugar que ele tão obviamente adorava.

— Vamos? — perguntou ele.

Ela assentiu.

— Sparky, vem.

Saphira se juntou a Aiden, com Sparky logo atrás dos dois.

8

Era atordoante para Aiden ver Saphira nos jardins, atordoante vê-la em qualquer lugar, na verdade. Estava acostumado a vê-la apenas na cafeteria, ou em sua mente, tarde da noite, e lá estava ela, arrancada dos sonhos dele, e ainda por cima em um de seus lugares preferidos.

Ao mesmo tempo, era como se aquele fosse mesmo o lugar dela: a pele marrom com um brilho dourado à luz do sol, uma brisa suave brincando com o cabelo ondulado, rodeada por flores que combinavam com seu vestido.

Aiden estava longe de ser um artista, mas a imagem era uma que sentia vontade de pintar, nem que fosse para capturar a beleza de Saphira, imortalizá-la para que o mundo pudesse apreciar.

— Então, o que vocês andam fazendo? — perguntou ela, arrancando-o dos pensamentos, que haviam avançado para uma reflexão sobre o quão difícil poderia ser a pintura.

Aiden pigarreou, passando a mão pelo cabelo.

— Estamos limpando as parterres — respondeu ele, apontando para as formas bem-acabadas.

Saphira franziu a testa.

— O que é isso?

Às vezes, Aiden esquecia que nem todo mundo conhecia o jargão paisagístico que ele dominava.

— Desculpa. São essas formas geométricas. Elas são feitas de canteiros e sebes baixas — explicou ele —, que por sua vez são separadas e conectadas pelo caminho, para que se possa passear por elas e apreciá-las.

— Ah, são lindas. Tem certa formalidade nelas que me faz sentir como se eu estivesse em *Orgulho e preconceito*.

— É, é o tipo de coisa que você costuma encontrar nessas grandes propriedades. Cada parterre contém uma espécie particular de rosa. — Ele apontou. — Aqui temos rosas antigas de jardim, flores duplas que emitem uma fragrância muito forte, mas só florescem uma vez por estação, diferente das rosas modernas.

Quando os dois chegaram à seção de rosas modernas, Aiden apontou outra vez, elucidando:

— Essas são as que você vai encontrar em todo lugar. Foram desenvolvidas depois de 1867, florescem de forma contínua e também são maiores. Além disso, têm mais durabilidade em vasos. O lado ruim é que elas não têm uma fragrância tão forte e são um pouco menos resilientes e resistentes a pragas do que as rosas antigas de jardim.

Eles continuaram, e Aiden indicou a seção seguinte de flores, que eram todas cor-de-rosa.

— E essas são as rosas silvestres, que em geral têm cinco pétalas e são sempre cor-de-rosa! Na verdade, é super-raro encontrar uma rosa silvestre vermelha ou branca.

Então Aiden parou, de repente se sentindo inseguro. Será que estava sendo maçante? Devia estar entediando Saphira com todo o seu conhecimento supérfluo de botânica. Ele parou, sentindo-se constrangido.

Em silêncio, se repreendeu. Sabia que mulheres amavam flores, mas isso não queria dizer que necessariamente amavam todos os fatos aleatórios sobre elas. A família de Aiden sempre o provocava por conta de seu jeito obsessivo. "Mulheres querem flores, não uma aula de história!", brincava Emmeline.

Mas era tão fascinante!

— Desculpa — disse Aiden, esfregando a nuca. — Não quero te entediar.

— Não! — exclamou ela, os olhos castanhos arregalados. — Não está. Estou adorando!

Aiden não era de desmaiar, mas, se fosse, com certeza teria desmaiado naquele momento. O olhar dele foi até a roseira, e seus olhos recaíram de imediato sobre uma rosa perfeita: uma floração impecável, com pétalas exuberantes e vivas.

Ele a cortou, tomando cuidado com os espinhos, e entregou a Saphira.

— Obrigada — falou ela, segurando a flor e levando ao nariz.

Estar cercado por todas aquelas rosas era inebriante, e ele passou a associar o aroma a Saphira.

Aiden encarou enquanto ela inspirava a fragrância, observando o peito de Saphira inflar com o gesto, depois murchar quando ela soltou o ar. Um calor percorreu seu corpo.

Deixa de ser esquisito, lembrou a si mesmo, desviando o olhar.

— Qual é a sua flor preferida? — perguntou Aiden. — São as rosas?

Ela sorriu.

— Ah, essa é fácil! E não, não são as rosas. Na verdade, não sei se é o nome oficial delas, mas Nani-Ma e eu amamos as árvores *amaltas*.

Aiden nunca tinha ouvido falar delas.

— Como elas são?

— Costumam florescer no final de junho e têm umas pétalas amarelas lindas que escorrem de galhos finos.

— Ah! A chuva-de-ouro.

Os olhos de Saphira se iluminaram de entusiasmo.

— É assim que se chama? — Ele assentiu, e Saphira continuou: — Faz sentido... são essas que eu amo. Não há muitas delas em Vale Estrelado, mas havia algumas na nossa antiga casa, nas colinas.

O sorriso dela aumentou diante da lembrança, e a covinha fez uma aparição na bochecha. Aiden resistiu à vontade de apertar o dedo bem ali.

— E as suas? — quis saber Saphira, acenando com a rosa para ele. — São as rosas?

Com ela segurando a haste, seria ridiculamente fácil que as rosas fossem as flores preferidas de Aiden.

Em geral, era uma pergunta difícil para ele, já que cada flor tinha a própria beleza, o próprio propósito.

— Ah, isso é como perguntar a um pai quem é o filho preferido — brincou ele.

Saphira riu.

— Pais com certeza têm favoritos. Eu tive a sorte de ser filha única, mas aposto que os seus têm um preferido.

— Ah, com certeza — respondeu Aiden. — É a Ginny. Ela é a princesa preferida de todos. E é tratada como tal também.

— Como deveria, sem dúvidas — observou Saphira.

— Como deveria — concordou Aiden.

Eles continuaram caminhando rumo a outra parte do jardim. Era maravilhoso estar ali com ela; tão maravilhoso, na verdade, que Aiden foi capaz de esquecer por que deveria ficar longe dela e de Sparky.

Por outro lado, não conseguia deixar de se sentir orgulhoso quando via o quão bem Sparky estava se comportando. Ele apreciava todo o esforço que Saphira tinha feito para isso.

Mesmo assim, não deveriam estar ali. Aiden não queria se aproximar de nenhum dos dois. Quanto mais longe ficasse, mais seguro Sparky estaria, e Saphira também. Ela ficaria magoada ao descobrir que a família dele participava das corridas que tinham matado sua mãe, e Aiden queria protegê-la disso.

Infelizmente, ela era tão linda que Aiden não tinha forças para pedir que fosse embora. Queria estar perto dela, passar tempo com ela. Em geral, não queria que ninguém o visse porque sabia que não o entenderiam, mas tinha um desejo estranho de que Saphira o conhecesse, o enxergasse.

Talvez ele devesse deixá-la entrar em sua vida.

Aiden olhou de relance para Sparky, que tinha se comportado bem durante todo aquele tempo, saltitando com os dois.

O dragãozinho mal prestava atenção em Aiden; todo o seu foco estava em Saphira.

— Dá para ver por que você perdeu a noção do tempo aqui — comentou Saphira. — É tão tranquilo.

— A jardinagem pode ser difícil, mas é sempre satisfatória.

— Sei como é. É a mesma coisa na cafeteria. As horas passam voando e, mesmo que eu esteja exausta no final do dia, é gratificante também. Amo ver a cafeteria cheia de gente.

Os dois continuaram conversando, caminhando pelos jardins, e Aiden não fazia ideia de para onde o tempo tinha ido. Sem que percebesse, o sol começou a se pôr, o céu uma mistura de rosa e dourado.

— Olha — falou Saphira, a voz suave. Ela inclinou a cabeça para trás a fim de olhar para o céu, de olhos arregalados. — Como alguém pode se sentir triste quando o céu fica cor-de-rosa?

Havia deslumbramento no rosto dela, um sorriso curvando seus lábios, e tudo em que Aiden conseguia pensar ao olhar para ela era: *como alguém pode se sentir triste quando está ao seu lado?*

Saphira se virou para ele, e Aiden percebeu que tinha dito aquilo em voz alta. Foi tomado por uma onda de constrangimento, mas ela não pareceu ofendida pelas palavras açucaradas.

Aiden deu um passo na direção dela e, ao fazê-lo, as mãos dos dois se encostaram. A respiração de Saphira parou por um segundo. Ela ainda segurava a rosa, mas mexeu os dedos, um toque leve como uma pluma nos de Aiden. O desejo pulsava dentro dele.

Então a haste da rosa oscilou na mão dela; Saphira soltou um gritinho quando um espinho a espetou. Aiden foi tomado pelo pânico.

— Você está bem? — perguntou ele, segurando a mão de Saphira para examiná-la.

Uma gotinha de sangue vermelho surgiu, e o instinto tomou conta de Aiden: ele levou o dedo dela à boca e sugou o ferimento.

O arfar suave de Saphira o trouxe de volta à realidade com tudo, mas ele estava congelado, o dedo dela na boca, o sal de seu sangue na língua.

O próprio sangue corria acelerado pelo corpo de Aiden, e seu coração martelava dolorosamente no peito. Os olhos de Saphira estavam arregalados e dilatados.

Ele sentiu um aperto no peito ao perceber a pulsação dela acelerar contra seus dedos, onde Aiden segurava a mão dela. Saphira abriu os lábios, a respiração rasa.

Sinos de alerta soaram em sua mente enquanto o momento se dissolvia ao redor deles. Aiden se sentiu compelido a fazer algo estúpido como beijar a palma da mão dela.

Antes que ele pudesse decidir, o olhar de Saphira vagou até o chão. Ela pestanejou, dando um passo para trás, afastando a mão da dele.

— Cadê o Sparky? — questionou ela, a voz aguda.

Aiden olhou ao redor; Sparky não estava em lugar nenhum. Uma mistura potente de emoções o atravessou: ansiedade, preocupação, culpa.

Ele tinha a sensação de que Sparky não gostara de vê-lo roubando a atenção de Saphira. Não deveria tê-la distraído; eles deveriam ter mantido o foco no animalzinho.

— Vocês não deveriam ter vindo aqui — disse Aiden.

Tudo aquilo era uma péssima ideia; mesmo que ele ainda pudesse sentir a pressão do dedo dela contra os lábios, uma sensação que nunca o abandonaria.

O rosto de Saphira foi tomado por mágoa. Ela deu um passo para longe dele.

— Cadê ele? — perguntou Saphira, a voz falhando enquanto olhava ao redor.

Aiden também procurava pelo dragão, a trepidação percorrendo seu corpo. Os jardins eram abertos ao público; qualquer pessoa podia entrar. Qualquer pessoa podia encontrar um filhote de dragão perdido e pegá-lo para si.

O estômago de Aiden se revirou diante da ideia, e ele se pôs a procurar com mais afinco, correndo até a seção seguinte. Depois à outra, onde havia um arbusto de dálias roxas vibrantes... ou o que restara delas.

— Sparky! — gritou Saphira, correndo logo atrás de Aiden para ver que o dragãozinho tinha comido a maior parte das flores e destruído o restante do arbusto.

O pânico de perder Sparky foi logo substituído por um vazio ao contemplar a destruição. Aquilo era culpa dele mesmo. Aiden nunca deveria ter deixado Sparky correr à solta pelos jardins. Por sorte, o dragão não tinha destruído nenhuma das coleções preciosas do lugar, mas mesmo assim. Nunca deveria ter acontecido.

Ele perdeu a cabeça perto de Saphira. Perdeu toda a noção.

— Sparky malcriado! — explodiu Aiden, tirando o dragão do arbusto. Os olhos de Sparky se arregalaram, e ele abriu a boca. — Não pode sair por aí sozinho desse jeito. Muito malcriado!

Então Sparky deixou cair a cabeça, os ombrinhos murchos. Fungando de leve, saiu andando — algo que dragões só faziam quando estavam muito desanimados para saltitar ou pular como de costume.

Aiden foi tomado pelo arrependimento. Não deveria ter explodido com o bichinho. Mas Sparky precisava saber que não podia sair perambulando por aí daquele jeito. Não era seguro!

— Qual é o seu *problema*? — sibilou Saphira, parando de frente para ele.

Ela estava furiosa, e a visão o deixou gelado de medo. Aiden nunca tinha visto Saphira ser qualquer coisa que não um raio de sol, mas naquele momento ela era uma tempestade.

— Foi um erro inocente! — repreendeu Saphira. — Por que gritou com ele? É um bebê! Ele está devastado!

— Eu...

— Ele só quer a sua atenção — continuou Saphira, o lábio inferior trêmulo. — Ele é *seu* filhote.

— Eu nunca quis o Sparky — disse Aiden, a voz suave.

Ele nunca esperara aquilo, nunca sonhara com aquilo e então nunca tinha se preparado. Não sabia como aquelas coisas funcionavam; tudo era tão intuitivo para Saphira, mas não para ele.

As palavras de Aiden só pareceram deixar Saphira mais chateada. Ela balançou a cabeça.

— Você é tão ingrato — rebateu Saphira, decepcionada. — Se não quer saber dele, então o dê pra alguém que queira.

Era isso que Aiden pensava que estava fazendo ao deixar que Saphira treinasse Sparky, ao lhes dar tempo ininterrupto para criar um vínculo. Antes que ele pudesse dizer isso, Saphira foi até Sparky e o pegou nos braços. Ela deu um beijo no dragãozinho, consolando-o.

Aiden se sentia tão mal que não conseguia se mexer. Tinha receio de vomitar. Foi só depois que Saphira foi embora furiosa que ele percebeu que não deveria tê-la deixado ir enquanto ainda estava brava com ele.

Aiden correu atrás dela, mas, quando conseguiu sair dos jardins, Saphira já havia partido havia muito tempo.

Ele sentiu um nó na garganta. Aiden se sentou na calçada, recuperando o fôlego. De repente, teve a sensação de que Danny estaria terrivelmente decepcionado com ele. Sentiu que estava falhando com Sparky, que estava estragando tudo.

Ele sabia que tinha boas intenções, mas o que nem sempre sabia era como botá-las em prática. Tudo fazia sentido na cabeça dele, mas isso nem sempre se traduzia da mesma forma no mundo real.

No entanto, Aiden sabia o suficiente para perceber que devia um pedido de desculpas a Saphira.

9

Saphira voltou para a cafeteria, com lágrimas escorrendo pelas bochechas enquanto segurava Sparky, que se agitava em seus braços. Ela o colocou no chão e, com as mãos trêmulas, tentou procurar as chaves na bolsa.

Então olhou para Sparky com a cabecinha curvada, e seu coração se partiu outra vez. Ela o pegou no colo e lhe deu um beijo.

Abandonando a porta da cafeteria, Saphira foi até o portão que levava ao jardim nos fundos. Estava abarrotado e bagunçado, ainda mais na escuridão do anoitecer, mas ela não se importava. Saphira sentou em meio aos arbustos sem poda e ervas daninhas, escondendo-se entre o verde, fungando. Deixou as lágrimas caírem.

A essa altura, já estava chorando de verdade — e nem sabia por quê!

A tarde com Aiden tinha sido tão boa; era tão agradável caminhar pelo jardim com ele, conversando e apreciando a beleza. Então aconteceu aquele momento exaltado e intenso — céus, Saphira quase desmaiou quando ele levou seu dedo à boca e o chupou. A sensação percorrera o corpo dela como uma corrente elétrica, e era algo que ela queria desesperadamente sentir de novo.

E depois o pânico de não ver Sparky, os piores pensamentos correndo a mil por hora na mente dela: caçadores o sequestrariam, seu bebezinho; ou Sparky se perderia e cairia em um lago ou em uma fonte e se afogaria — mesmo que dragões em teoria soubessem nadar, ela não estava raciocinando direito na hora. O medo tinha paralisado sua mente!

Quando Aiden encontrou Sparky, tudo o que ela sentiu foi alívio — até Aiden explodir com Sparky. Explodir! Com um bebê! Quem faria algo assim?

Por acaso Aiden não sabia o quão especial e maravilhoso Sparky era? Ele não dava valor ao dragãozinho. Se Sparky fosse seu, ela *nunca* faria aquilo.

Saphira desejou que Nani-Ma estivesse ali. Sua avó com certeza provocaria Saphira por ser tão chorona, mas também lhe daria um bom abraço.

Sparky subiu no colo de Saphira, esticando-se para lamber as lágrimas das bochechas dela.

— Me desculpa, Spark — pediu Saphira. — Não sei por que tô chorando tanto.

Ela tentou sorrir. Sparky não parecia mais tão chateado; estava mais preocupado com ela.

Saphira sentiu um aperto no coração. Ela amava aquele dragãozinho. Ele se aninhou em seu colo.

Sparky tinha crescido um pouco ao longo das duas semanas de treinamento — todas as mudanças eram minúsculas, mas ela conseguia notar quando o segurava. Saphira não queria que Sparky crescesse; isso só significaria que ela não faria mais parte da vida dele.

O dragãozinho olhou para cima e encontrou Saphira ainda chateada. Ele se levantou e esfregou o focinho no peito dela, pressionando o coração, como se quisesse lhe dizer que estava ali. Então Sparky ergueu a cabeça para ela, aguardando sua reação com enormes olhos roxos, o que só fez os olhos de Saphira se encherem de lágrimas de novo, porque Sparky era um anjo!

Alarmado, Sparky colocou as patinhas no rosto dela para fazê-la parar de chorar, e Saphira o abraçou, segurando-o com força. A saudade de Nani-Ma era desesperadora. A avó costumava lhe dar abraços lendários. Os abraços dela eram capazes de resolver qualquer problema.

Um ruído soou no ar. Saphira se virou e viu Aiden entrando pelo portão entreaberto do jardim.

— Desculpa — falou ele. — Você deixou o portão aberto.

Saphira enxugou as lágrimas e desviou o olhar. Tinha mesmo deixado o portão aberto. Estava envergonhada por estar chorando por algo tão pequeno, e ainda mais envergonhada por ter sido flagrada.

— Sinto muito, Saphira — disse ele, parando na frente dela. Ela estava surpresa em vê-lo. Não achava que Aiden se importaria o suficiente para pedir desculpas, mas ali estava ele. Saphira teve que inclinar a cabeça para trás a fim de olhar para o homem. A cabeça dele estava rodeada de estrelas na noite limpa, e seu rosto exibia arrependimento. — Eu não deveria ter explodido daquele jeito com o Sparky.

— Não, não deveria.

— Posso me sentar? — perguntou ele.

Saphira se virou para Sparky, que observava a conversa com calma, sem se importar com a presença de Aiden. Bom, se Sparky não tinha guardado rancor...

— Tudo bem — disse ela, suspirando.

Havia apenas um pedacinho de espaço livre onde ela estava sentada, o restante coberto com ervas daninhas e galhos. Ela foi para o lado, abrindo espaço, e Aiden se juntou a ela, o ombro batendo de leve no de Saphira.

— De verdade, sinto muito — reforçou ele, a voz suave. Então cutucou o ombro dela de propósito, e Saphira o encarou. — Fiquei assustado e reagi mal, e com certeza não deveria ter feito isso.

Ela sabia que isso acontecia às vezes com as pessoas, que todos lidavam com as emoções de um jeito diferente.

— Vou melhorar — acrescentou ele. — Prometo.

Saphira não sabia se deveria acreditar nele, mas queria.

— Vou ficar por perto quando você estiver treinando Sparky — afirmou Aiden. — Sei que isso é importante.

— Sério? — perguntou ela, satisfeita. Ele assentiu. — Ok, você está perdoado.

A surpresa iluminou o rosto de Aiden.

— Pensei que ficaria brava por mais tempo — falou ele. — Eu bem que merecia. Fui péssimo.

Saphira deu de ombros.

— A vida é curta demais para ficar com raiva.

Aiden ficou boquiaberto ao ouvir isso, o rosto maravilhado. Ela se sentiu acanhada de repente e ergueu a mão para colocar o cabelo atrás da orelha. Ao fazer isso, seus braceletes tilintaram na noite silenciosa. O olhar de Aiden recaiu sobre o pulso dela.

— Você sempre usa isso — apontou ele.

Aiden tinha notado. Era uma coisa tão pequena, mas Saphira estava feliz por ele ter prestado atenção.

Aiden tocou os braceletes, roçando os dedos no antebraço dela. Saphira sentiu um arrepio, e a noite estava quente demais para se convencer de que era o tempo.

— Eram da Nani-Ma — contou ela. — Sabe, em teoria só mulheres casadas devem usar tanto ouro, mas eu não ligo. — Ela passou um dedo sobre os braceletes e os chacoalhou. — Era um conjunto de seis, mas minha mãe vendeu dois.

A mãe dela nem sempre tomara as melhores decisões, mas Saphira não podia guardar rancor por alguém que nunca conhecera. Ela esperava um dia fazer com que o conjunto voltasse a ter seis peças — quando tivesse dinheiro para isso, é claro.

— São lindos — disse ele, a voz suave. — Você é linda.

O olhar penetrante de Aiden a queimava por dentro, aquecendo as bochechas à medida que um prazer devastador se aninhava em seu peito ao ouvir aquelas palavras. Antes que ela pudesse pensar em como responder, uma rajada de vento soprou pelo jardim, levando folhas até o rosto dos dois.

Depois que o vento parou, Saphira viu a expressão horrorizada de Aiden quando ele notou o estado do jardim, a bagunça e as plantas sem poda, um contraste gritante com o jardim de rosas perfeito que ele tinha lhe mostrado mais cedo.

— Eu sei, eu sei, não precisa falar! — implorou ela.

— É só que… — Ele se calou, sem palavras.

Aiden franziu a testa enquanto olhava ao redor, mas então se voltou para Saphira. Os lábios dele tremeram. Antes que ela pudesse pedir, ele tirou uma folha que tinha grudado no cabelo de Saphira.

— Ah, céus — lamentou ela, mas uma risada escapou. — Sabe, eu queria transformar este lugar em outro espaço da cafeteria, com mais mesas. Tenho um monte de ideias.

— Você deveria fazer isso — declarou ele. — Seria maravilhoso.

Saphira suspirou.

— Se ao menos eu tivesse tempo! E dinheiro. E energia…

Ele pareceu refletir sobre o assunto.

— Bom, eu poderia dar um jeito nele para você, quando não tiver outros trabalhos para fazer. O Sparky pode ficar aqui durante o dia também.

Um prazer imenso inundou Saphira.

— Ah, sim, ok! — Ela sorriu. — Isso seria incrível! Aí, quando o movimento na cafeteria estiver devagar, posso vir aqui passar mais tempo com o Sparky.

Mesmo que fosse Saphira quem estivesse insistindo que Aiden criasse um vínculo com Sparky, e mesmo que apreciasse o esforço da parte dele, ela também não queria ficar de fora. Mas, se os dois ficassem ali no jardim, seria fácil dar uma passadinha e ainda se sentir incluída.

— Sei que é importante criar um vínculo com Sparky — comentou Aiden, embora soasse hesitante.

— Parece que você tem medo — falou Saphira, olhando-o com curiosidade. — Por quê?

Aiden ficou quieto. Ela podia vê-lo se debatendo com um dilema em sua mente, indeciso sobre alguma coisa.

— Não sei se posso te contar isso — começou ele. — É meio que um daqueles segredos de família Drakkon.

Por um momento, Saphira se sentiu uma completa forasteira. Mesmo que tivessem crescido e morado na mesma cidadezinha, aquelas palavras foram um lembrete de que os dois existiam em planos diferentes — que ele pertencia a uma família Drakkon, e ela, não. Saphira não pôde evitar um sentimento de inferioridade, com sua vida comum, sem segredos que deveriam ser protegidos.

— Você deve ter ouvido boatos sobre as corridas de dragão — continuou Aiden, o que a intrigou na mesma hora.

Saphira amava ficar por dentro de uma boa fofoca; assim, ela se sentia incluída.

— Mais ou menos — respondeu ela. — Mas não muita coisa. Sei de um jeito bem vago que é uma coisa que acontece? Mas, fora isso…

— Acontece mesmo, e minha família… meio que… tá bem envolvida com essas coisas.

— Mas não é ilegal?

— É, mas, como qualquer outra atividade ilegal, dá muito dinheiro, então quem está no poder faz vista grossa. Sobretudo porque os envolvidos fazem parte do Conselho Dragão.

— Ah. — O Conselho Dragão era um ramo do governo encarregado de supervisionar todas as questões relacionadas aos dragões, como os impostos Drakkon, seguros, estipêndios e outros assuntos do tipo. — Mas o que isso tem a ver com o Sparky?

Aiden engoliu em seco.

— Como eu mencionei, minha família gosta muito das corridas. Os Sterling vencem as corridas há décadas. Nunca me interessei, então nunca me envolvi, mas o Danny costumava defender o nome da nossa família. Depois que ele morreu... Bem, meu pai quer que alguém assuma o lugar dele, para manter a boa reputação da família e tudo.

Saphira estava começando a entender.

— Então você tem medo de que, se criar um vínculo com o Sparky, vai ser forçado a correr?

Aiden assentiu. Suas sobrancelhas estavam arqueadas numa expressão apreensiva, mas seus traços pareceram relaxar um pouco quando ele viu que Saphira entendia seus motivos.

— Quando o Danny me deixou o ovo, eu nem tinha a intenção de chocá-lo, pra nunca estar nessa posição.

Embora Saphira entendesse os temores de Aiden, ela achava que ter um ovo de dragão e não pretender chocá-lo era uma verdadeira insanidade. Era um privilégio surreal que ao que parece ele não reconhecia, o que era chocante para alguém como ela. Era uma coisa pela qual as pessoas matariam — e literalmente matavam, já que caçadores ilegais eram conhecidos por serem brutais —, enquanto Aiden via aquilo como algo insignificante na vida dele. Quase inconveniente.

— Então o que mudou? — perguntou Saphira. — Quer dizer, sobre chocar o ovo.

— Minha família é um pouco... autoritária e intrusiva. — Aiden suspirou, passando a mão pelo rosto. — Não fui eu que mudei de ideia. O ovo foi chocado sob circunstâncias que eu ainda não entendo muito bem, mas suspeito que meus pais tenham interferido. Então ganhei um filhote de dragão, e pensei que, se você treinasse o Sparky e eu ficasse longe, seria mais seguro.

Aiden sem dúvida desprezava as corridas de dragão, coisa que agradou Saphira, porque ela jamais aprovaria a ideia de colocar dragões em perigo em nome de uma dose de adrenalina.

— E o que te fez mudar de ideia sobre ficar longe? — quis saber ela.

Aiden a encarou, de um jeito tão profundo que ela sentiu um arrepio.

— Vi como você ficou chateada — admitiu ele, em voz baixa. — Também não conseguia suportar isso, então pensei que seria melhor abrir o jogo.

— Ah.

Saphira pestanejou. Ele se importava mesmo.

— Tinha um outro motivo pra eu achar que era melhor ficar longe… — Ele se calou, incerto. — Não sei se tenho o direito de te contar, ou talvez você já saiba, mas eu também tinha receio de passar tempo com você porque, bem… pensei que você me odiaria se descobrisse.

— Descobrisse o quê?

Aiden engoliu em seco.

— Saphira, sua mãe morreu enquanto corria em um dragão traficado.

Saphira foi tomada pela surpresa.

— Por que você está me contando isso? — perguntou ela.

— Desculpa ter mencionado, mas não quero guardar nenhum segredo de você — explicou Aiden, com sofrimento na voz.

A mãe de Saphira morrera quando ela era bem pequena, então já tinha lidado com a dor de perdê-la havia muito tempo. Saphira não estava totalmente chocada com a informação, mas aquilo ainda era perturbador de ouvir. Nani-Ma sempre evitara o assunto da morte da mãe de Saphira, mas ela sabia que envolvia decisões ruins da parte da mãe, uma situação que poderia ter sido evitada. Descobrir que ela tinha morrido durante uma corrida de dragões preenchia aquela lacuna de um jeito que fazia sentido.

— Não sabia ao certo como ela tinha morrido, mas minha avó chegou a me dizer que minha mãe se envolveu com as pessoas erradas, e que isso levou à morte dela — afirmou Saphira.

Nani-Ma também vivia mencionando que fora o amor da mãe de Saphira pelos dragões que a corrompera, mas ela não queria contar isso para Aiden. Tinha medo de que ele pensasse que filho de peixe peixinho é, mas Saphira sabia que nunca seria tão imprudente quanto a mãe. Saphira amava demais os dragões. Treinar um filhote era diferente de adquirir um dragão ilegal no mercado clandestino e participar de corridas perigosas.

— Mais uma vez, me desculpa — repetiu Aiden, parecendo culpado e preocupado na mesma proporção. — Descobri isso faz pouco tempo, e não tinha certeza se você sabia, e não queria ter uma informação que você não tinha. — Ele engoliu em seco. — Você está bem?

Saphira pensou um pouco antes de responder. Ela admirava mesmo o fato de Aiden não querer guardar segredos dela, e realmente já fazia muito tempo desde a morte da mãe.

— Sim, estou bem — respondeu ela por fim, assentindo. E estava mesmo. — Só fiquei surpresa por minha avó nunca ter me contado, ou que a informação nunca tenha vindo de outra pessoa da cidade.

— Esse tipo de fofoca costuma ficar dentro dos círculos Drakkon — contou Aiden.

Isso fez Saphira se sentir estranha. Todas aquelas pessoas sabiam como sua mãe tinha morrido, e ela, não.

Será que passaram todo aquele tempo rindo dela por trás das costas? A filha da mulher que tentou ter algo que não lhe pertencia? As famílias Drakkon conseguiam ser esnobes. Então Saphira se sentiu humilhada, mesmo que não tivesse motivo para isso.

De repente, ela entendeu por que Nani-Ma nunca mencionara aquilo. Era um jeito vergonhoso de morrer, talvez um dos jeitos mais humilhantes de partir em Vale Estrelado.

As famílias Drakkon já tinham aquele senso de superioridade por possuírem dragões, como se houvesse algo de especial nelas e em seu sangue. Desdenhavam de condutores que sequestravam dragões, pensando que não eram capazes de dar conta do recado, e a mãe de Saphira confirmara todas aquelas ideias elitistas ao morrer da forma que morrera.

A vergonha se espalhou dentro dela, fazendo Saphira estremecer.

— No que você está pensando? — perguntou Aiden, a voz suave.

Seu olhar era intenso ao encará-la, e, embora o assunto fosse sem dúvida difícil, por algum motivo Saphira não achava difícil conversar com ele.

— Na minha avó — respondeu Saphira, pigarreando. — Acho que ela sabia... Deve ter guardado esse segredo todos esses anos para me proteger. — Saphira conseguia entender por que Nani-Ma não compartilhara todos os detalhes terríveis, mas estava feliz por Aiden ter lhe contado agora. — Obrigada por me contar.

Ele parecia apreensivo, e Saphira lhe lançou um sorriso.

— Eu não te odeio. A morte da minha mãe com certeza foi causada pelas próprias ações dela. Não teve nada a ver com você.

Aiden soltou um longo suspiro de alívio.

— E, quanto a Sparky... — continuou ela — é uma preocupação válida, mas, na tentativa de protegê-lo, você o está machucando. Ele *quer* se vincular a você. Então talvez as corridas sejam algo com que se preocupar mais tarde?

— Você tem razão — concordou ele, esfregando a nuca. — Às vezes eu penso demais nas coisas, e tudo vira um caos, e aí eu fico esquisito. De novo, me desculpa.

Aiden suspirou, e ela achava terrivelmente enternecedor o quão genuíno ele estava sendo. No começo, Saphira ficava nervosa perto dele porque pensava que, por ser tão rico e lindo e privilegiado, Aiden a acharia estranha, mas lá estava ele, pedindo desculpas por ser esquisito.

— Não peça desculpas só para mim, não foi comigo que você gritou — disse ela, se virando para Sparky, que estivera rolando entre as ervas daninhas, mastigando grama e se divertindo.

Aiden assobiou, e Sparky olhou para ele.

— Sparky, vem cá — chamou Aiden.

Sparky lançou a Aiden o que só poderia ser descrito como um olhar de desdém antes de ignorá-lo por completo.

— Você precisa colocar um pouco de doçura — aconselhou Saphira.

— Isso é ridículo — resmungou Aiden.

Mesmo assim, ele se levantou e foi até o dragãozinho.

— Ei, Sparky — disse Aiden, fazendo voz de bebê, o que Saphira adorou. Ele costumava ser tão sério.

Sparky também pareceu aplacado pelo esforço. Ele se animou, depois saltitou para encontrar Aiden, que se agachou.

— Me desculpa, carinha — falou Aiden, coçando o queixo de Sparky.

O dragão respondeu lambendo a mão de Aiden. Tudo estava perdoado e esquecido.

Aiden voltou a olhar para Saphira, ao mesmo tempo orgulhoso e impressionado.

— A voz de bebê é loucura, mas funcionou mesmo.

— Exatamente!

Saphira se levantou e foi até ele. Aiden olhou ao redor, examinando o jardim descuidado e arregalando os olhos.

— Parece que vou ter bastante trabalho — apontou ele.

— Foi você quem ofereceu — replicou Saphira, erguendo as mãos para o alto. — Não pode mais voltar atrás.

— Nem nos meus sonhos. — Aiden sorriu. — É um espaço legal. Vai ficar muito bonito quando estiver arrumado.

Ele caminhou até a lateral do prédio, onde galhos cresciam sobre a pedra. Aiden chegou mais perto, tocando as folhas mortas.

— É uma primavera manacá — contou ele. — As raízes ainda estão boas, então vai crescer de novo quando receber um pouco de cuidado.

— Ah, eu amo primaveras! As explosões de rosa são tão lindas!

Sparky pareceu notar então que Saphira e Aiden tinham atravessado o jardim para longe dele. Soltou um grunhido, correndo para alcançá-los. Colocando uma patinha na perna de Saphira, Sparky olhou para Aiden, cheio de expectativa, como se não entendesse por que o rapaz ainda estava ali, tomando toda a atenção de Saphira.

— Sabe, acho que ele não gosta tanto assim de mim de verdade — afirmou Aiden, olhando de Sparky para Saphira.

Filhotes de dragão podiam ser voláteis, mas ficaria tudo bem.

— Não esquenta. — Saphira o reconfortou com um riso. — A gente dá conta.

Além disso, quanto mais trabalho um filhote de dragão poderia dar?

10

Pelo visto, um filhote de dragão podia dar *muito* trabalho.
No dia seguinte, Aiden apareceu por volta do meio-
-dia para cuidar do jardim, e Sparky passou o tempo com
ele enquanto Saphira trabalhava na cafeteria. Ela não teve
muito tempo para falar com os dois durante o dia — mal
teve um minuto para deixar um petisco para Sparky e um
chai com leite de aveia para Aiden (ela queria fazê-lo experimentar tudo no cardápio).

Mas, quando o dia de trabalho terminou e ela tomou um
banho, Saphira foi se juntar a eles do lado de fora. Sparky
saltou contente, percebendo que era hora de Saphira lhe dar
atenção total. A euforia, porém, durou apenas alguns minutos, quando ele começou a encarar Aiden, como se esperasse
que ele fosse embora.

Quando percebeu que isso não aconteceria, Sparky parou
de dar pulinhos e, em vez disso, começou a sibilar.

— Ele foi bonzinho o dia todo — disse Aiden, balançando a cabeça quando Sparky tentou arranhá-lo. — Não sei por que está fazendo birra.

— Acho que ele gosta de ter minha atenção só pra ele — falou Saphira, franzindo a testa.

— Não o julgo — confessou Aiden, os olhos brilhando ao se voltarem para ela.

Saphira sentiu as bochechas esquentarem, e uma risadinha lhe escapou. Sparky rosnou, pulando entre os dois, colocando a patinha na barriga de Saphira.

— Opa. — Saphira se voltou para Sparky, que estava fazendo beicinho. Ela respondeu com outro. — Pode ser bonzinho? Por favor, Sparkyzinho?

Sparky teve a decência de parecer envergonhado.

— Bom menino.

Saphira lhe deu um beijo, e o filhote saiu de cima dela. Ela ergueu a cabeça e viu que Aiden observava a interação com uma expressão afetuosa. Ela mordeu o lábio, desviando o olhar. Saphira deu uma volta pelo jardim; Aiden tinha conseguido fazer bastante coisa até então. Tinha podado a maioria dos galhos velhos e estava arrancando as ervas daninhas naquele momento.

— Talvez a gente possa te ajudar? — sugeriu Saphira. — Vou ensinar o Sparky também.

— Claro — respondeu Aiden, dando de ombros. Ele se virou para Sparky, adotando sua melhor voz de bebê: — Ei, Sparky, quer me ajudar?

— Olha, desse jeito! — indicou Saphira, indo até os arbustos e arrancando algumas ervas daninhas.

Sparky ficou intrigado com a tarefa e trotou até lá. Embora Saphira estivesse cansada, ficou energizada diante da perspectiva agradável de passar um tempo com os dois.

Quando Aiden e Saphira começaram a arrancar as ervas, Sparky entrou no meio, pegando as plantas com a boca e puxando. Quando arrancou o primeiro punhado, Saphira bateu palmas.

— Bom menino! — exclamou ela. — Você é muito bom! Saphira olhou para Aiden, dando-lhe um olhar encorajador.

— Muito bom — acrescentou Aiden, embora com bem menos entusiasmo do que Saphira.

Mesmo assim, dava para ver que ele estava tentando, apesar de achar aquilo ridículo.

Sparky se animou, contente com os elogios. Com vigor renovado, o dragãozinho começou a arrancar mais ervas daninhas. Aiden e Saphira também puseram a mão na massa, e os três trabalharam juntos sob o sol, com uma brisa suave ao redor.

Pássaros cantavam nas árvores. Saphira sorriu consigo mesma, sentindo o coração quentinho.

Era uma cena acolhedora, e logo ela começou a se divertir. Sparky estava se saindo bem, e Aiden parecia muito feliz enquanto cuidava do jardim. Saphira conseguia entender por que ele achava a atividade tão relaxante. Havia algo de reconfortante em tocar a terra, sentir a grama e as folhas, os elementos da natureza.

Até uma planta em particular lhe dar trabalho. Por mais forte que ela puxasse, a erva não se mexia. Aiden viu a dificuldade de Saphira e foi até ela.

— Aqui, deixa comigo — disse ele, colocando a mão sobre a dela, com a intenção de ajudar.

A pulsação de Saphira disparou ao sentir a mão grande de Aiden na dela, sua palma calejada cobrindo os nós dos dedos dela. Ele estava tão perto, o braço quase ao redor dela. Saphira sentiu o calor do corpo de Aiden em volta de si, a força de seus músculos conforme flexionavam com o movimento.

Ela virou a cabeça para fitá-lo, e os olhos dele se voltaram para a boca de Saphira. Ela observou o pescoço de Aiden se mexer quando ele engoliu em seco. Uma tensão pairava no ar entre os dois, uma névoa difusa.

O desejo cresceu dentro dela. O sangue pulsava em seus ouvidos, o coração batia acelerado. As pupilas dele se dilataram, as pálpebras se abaixaram. Saphira prendeu a respiração, sentindo a expectativa percorrer o corpo.

Até o momento ser interrompido quando Aiden soltou um grito de surpresa.

— Ai!

Os dois olharam para baixo e viram que Sparky tinha mordido a mão livre de Aiden. O dragãozinho rosnava para os dois. Saphira se encolheu de vergonha. *Opa.* Sparky não gostava mesmo de quando ela dava muita atenção para Aiden.

Saphira procurou a mão de Aiden e percebeu que estava sangrando. Ela fez uma careta.

— Que coisa feia, Sparky — repreendeu Saphira.

O filhote de dragão pareceu traído, então começou a dar chilique. Ele saiu correndo e pulou em um matagal, soltando pequenas bolas de fogo na direção do céu.

Saphira e Aiden trocaram olhares receosos.

— Tem um kit de primeiros socorros lá dentro — comentou Saphira, voltando a olhar a marca de mordida no dedo dele.
— Tá tudo bem — falou Aiden. — De verdade.
— Espera um pouco, volto num segundo.
Saphira voltou um instante depois com um pano úmido e curativos. Segurando a mão de Aiden, ela cuidou da ferida, lavando o sangue antes de passar o curativo com cuidado ao redor do dedo.
— Obrigado — disse Aiden, a voz rouca, os olhos escuros fitando os dela.
Ele fechou a mão sobre a de Saphira, depois apertou, e ela sentiu uma fisgada no peito, o desejo deixando seus joelhos fracos.
— Não é nada.
Saphira apertou a mão dele de volta, demorando-se por um momento antes de se levantar para levar um petisco a Sparky, mas o dragãozinho parecia estar bravo com ela.
Sparky lhe lançou um olhar raivoso e, quando ela tentou se aproximar, ele mordeu o ar, rosnando. Saphira deu um gritinho, pulando para trás.
Talvez ele se sentisse melhor no dia seguinte...

Sparky não era o único filhote temperamental com que Saphira precisava lidar. Um dia depois, na cafeteria, Saphira teve que limpar um vaso de flores quebrado que um dos dragõezinhos tinha derrubado. As criaturinhas eram curiosas e hiperativas até demais — como o mais travesso dos bebês humanos sob o efeito de esteroides.

Felizmente, as coisas andavam tranquilas na cafeteria naquelas últimas semanas, sobretudo depois da chegada da máquina de expresso. Só que a falta de espaço no lugar era sem dúvida um problema, e a causa dos danos frequentes. Dragões precisavam de espaço aberto para pular e brincar à vontade, e Saphira estava começando a perceber que uma cafeteria talvez não fosse o melhor lugar para isso.

Entretanto, com Aiden trabalhando no jardim dos fundos, o ambiente poderia ser de grande ajuda — uma solução para o problema de Saphira. Quando conseguiu um tempo livre, ela foi ver como os dois estavam, mas primeiro parou diante do espelho no corredor que levava à porta dos fundos para reaplicar o gloss.

Para seu azar, Lavinia escolheu aquele exato momento para notá-la. Ela parecia estar à procura da amiga.

— Aonde você vai assim toda embonecada? — perguntou Lavinia.

O rosto de Saphira esquentou.

— Eu *não* estou toda embonecada — protestou Saphira. — E só estou indo no jardim.

Lavinia ficou surpresa com a resposta.

— Por quê? Tá uma bagunça total.

— Ah, eu não te contei? — indagou Saphira, a voz aguda. — Aiden vai me ajudar a dar uma ajeitada nele.

Saphira sabia que não tinha mencionado nada para Lavinia.

— Aaaaah — cantarolou Lavinia, feliz com aquela informação. — Não, você *não* me contou, srta. Segredinho.

— Não tem nada de segredinho nisso! — retrucou Saphira, na defensiva.

— Uhumm. Há quanto tempo isso tá rolando?

— Só desde ontem!

— O que significa que você poderia ter me contado isso ontem, ou hoje de manhã...

Era um argumento justo. Lavinia era a única amiga próxima de Saphira. Elas trabalhavam juntas havia anos e, já que se viam todo dia, estavam acostumadas a atualizar uma à outra sobre cada minuto das próprias vidas.

Fora Saphira quem revisara a redação de Lavinia para a faculdade de veterinária; Lavinia ficara ao lado de Saphira quando Nani-Ma falecera. Elas se apoiavam em todos os momentos, o que fazia com que fosse difícil esconder qualquer coisa dela.

Saphira já tinha conversado com Lavinia mais cedo acerca da revelação de que a mãe tinha morrido durante uma corrida, mas não tinha mencionado a parte sobre Aiden e o jardim.

O que levantava a seguinte questão: *por que* ela estava escondendo aquilo de Lavinia?

A amiga parecia estar se perguntando a mesma coisa, olhando para Saphira com expectativa, mas Saphira não disse nada. Sabia que Lavinia não pararia de provocá-la, algo que ela já parecia determinada a fazer.

— Agora o gloss faz sentido — observou Lavinia, abrindo um sorriso maligno para Saphira.

— Não tenho a menor ideia do que você tá falando.

— Ah, tá bom.

Lavinia passou um braço ao redor de Saphira e fez sons de beijo.

— AH, POR FAVOR. Seu cérebro nem terminou de se desenvolver.

Saphira enxotou a amiga, mas também não conseguia parar de rir.

— Não, mas falando sério, isso é ótimo mesmo — afirmou Lavinia, colocando um fim na piada. — A gente pode usar o espaço do jardim pra ter mais mesas como você sempre planejou, principalmente agora que o tempo está tão bom!

— É exatamente o que eu estava pensando — concordou Saphira. — Viu só, eu estou tomando decisões de negócio muito sagazes.

— Sim, senhora! Olha só ela, toda *girl boss* e apaixonada. Isso que é ser multitarefas!

Saphira riu em voz alta.

— Você é a pior.

— A *melhor*.

Lavinia era mesmo a melhor.

— E o Aiden também vai participar do treinamento do Sparky! — exclamou Saphira.

— Eba, adorei! Como conseguiu isso?

— Ao que parece, a família do Aiden é superenvolvida com as corridas de dragão — explicou Saphira, mas depois se sentiu culpada por revelar uma informação daquelas. Mas era meio que um segredo conhecido, ela lembrou a si mesma. — Por isso ele tinha medo de que, se formasse um vínculo com o Sparky, seria forçado a correr e colocar o Sparky em perigo, mas eu disse pra ele não se preocupar com isso nesse momento, já que é mais importante ele formar um vínculo.

— Aaah. É, eu sei uma coisinha ou outra sobre a intensidade dos Sterling com as corridas por causa da Ginny — disse Lavinia, referindo-se a Genevieve, irmã mais nova de Aiden, que era uma amiga próxima dela, e qualquer culpa que Saphira tivesse sentido por mencionar o envolvimento dos Sterling com as corridas desapareceu.

— Enfim, você estava me procurando? — perguntou Saphira. — Parecia que sim.

— Ah. — Lavinia pestanejou, um pouco hesitante. — Estava, sim.

— O que foi? — perguntou Saphira.

— Eu me candidatei pra um estágio no Hospital Veterinário para ganhar experiência antes de começar a faculdade no outono, e acabei de saber que fui convocada — contou Lavinia. Mas, em vez de estar empolgada, ela parecia apreensiva. — Você acha que conseguiria me dispensar?

— Meu Deus, sim, é claro! Parabéns! Isso é maravilhoso, Lav — comemorou Saphira, puxando Lavinia para um abraço. — Não se preocupa com a cafeteria, sério. Vou dar um jeito. Você com certeza deve fazer o estágio. Tô tão feliz por você!

Lavinia soltou um suspiro de alívio, enfim sorrindo. Agora ela parecia empolgada.

— Ok, ufa. Não queria te deixar na mão, mas é uma oportunidade tão boa! Por isso eu estava estressada.

— Você não tinha motivo nenhum pra ficar estressada, menina.

— Vão ser só três vezes por semana — acrescentou Lavinia. — Então vou estar aqui nos outros quatro dias.

— Tem certeza de que não vai ficar cansada demais? — questionou Saphira, ela mesma ficando preocupada.

— Você está falando igual ao Theo — respondeu Lavinia. — Ele vive dizendo que eu estou trabalhando demais.

Saphira abriu um sorriso afetuoso.

— Tenho certeza de que ele só se importa com seu bem-estar, que nem eu.

— Tá tudo bem! Quer dizer, eu vou ficar cansada, mas preciso de dinheiro. A faculdade não é barata! Mas, quando eu *for* veterinária, posso ser rica e descansar.

— Vê se não se esquece de mim! Quero tirar férias na sua ilha particular.

— É claro. Vou ter duas. Uma pra mim, e outra pra conhecidos.

— Eu sou só uma conhecida? Assim eu fico magoada.

Lavinia riu.

— Ok, vai lá antes que todo o seu gloss saia. — Lavinia a enxotou. — Eu te cubro por aqui.

Saphira soprou um beijo para a amiga, depois foi para o jardim. Cumprimentou Aiden, que estava limpando a bagunça enquanto Sparky se divertia. Quando o dragãozinho viu Saphira, foi saltitando até ela, de volta a seu eu animado. Ele brincou com ela por alguns minutos, até Saphira ter que voltar para a cafeteria.

Foi só depois do fim do expediente, quando ela foi para o jardim de novo, que Sparky começou a se rebelar. Daquela vez, Saphira trouxe consigo um petisco, que ele comeu satisfeito, mas, de novo, parecia estar esperando que Aiden fosse embora, já que era fim de tarde e Saphira estava ali.

— Pode esquecer, carinha — disse Aiden. — Vou ficar por aqui.

Sparky rosnou, mas Saphira lhe deu um número suficiente de beijos para aplacá-lo.

— O Sparky vai me ajudar? — perguntou ela. — Pode pegar aqueles galhos?

Saphira demonstrou para ele, pegando galhos caídos e os colocando em uma pilha para limpar a área.

Sparky se pôs a trabalhar na tarefa, atrapalhando-se com a ordem algumas vezes até entender o que precisava fazer. Quando levou um galho para a pilha com sucesso, Saphira afagou a cabeça do filhote.

— Bom bebê — elogiou ela.

Sparky arrulhou, satisfeito, enquanto Aiden observava a interação.

— Você está se saindo muito bem com ele — observou Aiden, parando diante dela.

As bochechas dele estavam rosadas por causa do sol, e as pontas do cabelo, enroladas de suor.

Saphira o encarou com um sorriso. O espaço entre os dois encolheu; eles se atraíam feito ímãs, nenhum dos dois consciente do movimento.

Ele cheirava a musgo e hortelã. Saphira não se cansava da fragrância, que fazia sua cabeça girar.

Ela encarou seus olhos insondáveis — como a hora mais escura da noite — à procura de estrelas. Os lábios de Aiden se curvaram para cima quando ele notou que ela o observava, mas estava igualmente arrebatado. Seu olhar recaiu sobre os lábios dela, e ele piscou devagar.

Saphira escutou o som da respiração trêmula de Aiden — ou seria a dela? — conforme os dois se aproximavam. Ele tirou os olhos da boca de Saphira para encontrar os dela.

— Você tem... — disse ele, a voz rouca enquanto erguia a mão.

O polegar de Aiden roçou a bochecha dela, e Saphira sentiu uma onda de prazer com o contato. O desejo pulsava dentro dela, a tensão densa no ar entre os dois. Um calor fervia em seu estômago.

Com o coração martelando, Saphira se perguntou se havia mesmo alguma coisa em seu rosto ou se ele só precisava de uma desculpa para tocá-la. Fosse como fosse, ela não ia reclamar.

Aiden deixou a mão ficar ali. Saphira se sentiu resplandecer, como se fosse sair do chão e se tornar ela mesma uma estrela.

Então Sparky mordiscou a barra de seu vestido, e Saphira sentiu o tecido ser puxado para baixo.

— Sparky!

Ela olhou para baixo. O dragãozinho estava entre as pernas dela e as de Aiden, e era nítido que estava irritado com alguma coisa enquanto a fuzilava com os olhos.

— Sparky, para com isso — repreendeu Aiden.

Sparky rosnou, depois atacou o vestido de Saphira de novo, daquela vez mordendo o tecido com mais força. Ele puxou e, antes que Saphira pudesse detê-lo, o vestido se abriu em um rasgo enorme até a coxa. Uma rajada de vento escolheu aquele exato momento para soprar contra ela, erguendo o tecido e expondo suas pernas por completo.

Aiden encarou, boquiaberto. Um músculo se tensionou em sua mandíbula, e suas bochechas ficaram vermelhas.

Saphira soltou um grito, tentando cobrir as pernas nuas, tomada pela vergonha. O olhar de Aiden se desviou para longe, na direção das nuvens, e ele engoliu em seco, o desejo evidente no rosto.

O vento parou, e Saphira soltou o tecido rasgado. Então, deu uma risada, não mais constrangida, só achando graça.

Aiden olhou para ela, os lábios trêmulos, e começou a rir também. Ele tinha um riso tão profundo e intenso. Ela amou aquele som.

Saphira pegou Sparky no colo. Ele não demonstrava nenhum remorso.

— Você é um pestinha — disse ela, ainda sorrindo. Sparky respondeu fazendo biquinho. — Ah, tá com raiva de a gente não prestar atenção em você? — perguntou ela com voz de bebê. — É isso? O Sparky tá chateado?

O dragãozinho tentou manter a cara fechada, mas a risada de Saphira devia ter sido contagiante, porque, logo depois, Sparky se aninhou no colo dela, já calmo.

Ela deu um beijinho nele. Sparky dava trabalho, mas era seu bebê. Ela já o amava como se fosse seu, como se ele pertencesse a ela, e ela a ele.

Então Saphira ergueu a cabeça. Seus olhos encontraram os de Aiden, e ela sentiu a mesma emoção forte subir no peito, não só por Sparky, mas por Aiden. Era um anseio. Ela pensou que a sensação passaria — que era só coisa do momento, mas estava errada.

O sentimento se aninhou no fundo de seu ser, como raízes no solo.

11

Nos dias que se seguiram, Aiden continuou a trabalhar no jardim de Saphira, e Sparky seguiu sendo um agente do caos, embora consideravelmente menos assim que criaram uma rotina, e o filhote (com certa relutância) percebeu que Aiden tinha vindo para ficar.

Sparky era surpreendentemente possessivo em relação a Saphira. Aiden não julgava o bichinho. E, sim, estava pronto para lutar contra um filhote de dragão pelo afeto da mulher; e, não, ele não tinha nenhum orgulho disso, mas também não deixaria que isso o impedisse.

Aiden nem conseguia ficar chateado com Sparky por ter sido um diabinho no outro dia, rasgando o vestido de Saphira. Pensava na imagem das pernas nuas dela muito mais do que deveria.

Ele a desejava, e muito.

Em um dia de chuva forte, daquelas típicas de primavera, ele não pôde trabalhar no jardim. Normalmente, passava esses dias no chalé, lendo um livro ou fazendo uma faxina pesada no espaço já limpo enquanto ouvia um podcast. Naquele dia, porém, Aiden se viu pegando a capa de chuva, preparando-se para sair na tempestade.

Acomodou Sparky dentro da jaqueta e foi até a Cafeteria dos Dragões, correndo para não se molhar. Ainda havia muita gente por lá, todos aquecendo as mãos nas bebidas fumegantes. Atrás do balcão, Saphira se iluminou quando o viu, surpresa, e acenou. Ele abaixou o capuz e acenou de volta, com gotinhas de água escorrendo pela lateral do rosto. Aiden passou a mão pelo cabelo, que ainda estava um pouco úmido apesar do capuz que tinha usado.

Ele costumava ir direto para o jardim pelo lado de fora, usando o portão, e Saphira saía da cafeteria quando tinha um tempo livre. Aiden preferia evitar as pessoas que frequentavam a cafeteria, mas Sparky precisava aprender a se comportar em meio a outras pessoas e outros filhotes de dragão também.

Quando ele chegou ao balcão, Saphira estava terminando um desenho em um *latte*; Aiden gostava de vê-la trabalhar, como ela ficava focada, mas também a facilidade com que fazia aquilo, como se já tivesse feito um milhão de vezes antes, o que devia ser verdade. Ela era confiante e competente, o que era insuportavelmente atraente.

— Lavinia, leva isso para a Amalia — instruiu Saphira, despachando a bebida.

— Pode deixar, chefinha.

Lavinia saiu, e Saphira focou a atenção em Aiden.

— Pensei que fosse ficar em casa por causa da chuva — disse Saphira, e o som da voz dela fez a pulsação de Aiden acelerar.

Ele amava ouvir a voz dela depois de algum tempo separados; era como ouvir os acordes iniciais de sua música favorita.

— Oi, bebê — falou ela para Sparky, acariciando sua cabeça, e o dragãozinho ronronou.

— Acho que o Sparky precisa aprender a se comportar perto de outras pessoas — afirmou Aiden. — Não podemos ser sempre só nós dois com ele.

Mesmo que fosse o que ele — e Sparky também, por sinal — preferisse.

Filhotes de dragão odiavam ficar confinados — isso os deixava ainda mais travessos —, mas a cafeteria era um ambiente bastante harmonioso. Todos pareciam confortáveis, em casa. Saphira tinha feito um trabalho excepcional ao montar aquele espaço aconchegante.

Então Aiden prestou mais atenção aos detalhes: o cardápio elaborado com cuidado, a decoração, cada pequeno toque que fora pensado em especial por ela para aquele lugar. A cafeteria lhe pareceu mais linda uma vez que ele se deu conta da presença cálida de Saphira em cada cantinho.

— Bem pensado! E eu sei que o Sparky vai se comportar, não vai? — perguntou Saphira ao dragãozinho, com um sorriso radiante. Sparky arrulhou em resposta. Saphira se voltou para Aiden: — Então, quer beber alguma coisa?

— Hum, boa pergunta — respondeu Aiden. Ele não fazia ideia. — O que você recomenda? — indagou ele, o que pareceu ser a resposta correta, porque Saphira sorriu.

— Ah, eu adoro quando as pessoas me perguntam isso! — Ela ficou séria. — Ok, você quer alguma coisa sazonal ou algo clássico? Ou algo novo?

Ele refletiu por um segundo.

— Talvez algo novo?

Aiden queria se arriscar, o que foi a decisão certa, porque Saphira soltou um gritinho.

— Ok, me dá dois segundos.

Ela deu um petisco para Sparky, depois se pôs a trabalhar na máquina de expresso, e então entregou a Aiden uma caneca do que parecia ser um *latte*, com a diferença de que a bebida tinha um tom esverdeado.

Mas, longe dele questionar Saphira. Ela o encarou com expectativa. Prendendo a respiração, Aiden deu um gole tímido, preparando-se para descobrir que o tom de verde significava que o leite estava azedo, vencido ou cheio de fungos.

Mas ele ficou surpreso ao descobrir que a bebida tinha um gosto muitíssimo normal. Na verdade, era bem saborosa, com um toque de nozes.

— É bom — aprovou Aiden. — O que é?

— Um cappuccino feito com leite de pistache.

— Ah, é? Nunca tinha ouvido falar disso.

— É uma novidade! Aprendi em uma conferência para donos de cafeterias. Você é a primeira pessoa para quem eu faço, na verdade.

Ele deu mais um gole.

— Gostei.

Saphira sorriu, satisfeita. Aiden sabia que, mesmo que o café fosse horrível, mesmo que o leite estivesse vencido, mesmo que a bebida tivesse sido envenenada, ele teria dito que era uma maravilha só para vê-la sorrir.

Ele se lembrou daqueles momentos no jardim mais uma vez, os que tinha repassado sem parar em sua mente como uma cena de seu filme preferido: sua mão sobre a dela arrancando ervas daninhas, a solidez dos nós dos dedos dela contra sua palma; as mãos dos dois se tocando no solo, tão macias que parecia tortura; uma rajada de vento erguendo a saia de Saphira, a visão das pernas dela.

Só de se lembrar daquilo, o corpo dele esquentava.

Saphira parecia igualmente perdida em pensamentos, ambos se apoiando no balcão de frente um para o outro, se aproximando.

Até Lavinia interromper.

— Alô! Temos clientes!

Aiden recuou, o rosto quente. Lavinia abriu um sorrisinho; Aiden a conhecia um pouco porque ela era amiga de Genevieve.

Ele sabia que deveria tentar conversar com a jovem, já que ela era amiga de Saphira, mas só a encarou, sem dizer nada. Lavinia o observou com um olhar engraçado, depois desapareceu cozinha adentro.

— Ela não morde, sabia? — falou Saphira com doçura, e Aiden se sentiu um enorme babaca.

Saphira devia pensar que ele estava sendo muito grosso com a amiga. Ele fez uma anotação mental para melhorar.

— Desculpa, e-eu vou te deixar em paz — gaguejou ele, colocando Sparky no chão e pegando a bebida. — Vou ficar sentado ali.

Ela ficou surpresa.

— Você vai ficar? Pensei que odiasse ficar perto de pessoas — apontou Saphira, como ficou evidente pelo comportamento desconfortável dele com Lavínia pouco antes.

— Odeio, mas este lugar é incrível — explicou Aiden, olhando ao redor. — Me dá vontade de ficar, e é tudo por sua causa.

As bochechas de Saphira ficaram rosadas, e Aiden se encheu de prazer ao ver isso. Ele amava elogiá-la.

Aiden então escolheu uma mesa perto da parede, ajudando Sparky a pular em um nicho, como um príncipe no alto da torre. Enquanto dava goles na bebida, Aiden observava o ambiente.

Ele estava feliz de o lugar não estar tão cheio como de costume, e o tempo chuvoso parecia deixar todos menos agitados, então Aiden não se sentiu sobrecarregado perto de tantas pessoas.

Foi até as estantes de livros e observou os títulos, escolhendo um volume gasto; se tinha sido lido a ponto de ficar desgastado, devia ser bom. Ele se sentou com o livro. Era uma edição de *O castelo animado*, com páginas amareladas. Quando Aiden abriu a capa, viu na folha de rosto um nome escrito à mão, junto com a data.

O livro era de Saphira, de quando ela tinha cerca de 12 anos. Ele passou um dedo reverente sobre as palavras, sobre aquele artefato do passado dela, uma parte dela. Cada pedacinho de informação que ele descobria a respeito de Saphira era como um tesouro. Ele se deleitava em notá-la, conhecê-la.

E era por isso que, enquanto lia, não parava de lançar olhares furtivos para observá-la; a forma como ela afagava os filhotes enquanto passava pelas mesas, os sorrisos que tinha para cada cliente, a conversa fácil. Saphira era tão viva e jubilante. Era esplêndida.

Conforme a tarde avançava e o fim do expediente se aproximava, Aiden passou a olhar com mais atenção e viu que ela também estava cansada. Notou os momentos silenciosos em que ela parava um pouco para recuperar o fôlego ou dava um gole no *chai latte* gelado.

O jeito como Saphira torceu e prendeu o cabelo com uma presilha, pequenas mechas se soltando aos poucos. O balançar da saia ao redor das pernas. O movimento dos lábios enquanto cantarolava para si mesma — ele poderia observá-la apenas *existindo* por horas e horas.

E ela era tão linda. Aiden achava que nunca tinha visto uma pessoa tão linda. O modo como o cabelo castanho cascateava, a covinha fofa, os lábios perfeitos, sempre a um milissegundo de um sorriso.

A forma do corpo dela. Ele queria tocá-la em todo lugar. As mãos dele coçavam de vontade.

Além de ficar a encarando — coisa que ele precisava mesmo parar de fazer naquele momento —, Aiden notou que ela parecia... contente, apesar do cansaço, andando pela cafeteria. Como se gostasse mesmo daquilo. Havia uma expressão serena no rosto dela.

Ele amava que Saphira se sentisse feliz com o que fazia, mesmo sabendo que às vezes o trabalho a estressava e a deixava exaurida. Saber que ela tinha algo na vida que amava, algo pelo qual era apaixonada, enchia Aiden de felicidade.

Aiden já vira parentes demais fazendo coisas sem qualquer motivo, vivendo vidas sem propósito ou odiando o próprio trabalho. No começo, ninguém entendia por que ele perdia tempo com jardinagem, sobretudo quando quis transformar o hobby em um negócio.

Pensaram que era uma grande bobagem. Era um simples hobby, disseram-lhe, não algo sério ou lucrativo — mas era o que Aiden amava, o que ele sabia que queria fazer.

Fora Danny o primeiro a apoiar Aiden, Danny quem fizera todos os outros calarem a boca e o apoiarem também, ainda mais quando Aiden não conseguia expressar o quão importante aquilo era para ele.

Então todos o deixaram em paz, e, quando o negócio começou a dar certo, Danny teve a imensa satisfação de dizer: "Viu só? Eu não falei?". Ele saía por aí dizendo isso para todos, com seu jeito insuportável e ao mesmo tempo adorável.

Os olhos de Aiden se encheram de lágrimas com a lembrança. Doía, mas de um jeito bom. Ele tinha muita sorte de ter tido Danny como irmão, de ter sido amado por ele.

Embora Aiden tivesse terminado a bebida havia muito tempo, ele ficou na cafeteria até os últimos clientes irem embora e chegar a hora de fechar. Quando Saphira começou a limpar as coisas, Lavinia foi até a mesa dele com um pano, provavelmente determinada a pedir que saísse e se pôr a limpar para fechar a cafeteria.

Aiden tentou abrir um sorriso amigável para ela, mas a expressão devia ter parecido mais uma careta, porque Lavinia arregalou os olhos, alarmada. Aiden pigarreou.

— Posso ajudar a Saphira a limpar — propôs Aiden, apontando para o pano nas mãos de Lavinia. — Você pode sair mais cedo.

Lavinia pensou a respeito.

— Eu ia te chutar para fora, mas isso também é uma boa ideia — respondeu ela, entregando o pano.

Lavinia sorriu.

— É um prazer conhecer você, aliás — disse Aiden, e por sorte tinha ensaiado antes na cabeça, então a frase saiu com naturalidade. — Saphira fala muito de você.

Lavinia ficou feliz ao ouvir isso.

— É um prazer te conhecer também — afirmou. — Ela também fala muito de você.

Lavinia foi buscar sua bolsa e se despedir de Saphira. Ao fazer isso, ela falou mais alguma coisa para Saphira, algo que fez as duas se virarem para olhar Aiden. Ele esperava que Lavinia estivesse dizendo à amiga que ele era legal, e não mal-educado. Fosse o que fosse, Saphira pareceu feliz. Ela deu um abraço rápido na amiga, e então Lavinia foi embora, rindo sozinha.

Aiden não entendia do que ela poderia estar rindo, mas já tinha desistido de tentar entender por que as mulheres faziam o que faziam havia muito tempo.

Dando de ombros, Aiden começou a esfregar as mesas, depois a colocar as cadeiras em cima. Àquela altura, Sparky estava cochilando, então Aiden conseguiu arrumar as coisas sem nenhum problema.

Saphira se juntou a ele com o próprio pano.

— Viu só, eu te disse que ela não morde — falou Saphira com um sorriso.

Ele devolveu o sorriso, continuando a esfregar uma mesa. Quando Saphira começou a limpar a mesa ao lado dele, Aiden pausou, olhando para ela.

— Deixa comigo — reiterou Aiden, estendendo o braço para pegar o pano das mãos dela. — Você deveria se sentar. Já está de pé faz horas.

— Tá tudo bem — garantiu Saphira, mas dava para ver que ela estava cansada.

Aiden colocou as mãos nos ombros dela, conduzindo-a em direção aos fundos até ela chegar a uma poltrona ao lado da caminha onde Sparky estava cochilando. Pressionando com gentileza, Aiden fez Saphira se sentar.

— Sério, eu... — começou ela, mas Aiden levou o indicador à boca, fazendo sinal de silêncio, e ela parou de falar.

Na cafeteria silenciosa, Aiden terminou a limpeza, e toda vez que Saphira tentava se levantar, ele balançava a cabeça com firmeza e ela voltava a se sentar. Ele perguntou o que precisava ser feito e onde ficavam as coisas, e foi só depois de levar o lixo para fora e todo o trabalho ter terminado que Aiden não protestou quando ela se levantou.

— Obrigada — disse ela. — Você não precisava mesmo ter feito isso.

— Eu queria — respondeu ele.

Aiden gostava de ser útil para ela. Saphira sorriu aquele seu sorriso fácil e, ainda assim, não importava a facilidade com que ela o exibisse, nunca deixava de fasciná-lo. Ele sentiu o peito apertado de ternura.

— Tinha mais um motivo para eu querer ficar por aqui — contou Aiden. Embora normalmente aquilo seria algo que ensaiaria na cabeça com antecedência, ele percebeu que não sentia necessidade de praticar o que dizer quando se tratava de Saphira. Não mais. — Não posso treinar essa noite, tenho um jantar de família. Faltei da última vez e não posso faltar de novo. É uma coisa que a família Sterling faz semana sim, semana não.

— Que divertido! — exclamou ela, embora *divertido* não fosse bem a palavra que Aiden teria usado. — Tudo bem, posso treinar o Sparky sozinha.

— Estava pensando em levar o Sparky comigo — falou Aiden. — Para ele poder fazer amizade com os outros basaltas. Imaginei que você poderia gostar de ter uma noite livre.

— Ah.

Saphira parecia decepcionada. Ele não esperava aquela reação. Imaginou que ficaria feliz de ter uma noite de descanso. Aiden franziu a testa, incerto.

Será que ela sentiria falta de Sparky? Era isso? Pelo jeito que o olhar dela se demorou no dragãozinho dorminhoco, Aiden presumiu que deveria ser isso. Será que ele deveria pedir que Saphira o acompanhasse?

Aiden não queria, apenas porque a família dele era um pouco difícil de lidar, e decerto Saphira não ia querer aquela dor de cabeça.

Mas aquela hesitação dela... Será que Saphira estava esperando que ele a convidasse? Incerto, Aiden coçou a nuca. Era impossível ler as pessoas, entender o que elas queriam. Ele estava melhorando quando se tratava de Saphira, mas, mesmo assim, nem sempre a entendia muito bem.

— Hã, você... você gostaria de talvez vir comigo? — perguntou Aiden. — Quer dizer, tenho certeza de que você não quer, mas, caso queira...

— Sim! — Os olhos de Saphira se iluminaram. — Eu adoraria.

Ah. Mais uma vez, ele ficou surpreso com a reação dela, embora também estivesse feliz por Saphira se juntar a ele. Aiden sempre ficava feliz de passar mais tempo com ela.

No entanto, logo o prazer foi sufocado pelo estresse. Ele precisaria enviar uma mensagem a Genevieve antes para se certificar de que todos iriam se comportar.

— Que horas? — perguntou Saphira.

— Posso voltar daqui a uma hora pra te buscar?

— Perfeito! Então até lá!

Saphira afagou a cabeça de Sparky bem quando ele acordou do cochilo, depois subiu as escadas para se arrumar. Aiden saiu da cafeteria, tirando o celular do bolso enquanto Sparky trotava ao seu lado a caminho de casa. Ele ligou para Genevieve.

— Alô? — Ela atendeu parecendo alarmada.

— Oi, Ginny.

Aiden entedia por que a irmã estava desconcertada: ele quase nunca ligava.

— Por que você tá me ligando? — quis saber ela. — Nunca ouviu falar de mandar mensagem, velhote?

— Ligações são mais diretas. — Ele podia quase ver Ginny revirando os olhos. — Enfim. Vou levar uma pessoa pro jantar esta noite.

— Táááááá. Por que você tá me contando isso? Eu tô fazendo o pé, sabe, e não gosto nada quando o meu momento de autocuidado é interrompido por motivos fúteis.

— Só tô te informando pra você não ficar surpresa e fazer um escândalo quando eu aparecer com ela.

— *Ela?* — Genevieve por pouco não gritou a palavra, a voz carregada de satisfação. — Desde quando você tem uma namorada?

— Foi isso que eu quis dizer com escândalo. Ela não é minha namorada. Por favor, seja razoável, Genevieve.

— Então, qual é o nome da sua namorada? — perguntou a irmã, implacável.

— Saphira. E ela *não* é minha namorada! Ela é só uma amiga que por acaso é mulher.

— Tááááá. A última vez que você esteve disposto a fazer amizade com uma garota foi no jardim de infância.

— Isso não é verdade. O cheiro do esmalte tá afetando sua cabeça.

Era com certeza verdade. Ele tinha 6 anos e passara meses obcecado pela garota em questão. Ela usava maria-chiquinha, e ele passou uma semana andando atrás dela no parquinho até a garota jogar um punhado de lama na cara dele e lhe dizer para deixá-la em paz.

Aiden fez uma careta ao se lembrar daquilo.

— E isso foi antes de você nascer. Como é que sabe dessa história, aliás?

— O Danny me contou.

Aiden olhou para o céu, franzindo a testa. Podia quase ver as nuvens se reagrupando para desenhar o sorrisinho de Danny.

— Por favor, não seja insuportável a respeito disso.

Genevieve fez um ruído, ofendida.

— Não sei do que você está falando. Eu nunca fui insuportável, nem um dia sequer! Que falta de educação a sua dizer isso. Vou contar pra mamãe e pro papai que você vai levar a sua namorada e vai *se casar*.

Isso seria um verdadeiro pesadelo. Não a parte de se casar com Saphira — isso, na verdade, talvez fosse muito bom —, mas a parte que envolvia os pais dele.

— Ginny, não seja cruel — pediu Aiden com um suspiro. — Quando é que eu fui desagradável com você?

Então ela ficou revoltada.

— Você foi *muito desagradável* com *todos* os meninos que eu já namorei!

— Isso não é verdade.

Mais uma vez, era uma verdade absoluta. Aquele era o passatempo favorito de Aiden e Danny, mais um motivo pelo qual ele sentia muita falta do irmão.

— É cem por cento verdade, e você sabe disso.

— Talvez você só precise melhorar o seu gosto para garotos — sugeriu Aiden.

Ele nem estava falando aquilo para ser babaca. O gosto de Genevieve para homens era objetivamente terrível, algo com que todos na família concordavam.

— Essa não é a questão. E, se você continuar sendo mal-educado... — Ela parou de falar, sem precisar completar a ameaça.

Genevieve era a princesinha da família, a mais nova de todos os primos, a mais mimada e querida. Não era alguém com quem um parente gostaria de se indispor se quisesse sobreviver à família Sterling.

— Vou convencer os cuidadores a te deixar dar um segundo passeio de dragão amanhã, tá bom? — apelou Aiden.

Genevieve hesitou. Ela amava dar passeios de dragão, mas era forçada a focar na faculdade, então só tinha permissão para fazer isso uma vez por dia.

— Sem supervisão?

Em teoria, ela ainda era nova demais para andar de dragão sem supervisão. Apenas condutores com um vínculo podiam fazer isso porque não era um problema de segurança para eles. Aiden apertou o alto do nariz. Ela era um perigo.

— Sim, sem supervisão.

Dentro do raio de um quilômetro da casa — uma área bastante minúscula —, mas ele não mencionou isso à irmã naquele momento, ou ela protestaria. Explicaria a situação para os cuidadores dos dragões mais tarde.

— Perfeito. Então eu vou ser muito boazinha com a sua *amiga* Saphira e garantir que mamãe e papai também sejam.

— Obrigado.

— Te amo, tchauzinhooo!

Genevieve desligou, e Aiden passou a mão pelo rosto, balançando a cabeça. Ele amava muito a irmã mais nova, mas ela era osso duro de roer.

Aiden andou o resto do caminho até sua casa com Sparky. Quando chegou ao chalé, limpou o filhote (por sorte, o dragãozinho não se importava em tomar banho, senão Aiden teria toda uma nova tribulação com a qual lidar), depois tomou banho ele mesmo e se vestiu. Tirou o carro da garagem — um modelo pequeno e elegante que os pais insistiram que ele deveria ter, já que não teria um dragão — e dirigiu até a cafeteria de Saphira, estacionando na frente.

Uma vez lá, Aiden tirou Sparky da cadeirinha para dragão no banco de trás — o filhote não curtia ficar mais tempo do que o necessário no carro — e caminhou até o jardim com ele.

Aiden verificou o relógio; ainda faltavam dez minutos para o horário que combinara com Saphira. Ele andava de um lado para o outro, inquieto.

Ele respirou fundo para se acalmar, depois arregaçou as mangas, feliz por já ter deixado a jaqueta no carro. Pegou uma tesoura de poda, mesmo que cuidar do jardim naquele momento fosse com certeza arruinar sua roupa e a família dele fizesse muita questão de que cuidasse da aparência. Aiden, por sua vez, preferia as roupas casuais de sempre, mas os jantares de família sempre exigiam elegância, então ele estava usando um terno sem gravata.

Pegou a tesoura de poda e foi até os arbustos crescidos, cortando-os. Os movimentos o acalmaram, assim como o cheiro do solo e a brisa suave do anoitecer. Sparky pulou e se pôs a pegar os pedacinhos de planta, brincando com eles conforme caíam.

Então Aiden ouviu a porta se abrir. Ele se virou, e lá estava ela.

O ar ficou preso em sua garganta. Saphira estava usando um vestido de seda com o cabelo caindo em ondas, metade presa atrás e algumas mechas emoldurando o rosto. Como na noite em que tinham se conhecido, ele sentiu vontade de passar o dedo pelos cachos, mas estava congelado no lugar, fascinado pela visão dela.

Saphira era tão, tão linda.

Ele ficou tão atordoado, na verdade, que não notou quando a tesoura de poda deslizou de seus dedos. Ela caiu, e o cabo atingiu diretamente o pé de Aiden. Ele soltou um palavrão alto ao sentir a dor.

— Meu Deus, você tá bem? — perguntou Saphira, correndo até ele.

— Tô, tá tudo bem — disse ele entre dentes.

Sua dignidade, porém, não estava, mas ele não tinha neurônios suficientes para pensar nisso quando ela estava tão...

— Que tal? — questionou ela, mordiscando o lábio inferior. — Chique demais?

— Não, você está... perfeita. — Era a única palavra adequada, e ainda assim não dizia tudo. — Você está perfeita.

O vestido de Saphira tinha alças finas, mas um xale envolvia os ombros dela para protegê-la da noite fria. Enquanto os dois caminhavam até o carro, Aiden um passo atrás dela, o xale escorregou, revelando a curva do ombro de Saphira. A pulsação dele acelerou com violência diante da visão da pele nua, e sua mente ficou vazia quando uma onda de desejo o atingiu.

Ele cerrou a mandíbula, fechando as mãos em punho nas laterais do corpo conforme a tensão vibrava dentro de si. Desejava tocá-la.

Aiden abriu a porta para ela, que se sentou no banco do passageiro, sorrindo para ele. Antes que pudesse abrir a porta de trás para Sparky, o dragão pulou no colo de Saphira. Ela deu um gritinho.

— Sparky! — repreendeu Aiden, mas Saphira riu.

— Tá tudo bem — disse ela enquanto Sparky se acomodava. Ela colocou o braço ao redor do dragão bebê.

Aiden entrou no carro e começou a dirigir. Quase nunca tinha motivo para fazer isso. Como vivia muito perto da rua principal, costumava caminhar, mas a propriedade da família ficava mais no alto das colinas.

Tinha sido pensada, é claro, para ser acessada com um dragão, então ele supunha que o crescimento de Sparky seria uma vantagem naquele ponto.

Enquanto dirigia, Aiden olhou de soslaio para Saphira. Sparky estava apoiado nas patas traseiras, encostado na janela abaixada, sentindo o vento na boca aberta. Saphira o observava com afeto, sorrindo consigo mesma enquanto a brisa bagunçava seu cabelo.

Antes que Aiden pudesse se dar conta, eles chegaram aos portões. Ele digitou o código que os deixava entrar. A ansiedade tomou conta dele. Aiden queria ter ficado naquela pequena bolha, apenas com Saphira e Sparky.

Ele desejou que pudessem morar em um mundinho só deles, sem interagir com ninguém. Sua família era dogmática e barulhenta — e se Saphira se assustasse?

Ela não parecia preocupada quando Aiden parou o carro na frente da casa. A mestre do estábulo os cumprimentou quase que de imediato, levando Sparky consigo para ficar com os outros dragões. Sparky a acompanhou feliz até os estábulos; sabia que seria bem cuidado ali.

Saphira observou Sparky indo embora com uma expressão ansiosa.

— Os dragões ficam abrigados no outro lado da propriedade — explicou Aiden a Saphira enquanto caminhavam até a porta da frente. — Eles vão cuidar bem do Sparky, então não precisa se preocupar.

— Tá, que bom.

Ela soltou um suspiro, abrindo um sorriso para ele. Então Aiden notou que ela estava usando salto. O rosto de Saphira estava muito mais perto do dele naquele instante, era uma tortura. Ele poderia roubar um beijo com facilidade.

Saphira olhou ao redor, e Aiden balançou a cabeça, tentando afastar os pensamentos relacionados aos lábios dela que o distraíam.

— Nunca estive na casa de uma família Drakkon — comentou ela. — Não imaginava que seria tão... grande.

Ela parecia impressionada, assimilando tudo, a propriedade aparentemente interminável.

— Você não precisava mesmo ter vindo — falou Aiden.

Saphira franziu a testa, decepcionada.

— Você não queria que eu viesse?

Ele arregalou os olhos.

— Não, é claro que eu queria! Adoro passar tempo com você. É minha família que é... um pouco demais.

— Mas isso é maravilhoso.

— É?

— É. — Saphira franziu o nariz para ele, como se Aiden fosse muito bobo. — Eu não tenho ninguém.

Ele se deu um tapa mental, envergonhado. Nossa, como ele era insensível.

— Vamos lá — disse Saphira.

Ela tocou a campainha, e Aiden ouviu o som. Um momento depois, a porta se abriu e os dois entraram.

No mesmo instante, foram bombardeados por barulho, os filhos dos primos mais velhos correndo uns atrás dos outros pelo salão iluminado, enquanto os adultos tinham conversas animadas e barulhentas em vários sofás e poltronas. Uma funcionária apareceu para pegar a jaqueta de Aiden e o xale de Saphira.

Aiden se sentia atordoado, se readaptando ao ambiente Sterling de costume, mas então Saphira jogou o cabelo para trás, fazendo os braceletes tilintarem, e isso foi o suficiente para estabilizá-lo.

— O Aiden chegou! — anunciou Genevieve para a família ao vê-los na porta.

Ela ergueu a barra do vestido e foi saltitando até os dois, revelando os pés descalços. Tinha 19 anos, mas parecia mais nova, com o cabelo escuro liso atrás das orelhas.

Genevieve parou diante deles, encarando Aiden com expectativa. Ele arqueou as sobrancelhas, ignorando-a, o que rendeu um revirar de olhos da caçula. Com atraso, ele se lembrou das boas maneiras.

— Saphira, esta é a minha irmã, Genevieve — apresentou Aiden. — Ginny, esta é a Saphira.

— É um prazer conhecê-la — disse Saphira, e ela e Ginny se abraçaram e trocaram beijos na bochecha.

— Lembra o que a gente conversou... — começou Aiden, mas Genevieve tinha um brilho travesso nos olhos, um que só podia significar confusão.

Ele sentiu o estômago se revirar.

— E ele trouxe uma *namorada*! — declarou Genevieve em voz alta.

A casa caiu em silêncio. O foco de todos se voltou para Aiden — exatamente o que ele não queria. Ele fuzilou Ginny com os olhos, mas ela só lhe deu um sorriso doce em resposta, e era impossível ficar chateado com a irmãzinha por muito tempo.

Ele mexeu no cabelo da garota, bagunçando-o de propósito, e Ginny afastou a mão dele com um tapinha. Aiden e Saphira entraram, sendo parados a cada cinco segundos por vários parentes que queriam dizer oi, até as ondas se partirem e revelarem a mãe de Aiden, Cecilia, avançando em uma nuvem de perfume.

— Aiden, querido! — exclamou ela, indo beijar a bochecha dele.

A mãe era uma mulher alta, com o cabelo escuro puxado para cima em um coque elegante.

— Mãe, esta é a Saphira — apresentou Aiden. — Saphira, esta é a minha mãe, Cecilia.

— É um prazer conhecê-la! — cumprimentou Cecilia, apertando as mãos de Saphira. Ela se virou para Aiden: — Ginny mencionou que você traria uma amiga, mas não acreditamos nela! Aiden, querido, você deveria ter me avisado. Teríamos preparado algo especial para sua convidada!

— Ah, que gentileza — falou Saphira. — Estou muito feliz de estar aqui. Muito obrigada por me receber em sua casa.

Então chegou o pai de Aiden, Edward. Aiden apertou a mão do pai. Edward era sempre um pouco formal e reservado, embora ainda afetuoso.

— É um prazer conhecer o senhor — afirmou Saphira quando Edward apertou sua mão também.

— Conhecemos sua família? — perguntou Cecilia.

Aiden ficou constrangido.

— Acho que não — respondeu Saphira após um instante. — Fui criada pela minha avó, e ela faleceu no ano passado.

Antes que Aiden pudesse tentar uma mudança de assunto, Emmeline chegou em seus saltos altos para abraçar Saphira, que soltou um suspiro de alívio.

— Ufa, um rosto amigável — sussurrou Saphira.

— A Saphira é a proprietária da cafeteria — explicou Emmeline para Cecilia e Edward. — Ela foi a primeira cliente da Inferno!

— Ah, que maravilha! — exclamou Cecilia, unindo as mãos.

Os pais de Aiden ficaram sem dúvida contentes com a informação.

Genevieve tinha vagado para a outra sala, mas, quando ouviu aquela informação, se juntou ao grupo de novo.

— Ah, é a chefe da Lavinia! — disse ela.

— Isso — falou Saphira, abrindo um sorriso cálido.

— Já vi sua cafeteria, parece muito agradável — acrescentou Edward com um aceno.

— É um lugar tão aconchegante! — concordou Cecilia.

Saphira parecia feliz com a interação, e Aiden ficou aliviado.

Eles chegaram à sala de estar, onde Cecilia levou Saphira de um lado para outro, apresentando-a a vários tios e tias e primos e crianças. Havia muitas pessoas — muito caos. Depois de um tempo, Aiden afastou Saphira da mãe, sussurrando desculpas no ouvido dela, mas Saphira balançou a cabeça, com um olhar encantado no rosto.

Antes que ela pudesse dizer qualquer coisa, o primo mais novo de Aiden, Oliver, se intrometeu, correndo até eles com olhos enormes. Embora tivesse 20 e poucos anos, Ollie tinha o rosto de um pré-adolescente.

— Oi, meu nome é Oliver — apresentou-se ele, tomando a mão de Saphira e beijando seu dorso.

— Oi — respondeu Saphira com uma risadinha.

Aiden encarava a cena com os olhos estreitos. O menino estava quase suspirando.

— Você veio aqui com esse cara? — Oliver apontou o polegar para Aiden. Saphira pareceu achar graça, e Oliver bufou. — Ele é um dos nossos parentes mais chatos. Se quiser se divertir, vem comigo.

Àquela altura, Aiden já estava bastante irritado. Por que o primo estava tentando dar em cima da mulher que ele trouxera?

— Você não tem mais o que fazer, Oliver? — resmungou Aiden.

— Na verdade, não. — Ele sorriu. — Por que a gente não se senta e conversa?

Antes que Aiden pudesse responder o que exatamente Ollie deveria fazer, eles foram chamados pelo avô de Aiden.

— Talvez mais tarde! — replicou Saphira, educada.

Aiden fez uma careta para Oliver antes de ir com Saphira falar com o avô, que estava usando um terno elegante e sentado em um dos sofás, segurando uma bengala.

— Oi, vô — falou Aiden.

— Quem é esta linda garota que você trouxe? — perguntou o avô, franzindo as sobrancelhas brancas como a neve. — E por que ela não me foi apresentada primeiro?

— Desculpa, vô — respondeu Aiden, acanhado.

— É um prazer conhecer o senhor — disse Saphira, e o avô de Aiden deu batidinhas no espaço a seu lado no sofá.

Saphira se sentou e, quando Aiden tentou se sentar do outro lado, o avô o enxotou com a bengala.

Aiden fez uma careta. Todo mundo estava tentando roubá-la!

— Por que não posso me sentar com vocês também? — perguntou ele.

O avô estalou a língua.

— Cadê a educação que eu te dei, menino? Pegue uma bebida para a moça!

Aiden ficou constrangido.

— Certo... volto já.

Ele foi pegar duas taças na cozinha, onde foi interceptado por Emmeline, que tinha um sorrisinho no rosto.

— *Sabia* que você gostava dela.

Aiden sabia que, onde houvesse uma irmã insuportável, tinha que haver outra: como que acionada, Ginny saltitou até a cozinha bem a tempo de ouvir o comentário de Emmy. Ela arfou.

— Ah, céus, meu irmão mais velho tem um crush!

— Vou ignorar vocês duas, obrigado.

Talvez trazer Saphira ao jantar tivesse sido uma má ideia.

Quando ele voltou para a sala de estar, porém, encontrou Saphira aos risos com seu avô. Ela se encaixava tão perfeitamente. Todos a amaram de imediato, o que não surpreendeu Aiden nem um pouco. Ele estava maravilhado com a forma como Saphira em um instante iluminou o salão, com o quão corajosa e gentil ela era apesar de todo o sofrimento e as dificuldades.

Parecia certo ela estar ali com ele. Céus, talvez Emmy tivesse razão: ele gostava *mesmo* dela.

Mas isso não podia ser permitido. Era complicado demais. Sparky estava todo envolvido naquela situação. Ele e Saphira tinham uma relação profissional. Ele precisava manter isso em mente.

Aiden entregou a Saphira um *spritz* de toranja e alecrim, juntando-se a ela e ao avô enquanto o homem a presenteava com histórias de condutores de dragão de sua juventude.

Pouco tempo depois, chegou a hora da refeição. Todos se levantaram e se dirigiram à sala de jantar.

— Vamos lá? — perguntou Aiden.

— Vamos — respondeu ela com um sorriso.

Lá dentro, a mesa comprida estava decorada com velas e flores, cada lugar meticulosamente arrumado com louças intrincadas e talheres reluzentes.

— Uau — sussurrou Saphira. — Que coisa mais linda.

A mãe dele sempre exagerava naqueles jantares, mesmo que fossem apenas para a família. Aiden olhou para Saphira. Ela parecia nervosa.

— De novo, me desculpa se isso for demais — falou ele, puxando uma cadeira para ela ao lado de seu lugar de sempre.

Ela se sentou, balançando a cabeça.

— Não precisa se desculpar! Está sendo divertido.

Antes que ele pudesse responder, Oliver apareceu.

— Posso me sentar aqui? — indagou o garoto, apontando para a cadeira de Aiden ao lado de Saphira.

Aiden ficou tanto enfurecido quanto perplexo.

— Não?

— Ollie, melhor desistir enquanto pode, menino — aconselhou Emmeline do outro lado da sala.

Ollie saiu de fininho.

— Quantos anos ele tem, afinal? — perguntou Saphira, achando graça.

— Vinte e um — respondeu Aiden.

Ela caiu na gargalhada.

— Mentira! Não tem como ele ter mais de 15!

— Ele sem dúvida age como um adolescente — resmungou Aiden, irritado que Ollie tivesse tentado dar em cima de Saphira, mas ela só achara tudo hilário.

Ela continuava rindo, então Aiden começou a sorrir também. Ele amava a risada dela. Era como o soar dos sinos. Ele sorriu enquanto ela se recompunha, então Saphira olhou para Oliver outra vez e foi tomada por outra crise de riso. Ela cobriu a boca.

— Me desculpa. — Ela riu, e ele riu também.

Era tão fácil ser feliz perto dela, fácil como respirar.

E Aiden sabia que amava sua família, mesmo que às vezes eles fossem intensos demais. De repente, foi tomado por uma tristeza por Saphira ao pensar em como ela não tinha ninguém. Prometeu a si mesmo que ficaria ao lado dela, fosse como fosse.

O jantar foi servido, com vários pratos: ostras, halibute, macarrão com trufas, pato etc. Ele achava aquilo um pouco sufocante, mas estava acostumado à extravagância. Aiden apreciava a simplicidade em todas as coisas — era muito mais difícil causar um estrago quando as coisas eram simples e diretas. Saphira parecia um pouco estressada com toda a fanfarra, olhando para Aiden a fim de imitar o que ele estava fazendo.

Aiden pediu desculpas outra vez, mas ela encostou o joelho no dele.

— Não — falou ela baixinho, quando parecia que ninguém mais estava olhando. — É divertido. Não para todo dia, mas você entendeu.

— Isso é todo dia para eles — revelou Aiden. — É ainda mais formal quando eles dão jantares para os amigos, e nem me pergunte sobre os jantares para o Conselho Dragão.

— A sua família faz parte do Conselho? — perguntou Saphira, comendo um pouco do macarrão com trufa. — Desculpa, eu deveria saber disso...

— Não, não se preocupa. Sim, meu pai faz parte do Conselho, ele é o representante dos basalta. Tem um representante para cada uma das quatro raças de dragões.

— Isso significa que você é o herdeiro do trono? — brincou Saphira.

— Hã... meio que sim? Não que eu queira ser.

Saphira arregalou os olhos.

— Tem um trono de verdade? Eu estava brincando!

Genevieve estava sentada do outro lado de Saphira e se intrometeu:

— Não é um trono literal, mas a vaga no Conselho, em resumo, é. — Ela falava com um tom de desdém. — É tudo muito arcaico.

— Céus. O que aconteceu com a democracia? — indagou Saphira.

— Em teoria, é uma democracia — respondeu Genevieve —, mas o poder sempre fica na mesma família. Um bom e velho sistema manipulado.

— Bom, não vai ficar com os Sterling depois do papai, já que não quero me envolver com nada disso — declarou Aiden.

A política era intensa demais. Ele não servia para aquele tipo de coisa. Estava feliz em ficar no jardim, longe de tudo aquilo. Gostava de se esconder em seu mundinho particular.

Aiden olhou para Saphira, tentando imaginar se ela se esconderia com ele.

— E quanto a você? — perguntou Saphira para Ginny, curiosa.

— Infelizmente, o sistema além de arcaico é misógino — concluiu ela, revirando os olhos.

Eles continuaram comendo, e, quando chegou a sobremesa, Aiden estava cansado, ansiando voltar para casa. Como ele e Danny tinham apenas um ano de diferença, e Danny sempre fora o irmão mais falante, Aiden nunca tivera o hábito de interagir tanto. Já socializara mais do que o suficiente para um dia. Ainda mais quando já tinha passado tanto tempo na cafeteria mais cedo. Ficaria contente de não ver mais ninguém por uma semana (exceto Saphira, óbvio).

Aiden estava feliz, pelo menos, por sua família ter sido receptiva com Saphira, incluindo-a nas conversas e lhe fazendo perguntas sobre o trabalho. Quando ele era adolescente ou jovem adulto e levava para casa a pessoa com quem estava namorando (nas raras ocasiões), seus pais não saíam do pé dele, fazendo dúzias de perguntas do tipo "Como é a família dela? De onde ela é? Ela voa em dragões? De que raça é o dragão dela?".

Por sorte, fazia tanto tempo que ele não namorava alguém que os pais provavelmente só ficaram felizes de ele ter levado alguém para conhecê-los.

Não que os dois estivessem namorando! Então, é claro, não era a mesma coisa. A relação dele com Saphira era apenas profissional.

Aiden foi arrancado dos pensamentos ao sentir cabeças se virarem em sua direção. Tarde demais, ele percebeu que uma das tias lhe fizera uma pergunta. Ele pestanejou.

— Sua tia estava perguntando sobre o Sparky — sussurrou Saphira, dando uma ajudinha.

— O Sparky está bem — respondeu ele, enquanto todos pareciam estar aguardando a resposta.

— Tenho certeza de que boa parte do crédito por isso é da Saphira — provocou Emmeline.

— Ele nunca teve aptidão pra lidar com dragões — contou um dos primos de Aiden.

— Não, na verdade o Aiden… — começou Saphira, mas a voz dela logo se perdeu em meio às dos vários membros da família que se juntavam à conversa, rindo.

— Ele levou uma eternidade pra aprender a montar!

— E, mesmo assim, era um caso perdido, lembra?

— Não é de se espantar que o Aiden precise de uma treinadora para o filhote dele.

— Que bom que você está ajudando ele, Saphira, ou vai saber como o Sparky ia acabar.

Todos os comentários eram verdadeiros, mas Aiden se irritou mesmo assim, se sentindo envergonhado.

Saphira franziu a testa.

— Ele é maravilhoso com o Sparky — declarou ela, mas ninguém pareceu lhe dar atenção.

Era apenas papo furado, e logo a conversa seguiu adiante, mas a mente de Aiden se deteve no que haviam dito. Ele se sentia inadequado.

— Ei — chamou Saphira, em voz baixa, só para ele. — Você está bem?

— Tô, eu só… — Ele se calou. Era difícil dar voz ao que estava sentindo, se permitir ser vulnerável. — Eu me sinto um fracasso. Ninguém mais teve dificuldade com seus filhotes de dragão.

— Você não é um fracasso — garantiu Saphira. E, de alguma forma, só por ela dizer isso, ele acreditava. — Você está indo muito bem! — Debaixo da mesa, ele procurou a mão dela e ela procurou a dele. Aiden a segurou. — Vamos fazer isso juntos.

Saphira apertou a mão dele, e um peso saiu do peito de Aiden. Ele sentia que ia sair flutuando, mas o ponto de contato entre os dois o ancorava ao chão, no lugar exato onde ele queria estar: sentado ao lado dela.

O rosto de Saphira era iluminado pela luz das velas. O batom tinha saído, mas havia deixado para trás uma mancha rosa, do mesmo tom que suas bochechas, que estavam rosadas de tanto rir. De repente, Aiden sentiu no peito um aperto que não conseguia explicar.

Enquanto segurava a mão dela, porém, tudo que ele sabia era que queria se segurar em Saphira e nunca mais soltar.

12

O jantar com os Sterling foi um verdadeiro *evento*. No começo, Saphira se sentiu um pouco deslocada à mesa, sem saber bem como agir, qual era a etiqueta correta para a ocasião, mas bastava olhar para Aiden para que tudo ficasse mais fácil. Ele estava firme, sólido a seu lado.

A família dele era um pouco sufocante, mas, mesmo assim, foram todos incrivelmente amáveis. Genevieve era adorável e Saphira já amava Emmeline. O avô de Aiden era muito divertido e Ollie era hilário; os pais de Aiden eram muito gentis, e todos os outros pareciam ótimos também.

E, embora Saphira pudesse ver que Aiden adorava a família, também era visível que ele estava pronto para ir para casa. Então, depois do jantar, quando todos estavam se acomodando para mais conversas regadas a chá verde, ela perguntou para Aiden se ele não se importaria de deixá-la em casa, já que ela precisava acordar cedo para abrir o café.

— É claro. — Ele suspirou de alívio. Ela sorriu, e Aiden devia ter suspeitado que ela fizera aquele pedido para ajudá-lo, porque seus olhos se estreitaram com um sorriso. — Obrigado, Saphira.

Ela sentiu um arrepio. Havia algo de muito íntimo na forma como ele dizia o nome dela, como se saboreasse seu gosto na boca. Saphira se perguntou que outro gosto ele poderia saborear se tivesse a chance...

Certamente pensamentos que ela não deveria estar tendo rodeada pela família dele!, repreendeu-se.

Os dois se despediram dos outros, e Aiden a envolveu com o xale, demorando as mãos sobre os ombros dela. Saphira sentiu os calos das mãos dele através do tecido e desejou senti-las em sua pele.

Todos tinham agido como se ela e Aiden estivessem em um encontro, e, embora soubesse que não estavam, Saphira continuava ansiando pelo que o fim de um encontro poderia trazer.

Eles saíram da casa enorme para a noite silenciosa, e Aiden soltou um longo suspiro. Saphira olhou para o rosto dele iluminado pela lua, para as sombras que a mandíbula projetava sobre o pescoço, e sentiu que ainda não queria voltar para casa. Queria que a noite durasse um pouco mais.

— Vou pedir para os cuidadores trazerem o Sparky — disse Aiden.

— Na verdade, você pode me mostrar a propriedade? — perguntou Saphira. — Quero ver os dragões.

— É claro — respondeu ele, oferecendo-lhe o braço.

Ele a conduziu pela propriedade. Saphira ficou impressionada com a mansão do lado de fora, com o quão grande era. O jardim era lindo, podado com cuidado e planejado ao longo da colina, mas o que ela queria mesmo ver eram os dragões.

Quando chegaram aos estábulos, ela ficou boquiaberta. Primeiro, o lugar era enorme, com o dobro do tamanho que imaginara. Depois, Saphira nunca tinha visto tantos dragões em um só lugar. Alguns descansavam dentro dos estábulos, enquanto outros brincavam no campo, e alguns voavam.

Eram todos da raça basalta, com escamas brilhantes de um preto profundo e os olhos de um roxo deslumbrante. Eram magníficos.

A raça basalta era a de maior prestígio, e até ela sabia disso. O que significava que os Sterling estavam entre as famílias Drakkon mais poderosas — se não *a mais* poderosa família Drakkon, já que o pai de Aiden fazia parte do Conselho Dragão.

De repente, Saphira se sentiu muito fora de sua zona de conforto, e a insegurança se espalhou por seu corpo. Aquele era um mundo totalmente diferente do que ao que ela estava acostumada, e Aiden nascera e crescera nele.

Não se tratava apenas da riqueza que a família possuía, mas daquele privilégio e poder acumulados por gerações — e dos dragões. Coisas que ela não podia quantificar, que jamais entenderia ou das quais jamais faria parte, não importava o que fizesse.

Saphira olhou para os funcionários do estábulo, os cuidadores que atendiam os dragões. Mesmo que trabalhassem com os dragões, eram serventes. *Ela* era basicamente uma servente, também, só que no café.

Aqueles filhotes de dragão jamais seriam dela. Saphira não estava no mesmo nível das famílias Drakkon nem de Aiden, e jamais estaria.

Seus pensamentos foram interrompidos pela imagem de um cuidador que trazia Sparky, adormecido, nos braços. Ela ficou feliz por vê-lo e grata ao cuidador por trazê-lo.

— Vamos para casa? — perguntou Aiden, oferecendo--lhe a mão.

Saphira se lembrou de como, debaixo da mesa, quando estendeu a mão para ele, ele também já a procurava. De como ele a segurou, e ela se sentiu ancorada. Todo o ruído ao redor pareceu se calar, e ficaram apenas os dois.

Saphira pegou a mão dele e sorriu.

— Vamos.

Foram até o carro de Aiden, onde o cuidador depositou Sparky no banco de trás. Aiden a levou para casa, serpenteando devagar pelas colinas. Saphira olhava pela janela, deleitando-se em como tudo fora agradável, apesar de intenso.

Todos tinham sido tão gentis. Quando ela entrou e viu o quão sofisticada era a casa, ficou com medo de que eles a rejeitassem, mas o medo se desfez com facilidade logo no início.

Tinha sido tão fácil se encaixar na família dele, tão perfeito. Havia muitas pessoas à mesa para que conseguisse se lembrar de todos os nomes, mas ela amou ver Aiden com a família. Mesmo que ele estivesse um pouco deslocado, ainda se sentia confortável perto deles.

Aiden também parecia confortável com ela agora. Saphira prestava muita atenção às pequenas mudanças no comportamento de Aiden; quando ele estava mais ansioso, quando estava mais relaxado. Ela o observara ao longo da noite, notando quando parecia sobrecarregado ou mais calmo.

Gostava de observá-lo. Mesmo naquele instante, enquanto ele dirigia, Saphira não parava de lhe lançar olhares furtivos. Aiden tinha tirado a jaqueta, e as mangas estavam arregaçadas, revelando as linhas fortes de seus antebraços.

Uma das mãos estava no volante, enquanto a outra repousava de leve sobre o câmbio; ele tinha dedos longos e elegantes, como um pianista ou um cirurgião. O anel de sinete na mão esquerda brilhava ao luar, a mesma luz que iluminava seu rosto de formas diferentes conforme eles passavam à sombra das árvores.

Saphira entendia cada vez mais que Aiden não era rabugento ou entediante, só tímido e ansioso. Um homem recluso. Ele não gostava de ficar perto de muita gente — mas gostava dela.

Ou pelo menos ela achava que gostava. Mas talvez estivesse sendo otimista demais.

Eles chegaram à casa dela, e Aiden estacionou na frente.

— Vou te levar até a porta — disse ele, desafivelando o cinto de segurança.

— Obrigada.

Eles saíram, com Sparky ainda adormecido no banco de trás, e Aiden trancou o carro, embora não houvesse nenhum perigo no momento. A rua principal estava vazia, com todas as lojas fechadas, todos passando a noite em casa. Para Saphira, a cena parecia um cartão-postal, ou uma imagem de um globo de neve.

Eles caminharam até a porta lateral, parando na frente.

— Obrigada por me deixar te acompanhar — falou Saphira, virando-se para Aiden.

Com os saltos, ela não precisava erguer muito a cabeça, e gostava de estar perto do rosto dele daquele jeito, capaz de fitar seus olhos escuros.

— Obrigado por ir comigo — respondeu ele. — Tenho certeza de que você deve estar com dor de cabeça.

— Não, eu adorei! — Lágrimas encheram os olhos dela. — Foi tão bom. Não tenho nada como aquilo, então foi... foi muito bom.

— Ei — disse Aiden, franzindo a testa. — Você tem o Sparky e... — Ele hesitou, e o coração de Saphira parou. — E a mim — continuou ele. — Estamos juntos nessa, certo?

O coração dela ficou radiante. Saphira sorriu, dando um passo à frente para beijar a bochecha de Aiden.

— Obrigada — sussurrou ela.

O desejo vibrou por ela no ponto de contato, e Saphira se afastou antes que se deixasse levar.

Mas Aiden se prolongou, sem dar sinais de partir.

— Quer entrar? — perguntou ela, que também não queria que ele fosse embora. — Talvez tomar um chá?

Os olhos de Aiden se estreitaram, como se Saphira tivesse lido seus pensamentos.

— Quero — respondeu ele. — Deixa só eu buscar o Sparky.

Ele foi pegar o dragãozinho adormecido, e Saphira os deixou entrar na cafeteria silenciosa, ligando uma seção pequena de luzes perto das poltronas e da lareira. Parecia certo, só os três, mesmo com Sparky adormecido. Como se fossem uma pequena família.

Mas aquele era um pensamento perigoso, um que ela não podia alimentar.

Falando em família, Saphira se perguntou como seria crescer em uma família como os Sterling.

— Você tem razão, eu meio que estou com dor de cabeça, sim — admitiu Saphira com um sorriso, e se pôs a preparar chá verde para os dois. — Mas não ligo.

Depois que o chá ficou pronto e Sparky se acomodou em uma caminha, ela e Aiden se sentaram nas poltronas. Já que a cafeteria estava vazia e havia chovido aquele dia, estava friozinho, então Aiden logo acendeu o fogo. Ela observou os músculos de seus ombros se mexerem enquanto ele posicionava a lenha, os dedos ágeis das mãos enquanto ele riscava o fósforo. O brilho baixo das chamas bruxuleantes aqueceu o espaço entre eles.

— Minha família é intensa, mas isso era perfeito para uma pessoa como o Danny, que vivia à toa ou fazendo graça — contou Aiden, sentando-se na poltrona. Saphira lhe entregou o chá. — Ele tinha um montão de primos com quem brincar, e tias e tios para quem se apresentar. Danny vivia rodeado por uma multidão e odiava ficar sozinho. — Aiden soltou um riso leve. — Já eu sou o oposto. Vivo me escondendo, tentando achar momentos de paz e sossego.

— Isso é tão diferente de como eu cresci — disse Saphira, com a xícara de chá aquecendo as mãos. — Tive só a Nani-Ma. Sempre fomos só nós duas. — Ela fez uma pausa. — Eu fui um acidente, acho — confessou Saphira baixinho. — Acho que não era pra eu ter nascido.

Aiden pareceu indignado com isso. Ficou em silêncio por um momento, as sobrancelhas franzidas, pensativo.

— Você não é um acidente, Saphira — rebateu ele, a voz baixa. — Você é um sonho que se tornou realidade.

Saphira sentiu as bochechas se aquecerem ao ouvi-lo. Ela sorriu, esperando que Aiden soubesse o quanto ela apreciava aquelas palavras. Continuaram conversando, até Saphira terminar o chá. Ela pousou a xícara, sentindo-se muito relaxada, embora o dia tivesse sido longo.

Deu um bocejo, e Aiden pousou sua xícara também, se levantando.

— Você deveria descansar um pouco — sugeriu ele, pegando Sparky com um braço.

— Acho que é uma boa ideia — concordou ela, apesar de adorar estar perto dele.

Saphira levou Aiden até a porta, onde ele parou.

— Você pode ir ao jantar da família sempre que quiser — declarou ele, um pouco constrangido. — Não sei se gostaria, mas, se quiser, as portas estarão sempre abertas.

— Eu adoraria — respondeu ela, com um sorriso largo. — Obrigada de novo.

— Boa noite, Saphira — despediu-se ele, inclinando-se para beijar a bochecha dela.

Os lábios de Aiden roçaram a pele dela, provocando um arrepio em Saphira.

Ela sentiu a barba por fazer de Aiden e se deixou ficar ali por um momento, apreciando o contato. Saphira fechou os olhos, escutando o som da respiração trêmula dele. O coração dela martelava no peito, o sangue rugia em seus ouvidos.

Os joelhos de Saphira ficaram fracos, e ela cambaleou um pouco. A mão livre de Aiden foi até a cintura dela, amparando-a. A tensão reverberou nela. O vestido de Saphira era uma seda fina, e ela sentiu a pressão dos dedos de Aiden na curva de sua cintura. Seu sangue pulsava.

Ela chegou mais perto, mas Sparky estava entre eles, no outro braço de Aiden. O filhote sibilou, os olhos semicerrados. Estava irritado por ser acordado, encarando os dois com fúria.

O momento se rompeu.

Saphira sorriu, dando um passo para trás.

— Boa noite — sussurrou ela.

Ele engoliu em seco, os olhos dilatados.

— Boa noite — respondeu ele, a voz rouca.

13

Aiden e Saphira continuaram trabalhando juntos, treinando ao anoitecer e arrumando o jardim durante o dia. Sempre que Saphira tinha um tempo livre, passava para ajudar Aiden com qualquer tarefa que ele lhe atribuísse, mas, durante a semana que se passara, nem tivera oportunidade para fazer isso.

A cafeteria andava incrivelmente movimentada. Lotava todos os dias — o que era excelente para os negócios, mas não o melhor para sua condição física. Ela estava exausta, ainda mais naquele momento que Lavinia tinha começado o estágio no hospital veterinário.

Saphira tinha contratado mais um funcionário de meio período para assumir os dias em que Lavinia não estaria lá. Era um estudante de pós-graduação que demorou um pouco para pegar o jeito do trabalho.

Como não era tão produtivo quanto Lavinia, Saphira teve que assumir parte do trabalho dele, além do próprio.

E era por isso que, alguns dias depois, ao final do expediente, ela estava tão mole que Lavinia ficou preocupada.

— Você está bem? — perguntou Lavinia. — Senta aqui e bebe um pouco de água.

— Eu tô bem, só um pouco cansada — disse Saphira, mas não recusou a água.

Vivia se esquecendo de se manter hidratada, e dar um longo gole com certeza ajudaria.

Ela se levantou de novo, sorrindo para Lavinia, que estava recolhendo louças sujas com mais energia do que Saphira conseguia reunir.

— Ainda bem que com você não tem tempo ruim — falou Saphira.

Lavinia sorriu.

— O Hospital Veterinário é tão divertido! — exclamou Lavinia. — É gratificante, e não tão cansativo quanto trabalhar aqui, então, sim, tenho mesmo um pouco mais de energia.

Saphira foi tomada pela culpa.

— Ah, me desculpa, sei que faço você trabalhar demais.

Lavinia fez um gesto.

— Nem vem. De qualquer forma, você faz *você mesma* trabalhar ainda mais. O carinha novo tá finalmente pegando o jeito da coisa? Qual é o nome dele mesmo? Carl?

— Calahan. E, sim, está. Mas não é tão bom quanto você.

Saphira e Lavinia tinham uma sincronia perfeita após tanto tempo trabalhando juntas, então não dava para comparar.

— Já pensou em contratar mais gente? — perguntou Lavinia, seguindo Saphira até a cozinha para preparar um pedido.

Saphira fez um sanduíche de peito de peru, colocando-o com cuidado em um prato antes de suspirar.

— Não ando com tempo para pensar em nada — respondeu Saphira. — Esse é pra mesa dois.

Ela mandou Lavinia para o salão com o pedido, recuperando o fôlego sozinha na cozinha por um momento.

Saphira não tinha folga e fazia várias coisas ao mesmo tempo: era barista e garçonete e chef, e auxiliar de cozinha e lavadora de pratos... sem contar proprietária e gerente e contadora. Havia tanta papelada!

A cafeteria estava conseguindo um lucro decente, e os pagamentos semanais de Aiden com certeza ajudavam, mas ela precisava de uma solução mais eficiente a longo prazo do que viver apagando incêndios. Quitar o financiamento seria uma grande ajuda, mas ela não tinha pensado mais em como transformar aquela ideia em realidade. Como gerente, ela precisava pensar em um plano melhor.

A cabeça dela latejava, e Saphira esfregou as têmporas.

— Ei, você tá bem? — questionou Lavinia, entrando outra vez na cozinha.

Saphira abriu um sorriso radiante.

— Tô, sim.

Lavinia franziu a testa.

— Talvez você devesse contratar mais gente.

— Acabei de contratar o Calahan.

— Além de um substituto para mim — disse Lavinia, lhe lançando um olhar incisivo.

Saphira suspirou de novo. Em um mundo ideal, ela poderia apenas ser a gerente da cafeteria, supervisionando as coisas, enquanto as pequenas tarefas cotidianas eram delegadas a outros, mas Saphira tinha receio de se arriscar até que a situação do café estivesse melhor e ela tivesse certeza de que poderia manter uma equipe.

— Mais funcionários também poderiam ficar de olho nos filhotes — argumentou Lavinia. — Assim você não teria que lidar com tantos pequenos desastres.

— Hum, sei que você tem razão — admitiu Saphira, seguindo Lavinia para fora da cozinha. Já estava quase na hora de fechar, então havia poucos clientes. — Preciso me sentar qualquer hora e fazer as contas.

Era uma perspectiva que ela temia.

— Precisa mesmo — concordou Lavinia. — Eu até ofereceria ajuda, mas você sabe que eu e a matemática não somos melhores amigas.

Saphira sorriu. Seu olhar vagou até a porta da frente, que tinha acabado de se abrir, dando passagem a um jovem esguio.

— Falando em melhores amigos…

Ela apontou para a porta com a cabeça, e o rosto de Lavinia se iluminou.

— Senhoritas — disse Theo, marchando até o balcão.

— Oi, Theo — cumprimentou Saphira, mal conseguindo uma resposta antes de Lavinia puxá-lo para longe, e os dois logo ficaram absortos na própria conversa.

Tinham acabado de se ver naquela manhã quando Theo passara para entregar uma porção de trufas de bolo *falooda* (sobre as quais Saphira estava cética, mas que eram boas mesmo), mas os dois eram sempre daquele jeito quando se viam, como se o tempo juntos nunca fosse suficiente.

Saphira observou o par: Theo pegou a bebida de Lavinia, dando um gole. Ao fazer isso, a boca ficou manchada com um pouco de batom, e Lavinia riu, inclinando-se no balcão para limpar. Era um gesto simples, mas Saphira poderia ter jurado que notou alguma coisa mudar no rosto de Lavinia quando ela tocou a boca de Theo, o polegar se demorando na pele do amigo.

Mas o momento passou em um piscar de olhos, tão rápido que poderia ter sido só a imaginação de Saphira, e os dois já estavam falando um por cima do outro de novo. Estavam em uma frequência totalmente diferente, e Saphira se sentia muito feliz por eles, mesmo que seu peito doesse.

Às vezes ela se sentia solitária ao ver o quão sólida era a relação dos dois, o quanto eles combinavam. Isso ressaltava o fato de ela não ter nada daquilo.

Então a porta da frente se abriu, chamando sua atenção, e a frequência cardíaca dela aumentou. Aiden ergueu a mão, acenando, e abriu um sorriso fácil para ela, e, mesmo naquele momento, aquilo foi como uma vitória pessoal. Ela amava o sorriso de Aiden, o modo como transformava o rosto dele, suavizando os traços duros.

O humor dela melhorou de imediato quando o viu. Aiden tinha aquele efeito em Saphira. Por mais que o dia tivesse sido longo ou cansativo, Saphira sempre sentia uma pequena explosão de energia toda vez que ele acenava para ela na porta.

Aiden em geral ia direto para os fundos com Sparky quando chegava, e depois ela ia encontrá-lo no jardim quando terminasse seus afazeres, mas naquele dia ele entrou e foi até o balcão. Saphira sentiu que Theo e Lavinia os observavam e fez questão de ignorá-los, mesmo sentindo a pele formigar.

— Oi!

Ela se debruçou sobre o balcão para acenar para Sparky, que estava ao lado das pernas de Aiden.

— Oi — respondeu Aiden, os olhos cálidos. — Então, eu estava pensando que a gente podia fazer uma coisa um pouco diferente hoje.

— Ah, é?

Saphira estava intrigada.

— É.

Aiden parecia empolgado. Atrás dele, do lado de fora da cafeteria, Saphira viu que ele tinha estacionado o carro na frente.

— Aonde a gente vai? — perguntou ela.

Em geral, tudo na cidade era perto o bastante para ir caminhando.

— É surpresa — falou ele.

Saphira sentiu o entusiasmo percorrer seu corpo.

— Tá, só me dá, tipo, meia hora pra terminar aqui — disse ela.

A cafeteria fechava dali a poucos minutos, mas ela precisava arrumar as coisas.

— Posso ajudar — ofereceu Aiden, bem quando Sparky saiu trotando, em direção à porta da frente, querendo sair.

— Tá tudo bem — assegurou Saphira com uma risada. — Você pode esperar lá fora com o Spark antes que ele dê chilique.

Não era algo que Sparky vinha fazendo com tanta frequência ultimamente, mas ainda acontecia quando o momento exigia. O dragãozinho estava se saindo muito bem durante as sessões de treino, sem deixar os ânimos se exaltarem tanto e se comportando bem de modo geral. Saphira estava orgulhosa do progresso dele, e orgulhosa também do progresso dele com Aiden.

— Certo, então até daqui a pouco — disse Aiden.

Saphira acenou, e ele foi correndo atrás de Sparky, deixando-o sair.

Enquanto os dois brincavam na frente da cafeteria, Saphira observava, sentindo o coração derreter. Aiden estava sorrindo, e a luz do sol aquecia sua pele enquanto ele segurava um graveto, fazendo Sparky pular cada vez mais alto. Sparky estava se divertindo — o dragãozinho gostava bem mais de Aiden agora e se sentia muito mais confortável com ele do que antes. Aiden e Sparky estavam formando um vínculo, como deveria ser.

A princípio, Saphira tivera medo de que sentiria ciúme quando isso começasse a acontecer, mas não sentia, nem um pouquinho. Estava apenas feliz por eles estarem se aproximando.

Provavelmente porque amava Sparky e queria que ele fosse feliz.

— Vai lá — disse Lavinia, cutucando Saphira por trás.

— O quê? — perguntou Saphira, vendo que Lavinia tinha se aproximado.

— Eu e o Theo podemos fechar.

— Não, tá tudo bem, eu fico pra fechar — afirmou Saphira, balançando a cabeça.

Theo estava terminando de beber o *iced chai latte* no balcão, mas acenou com a cabeça, concordando com o que a melhor amiga tinha dito.

— Sério, vai lá — falou Lavinia. — Como você disse antes, comigo não tem tempo ruim. — Ela deu uma piscadela.

— Tem certeza? — Saphira se sentia mal. — Achei que vocês iam para a noite de cinema da cidade.

Theo acenou com a mão e se levantou.

— A gente tem tempo. Além disso, você está com cara de quem está precisando de um descanso.

Saphira quis protestar mais por princípio, mas estava mesmo louca para aceitar a oferta, então foi o que ela fez.

— Obrigada, meus anjos. Agradeço muito. — Saphira abraçou Lavinia e soprou um beijo para Theo. — Bebidas por conta da casa!

— Achei que as nossas bebidas já eram por conta da casa — sussurrou Theo.

Lavinia riu, cutucando o braço dele.

Saphira pegou a bolsa e saiu. O tempo estava lindo, o céu com faixas suaves de azul e branco.

— Já acabou? — perguntou Aiden, enquanto Sparky saltitava até Saphira.

Ela riu, pegou Sparky no colo e lhe deu um abraço.

— Já. Então, qual é a grande surpresa?

— Você vai ver.

Ele estava satisfeito consigo mesmo, o que só deixou Saphira ainda mais animada. Nem importava o que acabaria sendo a surpresa; ela estava feliz por vê-lo feliz.

Enquanto Aiden dirigia rumo às colinas, eles ouviam música e conversavam sobre coisas aleatórias. O tempo passou sem que percebessem. Era estranho pensar que, apenas alguns meses antes, Saphira nem sequer conhecia Aiden, e agora ele ocupava um lugar tão importante em sua vida, como se sempre tivesse estado ali.

Aiden estacionou às margens de uma floresta e desligou o motor.

— Onde estamos? — indagou Saphira.

Ela não reconhecia o lugar. Aiden abriu um sorriso discreto.

— Vamos.

Saphira trocou olhares com Sparky, mas os dois obedeceram, saindo do carro e seguindo Aiden. Passaram por um pequeno trecho de árvores antes de chegarem a um campo aberto. Parecia haver pedaços de madeira apodrecida dispostos a diferentes distâncias, cada um marcado com tinta vermelha.

Saphira lançou um olhar intrigado para Aiden.

— O Sparky pode praticar o fogo de dragão dele aqui — explicou Aiden, parecendo entusiasmado. — Olha, eu preparei marcações diferentes pra ele mirar.

— Ah! — Fazia sentido. Ela se encheu de satisfação ao ver a iniciativa que ele tinha tomado, e Aiden parecia feliz com o deleite dela. — Que maravilha!

— Conheço este lugar porque o pôr do sol aqui é lindo — falou Aiden. Além do campo, ela podia ver o verde sinuoso das colinas. — Eu e meu avô fazemos trilha aqui.

— Que lindo! Mas aquele senhor não deveria estar fazendo *trilhas*.

— Ok, está mais pra caminhadas em meio à natureza. — Aiden riu. — Não é nada muito intenso, não precisa se preocupar.

Sparky estava intrigado com o campo e os arranjos, olhando para as marcas de tinta vermelha com curiosidade. Saphira se agachou para ficar na altura dos olhos do dragãozinho, oferecendo seu melhor sorriso encorajador, embora ela mesma estivesse um pouco nervosa no momento.

Saphira não tinha boas experiências com filhotes de dragão e fogo, como a máquina de expresso derretida podia atestar. Mas ela confiava que Sparky podia ser treinado, que o dragãozinho dela não causaria tamanho estrago.

— Ok, Sparkyzinho, é hora de aprimorar o seu fogo — disse ela.

Ele a encarou com os enormes olhos roxos, observando enquanto Saphira abria bem a boca, puxando bastante ar. Ela fechou a boca, prendendo o ar nas bochechas, depois aos poucos soprou o ar no rosto dele, esperando que ele fosse entender que deveria produzir fogo de dragão.

Sparky piscou para ela, que repetiu o gesto até o dragãozinho o assimilar. Ele assentiu, então respirou fundo.

Sparky soltou uma bolinha de fogo. Saphira bateu palmas.

— Bom trabalho!

— Ok, Sparky, olha só — chamou Aiden, colocando um pedaço de madeira a cerca de quinze centímetros do filhote. — Mira aqui.

Sparky se virou para Saphira, e ela apontou para a madeira, soprando ar.

O filhote se colocou em posição com uma expressão determinada. Ele inalou, depois mirou uma bola de fogo bem na madeira. Ela acertou a marcação, e o pedaço pegou fogo.

Saphira pulou, dando gritinhos, e Aiden aplaudiu.

— Isso! Bom trabalho! — elogiou Saphira.

Sparky sorriu; ele adorava ser elogiado. Saphira abriu os braços para ele, que correu para o colo dela, recebendo muitos beijinhos. Aiden afagou as escamas de Sparky, e o filhote fechou os olhos, contente.

— Certo, vamos continuar — disse Aiden.

Eles seguiram com um treino parecido por todo o campo verde, cada vez mirando um alvo um pouco mais distante. Daquela forma, Sparky poderia aos poucos aperfeiçoar seu fogo.

O dragãozinho se saiu bem, precisando de algumas tentativas no começo, mas acertando cada alvo com precisão perfeita ao final. Os três trabalharam juntos, Saphira sempre ao lado de Sparky, incentivando-o, enquanto Aiden ficava perto dos alvos, encorajando o filhote. Depois que Sparky acertava o alvo, Aiden apagava o fogo.

Sparky parecia surpreso com suas habilidades e satisfeito com a própria força, o que lhe deu mais energia. Ele corria para o alvo seguinte antes de o outro ter sido apagado, mirando sem o incentivo de Saphira.

O que foi bom, no final, porque Saphira estava ficando muitíssimo cansada. Ela se sentia tonta, a visão oscilante. Talvez o calor a estivesse afetando; o céu estava sem nuvens, perfeitamente ensolarado. Ela só precisava de um momento para descansar, só isso.

— Aiden, por que você não vem ficar com o Sparky para praticar dar comandos pra ele também? — sugeriu Saphira, tentando manter a voz normal.

Ela não queria que Aiden notasse que ela não estava se sentindo bem, senão ele ia querer parar, e Sparky estava progredindo muito bem. Saphira não queria acabar com o ímpeto do dragãozinho ou diminuir a energia dele.

Aiden foi até Sparky.

— Ok, Sparky, mira ali.

Sparky voltou a olhar para Saphira. Ela assentiu, e o filhote se voltou para Aiden.

— Bem ali — instruiu Aiden, mas ele não estava soando confiante.

Sparky inspirou, como se fosse emitir chamas, depois soltou o ar sem fogo, rolando de costas na grama.

— Não, Sparky — repreendeu ele.

Quando viu que Aiden ficou contrariado com a desobediência, Sparky saiu trotando, ignorando o homem de caso pensado. Saphira teve a sensação de que Sparky estava sendo um pentelho de propósito para irritar Aiden, o que era engraçado, ela tinha que admitir. Saphira conteve o riso, e Sparky viu isso; ele lançou bolinhas de fogo no ar, bem longe do alvo.

Aiden fez uma careta, e Saphira sabia que precisava ser séria e ensinar o dragãozinho, não ser sua cúmplice.

— Aiden, seja firme — orientou ela. — Ele vai te ouvir.

— Sparky, volta aqui — disse Aiden, a voz severa.

Sparky olhou para Saphira, que fez uma careta para lhe mostrar que desobedecer a Aiden não era mais engraçado, e Sparky aquiesceu, voltando para o lado do tutor.

— Ótimo. Então, mira.

Sparky obedeceu, mirando o alvo. O fogo atingiu o pedaço de madeira bem no centro, e a madeira foi consumida pelas chamas.

— Isso! Bom trabalho! — vibrou Saphira.

— Muito bem — festejou Aiden, afagando a cabeça de Sparky.

Aiden e Sparky continuaram o treino com os alvos enquanto o estado de Saphira piorava. Ela parou de prestar atenção, sentindo a cabeça pesada e o estômago dolorido. Com a sensação de que precisava se deitar e se encolher em uma bolinha, Saphira lembrou que não tinha comido nada o dia todo — não tivera tempo.

Fechou os olhos com força, tentando fazer a cabeça parar de girar. Eles acabariam logo, e então ela poderia comer. Não queria estragar o tempo de Aiden e Sparky juntos; os dois estavam se saindo tão bem.

Até ela abrir os olhos e ver que Sparky estava se empolgando, o entusiasmo dando lugar à hiperatividade. Aiden foi preparar mais madeiras enquanto Sparky lançava bolas de chama no ar, os olhos roxos iluminados pelo fogo.

— Sparky — tentou alertar Saphira, mas a voz dela estava fraca demais.

O dragãozinho não estava prestando atenção; ele continuou brincando com o fogo, intrigado pela luz forte, sem ligar para a direção de seus sopros.

Sparky não notou que a explosão seguinte foi direto na direção das costas de Aiden.

— Aiden! — gritou Saphira, começando a correr. — Cuidado!

Saphira o empurrou para fora do caminho. Ela foi tomada por uma dor ardente, e então tudo ficou escuro.

14

Aiden tinha acabado de preparar mais um alvo quando de repente ouviu a voz de Saphira. Logo em seguida, foi empurrado. Ele tropeçou, depois se virou e viu chamas, e então ela tombando.

— Saphira! — gritou ele em pânico.

Aiden caiu de joelhos ao lado dela, virando-a com delicadeza para que Saphira ficasse reta no chão. O braço dela estava queimado, vermelho e cheio de bolhas.

O estômago de Aiden se revirou. Manchas escuras turvaram a visão dele enquanto a dor rasgava seu peito. Sparky saltitou até eles, os olhos arregalados.

— O que você fez? — gritou Aiden. Sparky tentou se aproximar dela, mas Aiden ergueu a mão. — Não. Fica longe.

Com um rosnado, Sparky saiu andando pelo campo, destroçando um pedaço de madeira com as patas. Aiden não tinha tempo para se preocupar com o chilique do filhote. Ele correu até o carro, procurando o kit de primeiros socorros que mantinha ali. Lá dentro, encontrou uma pomada para queimaduras de dragão.

Voltou para o campo, apoiando Saphira com cuidado em seu colo para aplicar a pomada no braço dela. Aiden aplicou uma porção generosa do medicamento, e a pele vermelha já parecia um pouco melhor — mas por que ela estava inconsciente?

Ele levou dois dedos para sentir a pulsação no pescoço dela. Estava tão fraca.

O pânico tomou conta dele. Aiden a sacudiu pelos ombros, tentando animá-la, mas ela não reagiu.

Ele foi tomado pela emoção, e seus olhos se encheram de lágrimas. Começou a chorar, segurando o rosto de Saphira, o corpo dela apoiado nele.

— Por favor, abre os olhos — sussurrou ele.

Não sabia o que havia de errado, o que tinha acontecido; tudo o que sabia era que não podia perdê-la. Que sentido teria qualquer coisa se ele a perdesse?

Então Sparky apareceu, cutucando o braço de Aiden com a cabeça. Aiden olhou para onde o dragãozinho parecia estar preocupado. Sparky lambeu a mão de Aiden, consolando-o.

— Desculpa por ter explodido — murmurou Aiden. — Fiquei tão assustado. Sei que eu disse que ia melhorar, e estou tentando, prometo.

Sparky se aninhou ao lado de Aiden, indicando que estava perdoado. Então subiu no colo de Saphira, esfregando o focinho no rosto dela. Depois de um momento, Saphira grunhiu.

O coração de Aiden acelerou de novo. Devagar, Saphira abriu os olhos.

— O que aconteceu? — perguntou ela, tentando se sentar. Aiden a ajudou, segurando sua mão.

— Você está bem? — indagou ele. — Você foi atingida por fogo de dragão e desmaiou.

— Ah, céus. — Ela arregalou os olhos ao se lembrar. — Eu ando tão cansada, e acho que esqueci de comer... e na noite passada...

— Saphira, você não pode fazer isso — advertiu Aiden, chateado. — Você precisa se cuidar.

Ele ainda estava se recuperando de vê-la inconsciente. Sentia como se ele mesmo fosse passar mal.

— Eu sei, você tem razão.

Saphira olhou para a queimadura, fazendo uma expressão de dor. Então Sparky a notou e sibilou. Antes que qualquer um dos dois soubesse o que estava acontecendo, Sparky esfregou o braço dela com as patas, removendo a pomada.

— Ai! — gritou Saphira enquanto as patas de Sparky raspavam a pele queimada.

— Sparky! — explodiu Aiden. — Para!

Ele ia pegar Sparky e afastá-lo dali, mas Saphira o interrompeu:

— Espera um pouco.

Depois de remover a pomada, Sparky começou a lamber a ferida, e Saphira soltou um longo suspiro de alívio.

— Está ajudando — falou ela, olhando para Aiden. — Você sabe que saliva de dragão cura queimaduras de dragão.

Em especial a saliva de um dragão e seu próprio condutor. Aiden tinha uma vaga lembrança de aprender isso em algum ponto da vida, mas tinha se esquecido completamente da informação no calor do momento.

Não era de se espantar que Sparky tivesse dado chilique quando Aiden lhe disse para ficar longe.

Como se lesse seus pensamentos, Sparky se virou e lhe lançou um olhar fervilhante. Aiden respondeu com um olhar acanhado.

Saphira conseguiu erguer o tronco, ainda se segurando à mão de Aiden.

— Desculpa por desmaiar — disse ela.

— Não peça desculpas — repreendeu ele, se sentindo exausto. Não com ela, mas com a situação. — Você precisa descansar. Já chega de treino. Vou te levar pra casa.

Ela assentiu, e ele a ajudou a se levantar. Mas então um pensamento a atingiu, e Saphira comentou:

— Mas você queria ver o pôr do sol!

Ele franziu a testa.

— Não estou preocupado com o pôr do sol — replicou ele. — Estou preocupado com você.

— Ah.

Seus lábios relaxaram, e então ela não protestou.

Aiden a conduziu para o carro, onde ajudou Saphira a se sentar e acomodou Sparky no banco de trás. Ele a levou para casa, com as mãos firmes no volante. Quando chegaram, ele estacionou e a levou para dentro, com Sparky trotando atrás dos dois.

— Sério, eu tô bem — insistiu Saphira, destrancando a porta da frente. — Pode ir, tenho certeza de que tem coisas para fazer.

Aiden levou um dedo aos lábios para fazê-la parar de falar. Ela não estava bem, e ele não ia embora até que estivesse completamente recuperada. Saphira pressionou os lábios, contendo um sorriso.

Ela o deixou entrar em seu apartamento. Era pequeno e aconchegante, muito parecido com ela. Aiden foi atingido pelo aroma de rosas e inspirou fundo, tomado pela sensação onírica de estar envolto nos braços de Saphira.

Com a mão no cotovelo dela, Aiden ajudou Saphira a se sentar no sofá, que tinha um tom vibrante de verde, decorado com almofadas de estampas floridas. Aiden colocou uma das almofadas atrás da cabeça de Saphira, gesticulando para que ela se deitasse. Ergueu os pés dela e tirou seus sapatos, deixando que as mãos se demorassem na pele macia e delicada dos tornozelos dela.

Aiden pegou uma manta e a estendeu sobre o corpo dela, aninhando-a. Saphira se acomodou, com um sorriso tímido.

— Olha que eu vou ficar mal-acostumada — disse ela, satisfeita.

Aiden quis lhe dizer que ela *deveria* ficar acostumada àquele tratamento. Era muito pouco comparado ao que ele faria por ela se Saphira fosse sua.

Mas aquele era um pensamento perigoso. Ele o afastou, se sentindo melhor por ela estar confortável. Estava inquieto antes, mas já mais feliz por vê-la relaxando.

Até ele lembrar que ela dissera que não tinha comido nada. Aiden não confiava que ela fosse se alimentar, então foi até a cozinha do outro lado da sala.

— Vou fazer alguma coisa pra você — avisou ele. — Só fica paradinha por uns minutos.

Saphira abriu a boca para protestar, mas ele lhe lançou um olhar severo, e ela apertou os lábios.

— Tá bom.

Ele lhe deu um copo d'água, depois voltou para a cozinha para fazer um inventário, olhando ao redor para ver o que poderia cozinhar. Avistou alguns ingredientes, uma receita se formando na mente, mas sua expressão reflexiva devia tê-lo feito parecer perdido, porque Saphira começou a se levantar.

— Não, não, fica aí — disse Aiden, erguendo a mão. Ele olhou para o dragão, que estava deitado no piso da cozinha. — Spark, você vai ficar de olho nela pra que não se levante — ordenou.

Sparky ergueu a cabeça, depois marchou até Saphira, pulando no colo dela.

— Opa — falou ela, enquanto o dragãozinho se acomodava.

Não tinha mais como se levantar.

Na cozinha, Aiden começou a ferver meio pacote de macarrão.

— O queijo está na gaveta!

Ele deu uma risada.

— Indireta recebida.

Ela abriu um sorriso culpado, as bochechas rosadas.

— Onde você guarda os legumes? — perguntou Aiden, vasculhando a geladeira.

Achou um pepino meio mofado que logo jogou fora.

— Tem batata no armário — instruiu ela.

— Tô falando de legumes de verdade. Sabe, os que têm valor nutricional.

— Hum... — Ela riu. — Bom, eu não preciso de legumes.

— Tááááá.

Por sorte, ele encontrou no fundo do freezer um pacote congelado de ervilhas e cenouras, que ele triturou no molho para enganá-la.

Ele não gostava de lugares novos, mas gostava do apartamento dela — talvez só porque gostava dela.

Um fato com o qual ele precisava lidar, que não podia mais ignorar. Sobretudo depois que vê-la ferida o fez sentir que tinha levado um soco no estômago. A lembrança do corpo de Saphira caído era dolorosa e confirmava o quanto Aiden se importava com ela.

Ele espantou a imagem angustiante e, em vez disso, focou no presente. Seu olhar vagou até Saphira no sofá, onde ela afagava Sparky, conversando com ele com voz de bebê. O peito de Aiden se apertou de afeto.

Nunca fora bom em relacionamentos, e era por isso que tinha passado mais tempo solteiro do que gostaria de admitir. E também era o motivo de ele precisar proceder sem pressa e com muito cuidado. A última coisa que desejava era que ela se machucasse — sem mencionar o fato de que, com Sparky na história, ele tinha que ser ainda mais cauteloso.

Sparky adorava Saphira, então Aiden precisava garantir que seu comportamento não prejudicasse o relacionamento do dragãozinho com ela.

Era mais sábio só ficar longe — mas então ele viu o sorriso dela, e soube que seria impossível.

15

Saphira estava deitada no sofá debaixo de uma manta aconchegante com Sparky em seu colo, observando Aiden cozinhar. Do lado de fora, tinha começado a chover, e ela escutava o som do outro lado da janela, o tamborilar suave das gotas de chuva misturado aos sons de Aiden fatiando e mexendo a comida na panela.

A princípio, tinha sido estranho descansar enquanto ele estava lá dentro, trabalhando sozinho. Saphira estava muito acostumada a fazer tudo por conta própria, mas havia um prazer real em deixar que Aiden cuidasse dela, em se permitir contar com o apoio dele. Em se permitir enfim relaxar.

E naquele momento ela não queria se levantar. Estava grudada ao sofá, ainda mais com o peso de Sparky em seu colo. O dragãozinho parecia igualmente confortável, sem nenhum plano aparente de se mexer. Ele se encolheu contra Saphira enquanto ela afagava sua cabeça, distraída, acariciando as escamas negras.

A queimadura no braço tinha doído no começo, mas estava quase curada. Saliva de dragão funcionava mesmo, e a velocidade com que tinha curado Saphira era maravilhosa, em especial porque significava que ela e Sparky tinham criado um vínculo apropriado. Do contrário, o cuidado do dragãozinho com a ferida não teria funcionado tão bem.

O vínculo entre um dragão e seu condutor ajudava a desenvolver a cura, e, embora Saphira não fosse a condutora de Sparky, continuava sendo próxima dele. Ela o adorava, era seu bebezinho, mesmo que ele tivesse crescido, mais pesado em seu colo do que era quando começou a treiná-lo.

O olhar de Saphira passeou até Aiden na cozinha. Suas mangas estavam arregaçadas e ele picava uma cebola, os músculos dos antebraços se contraindo a cada movimento. O coração dela derreteu, e um aperto surgiu em seu peito.

Ela gostava dele, gostava mesmo. Não tinha como negar. Lavinia tinha razão: Saphira tinha um crush.

Mas tinha que ser racional. Não podia ser imprudente, indo atrás de algo que talvez não desse certo. Se Aiden não sentisse o mesmo, as coisas ficariam esquisitas entre os dois, e ela não podia estragar o acordo que tinham.

Para começar, ela ainda precisava do dinheiro que Aiden estava lhe pagando para treinar Sparky. Mais importante que isso: ela não queria perder Sparky.

Ela também não queria perder Aiden, mas essa era uma questão completamente diferente. Precisava ser sábia, mas que mulher conseguia ser racional quando se tratava de um homem irresistível?

Ainda mais um que cozinhava!

Aiden levou dois pratos até Saphira no sofá, sentando-se ao lado dela. Sparky se enfiou entre os dois. A comida estava deliciosa. Era um macarrão com menos queijo do que ela teria acrescentado, mas estava bom.

— Obrigada, Aiden — disse ela.

— Não foi nada — respondeu ele. — Eu poderia ter feito algo mais elaborado, mas esse prato era rápido, e não tem muita coisa na sua cozinha.

Saphira riu.

— Eu não cozinho muito. Tomo café da manhã e almoço na cafeteria, e, quando chega a hora de jantar, a última coisa que eu quero é preparar alguma coisa pra comer, então costumo fazer umas coisas aleatórias. Às vezes cozinho um pouquinho de macarrão, coloco um pouco de queijo por cima e me dou por satisfeita.

Aiden arregalou os olhos, horrorizado.

— Isso não é saudável. Coma pelo menos uma salada. Sabe, você pode comprar aquelas saladas prontas. Nem precisa fazer nada! É só abrir e comer. Isso vai garantir sua ingestão de legumes e verduras.

Ela fez uma careta.

— Eu como batata, isso conta!

— Não conta, não.

— Vou interpretar isso como: você gosta de cozinhar — disse Saphira.

— Gosto — respondeu ele. — Me dá satisfação juntar os ingredientes e preparar um prato. A jardinagem envolve muito mais planejamento e paciência pra obter o resultado desejado, mas, na cozinha, é imediato. E delicioso.

— Eu amo mesmo comida boa. Acho que nunca me interessei por cozinhar porque era sempre Nani-Ma quem cozinhava, e ela fazia os melhores pratos. — Saphira sorriu com carinho diante das lembranças, e de repente se lembrou de uma coisa. — Na verdade, toda primavera ela fazia um curry com carne de carneiro e botões de flor. Não lembro como se chamava, mas era meu prato favorito. Não como desde que ela se foi.

Aiden fez um som reflexivo, e os dois continuaram a comer, conversando sobre coisas aleatórias. Ela se sentiu muito melhor, mais energizada.

Quando terminaram, ele recolheu os pratos e os levou para a cozinha. Mais relaxado, Aiden observou a casa, reparando nos detalhes.

Saphira se sentia insegura em relação ao apartamento: era um pouco caótico e tinha um estilo mais antigo, já que ela guardara todas as decorações de Nani-Ma e as usara, mesmo depois de vender a casa onde moravam e se mudar para o apartamento em cima da cafeteria. Nani-Ma tinha várias peças de arte mongol em estilo antigo, mas Aiden olhava tudo com interesse, contemplando a decoração em silêncio.

Ele andou pela sala, parando diante de um desenho emoldurado. E sorriu.

— Foi você que fez isso? — perguntou, se virando para ela.

— Foi.

Ela tirou Sparky do colo, depois se levantou e se juntou a ele. Sparky trotou ao lado dela, parando entre Saphira e Aiden enquanto os dois observavam o desenho. Era de quando era criança. O desenho retratava Saphira em um dragão; ela sempre amara dragões.

Nani-Ma emoldurara o desenho, e Saphira o pendurou, não para exibir as habilidades artísticas inexistentes, mas porque o desenho a fazia sentir que Nani-Ma ainda estava ali, encorajando Saphira, dizendo que nenhum sonho era grande demais. Em um mundo onde dragões voavam pelo céu, nada estava fora de alcance.

Os olhos de Saphira se encheram de lágrimas, e ela piscou para contê-las.

— Você também fez isso? — quis saber Aiden, avançando um pouco.

Ela foi com ele, como se os dois estivessem em uma galeria de arte.

Ao lado do desenho do dragão estava outra obra emoldurada, embora essa tivesse sido feita uma década depois da primeira.

— Fiz — respondeu Saphira.

Era o desenho de uma fachada, com o nome CAFETERIA DOS DRAGÕES escrito em grandes letras robustas do lado de fora do prédio. Era bem diferente da aparência que a cafeteria de verdade tinha, mas a ideia, o nome, ainda estavam ali.

— Fiz quando era adolescente — explicou ela. — Foi alguns meses depois de eu começar meu primeiro emprego em uma cafeteria, e foi a primeira vez que eu tive a ideia de ter um espaço meu.

Aiden se virou para ela, maravilhado.

— Você fez seu sonho se tornar realidade — disse ele. — Tenho muito orgulho de você, e espero que também tenha orgulho de si mesma.

Saphira sentiu o rosto esquentar.

— Acho que ando tão ocupada com tudo que ainda não tive a chance de me sentir orgulhosa.

— Bem, então aproveita este momento, este exato momento, e sinta orgulho de tudo que conquistou. Mesmo que a cafeteria não vá para a frente, mesmo que ela vá à falência, você chegou até aqui. Você fez isso.

Ela não tinha pensado daquela forma. Saphira andava tão atarefada tentando manter as coisas funcionando, tentando manter tudo nos eixos, que nem tinha parado para ver o quão longe tinha chegado. Ao olhar agora para o desenho — feito havia uma década —, percebeu que Aiden tinha razão.

— É, eu fiz!

Ela tinha feito aquilo. Transformara um sonho em realidade.

Mesmo que o negócio não desse certo, ela tinha dado vida àquele desenho — àquela visão. Às vezes, Saphira se movia tão rápido que se esquecia de parar um momento para respirar, e se sentiu grata a Aiden por lhe fazer aquele lembrete. Ela estava precisando.

— Queria que a Nani-Ma estivesse aqui para ver — comentou Saphira, os olhos se enchendo de lágrimas. — Para ver tudo.

O olhar dela se voltou para Aiden, depois para Sparky. Nani-Ma teria amado os dois, em especial Aiden. Saphira conseguia imaginar o encontro dos dois com muita clareza em sua mente, e a imagem foi como uma lança no peito, já que nunca aconteceria.

— Sinto muito pela sua perda — falou ele.

— Obrigada — respondeu ela, indo se sentar outra vez. Aiden se juntou a ela, e Saphira soltou um suspiro longo. — Já faz mais de um ano, mas ainda dói. — Ela fez uma pausa, olhando para ele. — Tenho certeza de que você entende isso. Aiden assentiu.

— Mesmo que o Danny e eu fôssemos próximos, a gente não se via todo dia. Às vezes ele ficava fora por uma semana por causa do trabalho, então no começo eu conseguia me enganar, pensando que logo iria vê-lo de novo, que ele não tinha partido para sempre, que era só temporário.

— Também fiquei assim — contou ela, colocando uma almofada no colo. — Eu esquecia que ela não estava aqui, então às vezes acontecia alguma coisa e eu pensava comigo mesma: "Ah, a Nani-Ma vai adorar saber disso". Aí eu pegava o celular para ligar para ela e me lembrava que ela tinha partido, que eu não podia ligar. E a dor da perda me atingia de novo.

— E aí aos poucos você começa a funcionar em meio ao luto e se acostuma com ele — prosseguiu Aiden, a voz suave. Ele suspirou. — Não sei o que é pior: o luto ou se acostumar com ele.

— No início, doía demais só de pensar nela, ainda mais falar sobre ela, então eu tentava não fazer isso, e aí me sentia mal, como se estivesse me esquecendo dela — falou Saphira, mexendo com a borda da almofada. — Mas como a pior parte da dor já passou, eu amo me lembrar dela, de verdade.

— Sinto a mesma coisa — confidenciou ele. — Agora que o pior do luto passou, vivo pensando no Danny, sabendo que ele ia dar uma boa risada com alguma coisa, ou ouvindo a resposta debochada dele na minha cabeça.

— Eu também ouço a voz da Nani-Ma na minha cabeça! — exclamou Saphira, sorrindo. — Principalmente na cafeteria. Eu me sinto conectada a ela, já que foi por causa dela que consegui conquistar aquele sonho. A Nani-Ma me fez prometer que eu faria do café uma realidade; é por isso que eu quero que dê certo, para poder manter a conexão com ela. De certa forma, é como se eu estivesse convertendo todo o luto em amor, e posso manter o legado dela vivo através da cafeteria.

— Isso é maravilhoso — disse Aiden. — Acho que consigo entender um pouco o que está falando, e acho que entendo por que o Danny me deixou um ovo de dragão. É como se ele quisesse garantir que eu ainda teria parte dele, mesmo depois que ele se fosse. — Aiden pausou. — Quero honrar meu irmão, e acho que consigo. Eu me sinto conectado ao Sparky, ainda mais por estarmos criando um vínculo, e é tudo graças a você, Saphira.

— Ah, eu não tô fazendo muita coisa — minimizou ela, acanhada.

— Está, sim — respondeu ele. — Eu fiquei muito bravo com meus pais quando eles chocaram o ovo porque não queria lidar com ele, mas vejo por que eles fizeram isso e como eu estava sendo ingrato. Você me ajudou a perceber isso. Que, mesmo que a minha família possa ser um pouco autoritária e intrusiva, eles têm boas intenções. São boas pessoas.

— Gosto disso — replicou Saphira. — Mesmo que pareça difícil lidar com ela às vezes, a família é uma bênção.

Sua grande e numerosa família. Algo que ela não tinha, mas do qual se sentira parte quando fora ao jantar com ele.

— É verdade. — Aiden olhou para o relógio e se levantou. — Está ficando tarde — disse ele. — Você deveria tirar uma folga e continuar descansando. Vai que você pega no sono na cozinha e se queima? E, falando de queimaduras, como está o seu braço?

Ele segurou a mão de Saphira, puxando o braço para ver a região afetada. A maior parte da queimadura já estava curada.

— Tudo bem — respondeu ela, ficando de pé também. — Quase não dói.

— Ótimo — disse ele. — Mesmo assim, você deveria descansar.

— Não posso tirar folga — rebateu ela. — Eu ficaria estressada demais para relaxar.

Aiden franziu a testa.

— Você deveria contratar mais gente.

— Eu sei. — Saphira suspirou, indo com Aiden até a porta. — Eu cheguei a contratar uma pessoa pra substituir a Lavinia, mas talvez eu entre em contato com as outras pessoas que entrevistei para chamar mais uma.

Ela teria que dar um jeito de fazer isso funcionar do ponto de vista financeiro, mas talvez fosse a hora de priorizar algo do tipo.

— Certo, ótimo. Você não deveria ter que fazer tudo sozinha, sabe.

— Estou começando a entender isso. — Ela sorriu. — Obrigada de novo pela ajuda, e pelo jantar, e por estar aqui. Por tudo.

— Fico feliz em ajudar — respondeu ele, com uma expressão terna. Aiden se virou para Sparky. — Vamos, amigão.

Sparky saltou até ele, pulando para se despedir de Saphira com uma lambida no rosto.

— Fico muito feliz por sermos amigos — disse ela, então hesitou.

Não queria presumir que tinham um relacionamento mais profundo do que o que existia, mas, se ele pensasse nela apenas como uma colega — como alguém que estava treinando seu filhote de dragão —, então decerto não estaria olhando para ela do jeito que estava, estaria?

— Somos amigos, certo? — perguntou Saphira.

Por um momento, ela pensou ter dito algo errado, porque uma expressão de decepção atravessou o rosto de Aiden. Mas então ele engoliu em seco, o pescoço se mexendo.

— Somos — afirmou ele, a voz rouca. — Amigos.

Saphira suspirou de alívio.

— Bom, obrigada de novo — repetiu ela, indo se despedir de Aiden com um abraço.

Ela ficou na ponta dos pés, envolvendo os braços no pescoço dele.

Aiden passou os braços, fortes e firmes, ao redor dela, o corpo quente de um contra o outro. Uma corrente elétrica percorreu sua espinha, fazendo-a estremecer. Seu coração martelava dolorosamente.

Ele soltou um som abafado, puxando-a para mais perto. Suas mãos pressionaram a pele dela, o toque ardente. A respiração de Saphira travou na garganta, e um calor a inundou, amolecendo braços e pernas. Ela inalou o doce aroma de hortelã da pele dele, sentindo o corpo doer.

A respiração de Aiden ficou mais curta. Saphira se afastou, fitando os olhos dele, poças escuras que se voltaram para a boca de Saphira, os lábios se entreabrindo. O coração dela acelerou de expectativa.

Por um momento, Saphira pensou que ele a beijaria e se aproximou, mas Aiden só retesou a mandíbula e se despediu com um sussurro.

16

Saphira pegou leve no treinamento de Sparky nos dias que se seguiram, enquanto recuperava suas forças. Toda vez que Aiden aparecia, trazia algum tipo de lanche saudável para ela, como castanhas, frutas ou barrinhas de tâmara.

Ele parecia empenhado em garantir que ela fosse bem cuidada, nem que precisasse fazer isso ele mesmo, o que era muito gentil. Saphira morava sozinha desde a morte de Nani--Ma e sabia que era durona, que podia dar conta de tudo — sendo uma mulher independente e dona do próprio negócio e tudo o mais —, mas era bom ter alguém com quem pudesse contar também.

Ela entrevistou e contratou mais dois funcionários — um para lavar a louça e outro para cozinhar —, o que fez uma enorme diferença; nunca poderia ter imaginado ter tanta assistência logo que abriu a cafeteria. Tinha dado um jeito de fazer as contas fecharem, embora isso significasse ter que esperar mais para quitar o restante do financiamento, que era seu plano original. Saphira ficou um pouco decepcionada por tirar isso da lista de prioridades, porque sabia que liquidar essa dívida facilitaria a vida a longo prazo, em vez daquela solução de curto prazo, mas não era mesmo mais sustentável trabalhar sem ajuda, conforme evidenciado pelo episódio do desmaio. Ela nunca tinha desmaiado antes na vida, e era assustador ter se deixado chegar àquele ponto.

Fora um erro que estava determinada a não repetir, e os dois novos funcionários ajudaram maravilhosamente naquele ponto. Ela sentia que tinha muito mais energia e tempo livre!

Naquele momento, tinha um tempinho para si mesma na cafeteria. O lavador de pratos e o cozinheiro estavam na cozinha, e Calahan estava na máquina de expresso, cuidando dos pedidos de bebidas. Ele tinha pele escura, o cabelo curto com cachos definidos e estava fazendo uma pós-graduação em Folclore e Mitologia, preparando-se para ser professor universitário.

Ele já tinha experiência suficiente com as bebidas para que Saphira lhe confiasse os pedidos, e era um cara legal. Ela hesitara em contratar novas pessoas e permitir que entrassem na bolha confortável que tinham criado na cafeteria, mas Calahan era amigável e tinha um temperamento bom, mesmo que fosse um pouco quieto.

Como tinha um tempo sobrando, Saphira saiu pela porta lateral e seguiu para o jardim. Ao abrir a porta, ouviu uma voz chamando seu nome no interior da cafeteria.

— Saphira, espera! — gritou Theo, correndo até ela.

Aiden estava trabalhando no jardim, e Saphira sentiu seu olhar se voltar para ela.

— O que foi? — perguntou a Theo.

Ele parecia preocupado, passando a mão pelo cabelo bagunçado.

— Acho que a Lavinia está trabalhando demais — disse ele.

Aaaah!, pensou Saphira consigo mesma. *Ele era um amigo preocupado. Que fofo.*

— Não se preocupa — assegurou ela. — Contratei mais gente, e o outro funcionário de meio período já está bem mais adaptado, então os turnos da Lavinia não vão ser tão cansativos. Também reduzi a carga horária dela. Acabei de finalizar o cronograma, e ele vai começar a valer na semana que vem, pra que ela possa se dedicar mais ao Hospital Veterinário.

— Ufa. — Theo parecia aliviado. — Ok, perfeito, é uma ótima notícia.

Saphira sorriu, apertando o braço dele.

Então, de repente, Aiden apareceu, parando ao lado dela. Ele olhou diretamente para Theo, irritado, com uma expressão mal-humorada.

— Oi — rosnou Aiden.

— E aí, cara — falou Theo, abrindo seu sorriso jovial.

Ele estendeu a mão, que Aiden encarou por um instante com olhos semicerrados. Então apertou a mão de Theo. Deve ter apertado um pouco forte demais, porque o rapaz arfou de surpresa.

Então Sparky apareceu do outro lado de Saphira, rosnando para Theo também. Ela ficou confusa e preocupada. O que tinha dado naqueles dois?

— Quero te mostrar uma coisa — disse Aiden, tentando chamar a atenção dela.

— Eu já estava de saída — falou Theo, recolhendo a mão e estalando os dedos. Lançou um olhar estranho para Aiden. — Até mais, Saphira.

Ela deu um abraço rápido no amigo. Sparky puxou a barra de sua saia, tentando arrastá-la, e Saphira riu.

— Já vou, já vou! — respondeu. — Até mais, Theo.

Depois que Theo saiu da cafeteria, ela viu que Aiden estava emburrado.

— Por aqui — instruiu ele, conduzindo-a para a parte do jardim na lateral do prédio.

Ela viu fileiras organizadas de terra com plantinhas verdes brotando do solo.

— É um jardim de ervas e vegetais — explicou Aiden.

— Ah!

— Vai reduzir suas despesas com mercado, e os ingredientes frescos vão fazer os pratos ficarem mais gostosos — continuou ele, sorrindo para Saphira. A luz do sol iluminava sua pele, e ela foi atingida por uma onda de afeto. — Assim, você pode comer mais vegetais. Não vai ter mais desculpa.

— Adorei — aprovou ela, sorrindo.

Sparky trotava pela grama. Era fim de maio, e tudo estava verde e exuberante graças às chuvas do mês anterior. O jardim já tinha sido quase todo arrumado, e Aiden plantara arbustos de flores para deixá-lo bonito.

— Obrigada, de verdade.

Aiden sorriu, contente. Então uma expressão de desagrado atravessou o rosto dele.

— Quem era aquele? — questionou, fazendo uma careta.

— Você ainda não conhecia o Theo? — perguntou ela, surpresa.

— Não.

Ela poderia ter jurado que os dois já tinham sido apresentados, uma vez que Theo vivia entrando e saindo da cafeteria.

— O Theo é o melhor amigo da Lavinia — explicou Saphira. — Gosto muito dele.

Aiden fechou a cara.

— É como um irmão mais novo — acrescentou ela, e a expressão de Aiden mudou na mesma hora.

— Ah!

Ela conteve o riso. Será que ele estava com ciúme? Do Theo? Ele ficara do mesmo jeito quando o primo Oliver (que também era uma criança) tentou passar algum tempo com ela durante o jantar de família, então talvez... Saphira ficou bem entusiasmada com a ideia.

Também estava intrigada com Sparky, que tentara puxá-la para longe de Theo quando percebeu o descontentamento do tutor. Que garotos possessivos.

Saphira olhou de relance para Sparky, que estava muito mais feliz agora que estavam só os três no jardim. Ele rolava na grama, fazendo bolinhas de fogo dançarem no ar. Estava bem adaptado, bem treinado para se manter por perto e não causar muita confusão, o que era conveniente enquanto Aiden trabalhava.

Mas isso também significava que chegara a hora da fase seguinte do treinamento de Sparky: a socialização. Ele precisava aprender a ser bonzinho perto de outras pessoas, algo no qual sem dúvida não tinha muita prática, se o comportamento com Theo servisse de indicação.

E, em especial, o dragãozinho precisava aprender como interagir com outros dragões. As criaturas tinham seu próprio jeito de se comunicar e criar vínculos entre si, e Sparky precisaria aprender a ficar confortável com a própria espécie, não apenas com humanos. E não apenas com dragões de sua família — os dragões basalta com que ele interagira na propriedade dos Sterling —, mas com todos os dragões. Saphira discutiu o assunto com Aiden, que coçou a bochecha, refletindo.

— Você tem razão — disse ele. — Então, seja qual for a melhor forma de seguir em frente com isso, eu assino embaixo.

— A cafeteria não está muito cheia — comentou Saphira. — Talvez seja um bom momento para começar?

Aiden assentiu, seguindo as instruções dela. Pegou Sparky nos braços e seguiu Saphira.

— Talvez vocês possam pegar uma mesa no meio — sugeriu ela.

Havia algumas mesas ocupadas com filhotes e seus tutores e uma vazia no centro.

Aiden assentiu, prestes a colocar Sparky no chão, mas o dragãozinho soltou um grunhido. Ele gostava de ficar no colo.

— Acho que ele está acostumado a ficar na cafeteria quando está vazia — avaliou Aiden. Em geral, os dois entravam quando todos já tinham saído no fim da tarde. — Talvez ele não goste de toda essa gente no que imagina ser o espaço *dele*.

— Você já o trouxe aqui para dentro algumas vezes — falou Saphira.

— Mas o Spark ficava em um cantinho, ou em uma caminha — concluiu Aiden. Ele franziu a testa. — Isso não é bom. Não quero que ele seja um recluso como eu, quero que ele seja corajoso. Como você.

— Ahhh.

Ela não sabia o que mais dizer, mas ficou tocada de saber que ele a via daquela forma.

Apesar dos protestos do bebê, Aiden colocou Sparky no chão, caminhando até uma mesa vazia no meio da cafeteria, gesticulando para que Sparky o seguisse. O dragãozinho ficou parado no lugar e começou a choramingar. Dragões não choravam, mas gemiam se ficassem muito feridos. Do contrário, apenas ficavam inquietos e arranhavam o rosto, o que era o que Sparky estava fazendo naquele instante.

— Sparky, não — repreendeu Aiden, a voz severa, o que costumava resolver o problema, mas Sparky estava temperamental naquele dia.

O tom firme de Aiden só o deixou mais chateado, e ele passou a arranhar o rosto de forma mais agressiva, rosnando.

— Ah, tá tudo bem, bebê — disse Saphira, usando um tom encorajador.

Ela se agachou e pegou Sparky, tranquilizando-o e indo até Aiden.

De repente, sentiu cabeças se virando para observá-la, e então percebeu como aquilo podia parecer estranho.

Em geral, apenas um condutor treinava seu dragão, mas não era incomum que um casal treinasse um dragão em conjunto. Só que eles não eram um casal. O olhar de todos a deixou ainda mais consciente disso.

Ela ficou insegura, nervosa.

— Aqui — balbuciou Saphira, entregando Sparky para Aiden. Ela pigarreou. — Eu só preciso ir lá ver… a cozinha.

— Ok. Vou cuidar do Sparky enquanto isso — falou Aiden, parecendo não notar as reações que Saphira despertara. Ele era único na forma como lhe dava atenção, com o olhar fixo somente nela.

Saphira foi até a cozinha, sentindo os clientes a encarando. Quase os ouvia se perguntando o que ela estava fazendo com Sparky, com Aiden. Por que ele teria pedido para alguém como Saphira ajudá-lo a treinar seu filhote de dragão quando ela nem sequer pertencia a uma família Drakkon?

Na cozinha, Saphira recuperou o fôlego. Talvez fosse um pouco sensível demais à percepção que outras pessoas tinham dela, mas era difícil não ser. Sobretudo se muitas daquelas mesmas pessoas soubessem como a mãe dela tinha morrido, enquanto corria com um dragão roubado.

O engraçado era que, treinando com Sparky, Saphira entendia a mãe de uma maneira mais profunda do que antes, entendia a vontade desesperada de estar perto de dragões que a tinha levado a adquirir um no mercado clandestino.

Ao ver Saphira com Sparky, será que as pessoas pensavam que ela era como a mãe? Alguém que tentava entrar em um mundo ao qual não pertencia e jamais pertenceria?

Saphira tentou afastar esses pensamentos antes que entrasse em parafuso. Ela se lembrou de Aiden dizendo que queria que Sparky fosse corajoso — como ela.

Ela criou coragem e saiu outra vez, mantendo a coluna ereta. Aiden estava na mesma mesa no meio do salão, com Sparky a seus pés. Havia alguns outros filhotes em uma posição similar por perto, mas Sparky não estava interagindo com eles. Parecia tímido, tentando se esconder atrás das pernas de Aiden.

O dragãozinho procurava por Saphira e, quando a viu, ela lhe deu um sorriso encorajador. Sparky acabaria se acostumando, ela sabia. Mas era difícil interagir daquele jeito, e dava para ver que Aiden também não estava muito confortável. Em geral, filhotes de dragão socializavam com dragões com os quais já eram familiarizados, o que costumava acontecer quando os condutores já eram amigos, mas Aiden não parecia ter muitos amigos.

Se ao menos houvesse uma forma mais fácil para os filhotes se misturarem. Quando Saphira buscou Sparky nos Jardins Públicos da cidade, ele parecia estar bem com os outros dragõezinhos, porque todos estavam brincando juntos.

Ah! Saphira teve uma ideia: ela podia fazer uma área para os filhotes brincarem — talvez o jardim fosse bom para isso? Ela poderia transformá-lo em um cercadinho para os bebês.

Saphira ficou empolgada. Conversaria com Aiden sobre isso mais tarde. No momento, ela observava enquanto o tutor tentava encorajar Sparky a interagir, não apenas ficar a seus pés.

Aiden queria que Sparky fosse amigável, mas ele mesmo não era a pessoa mais simpática com estranhos, o que fez Saphira continuar observando por um momento, intrigada, antes de interferir. Assim que a viu, Sparky pulou, voando para os braços dela.

Saphira o segurou, mesmo que ele estivesse ficando um pouco grande para isso. Como tinha o novo cozinheiro e o lavador de pratos, e Calahan estava cuidando das bebidas, não havia muito que ela precisasse fazer, apenas servir os pedidos.

Então segurou Sparky com um braço, entregando pedidos com a mão livre. Ela pegou um pedido de *latte* com leite de amêndoas e o levou para uma mesa, onde uma de suas clientes regulares estava sentada com seu filhote.

— Sparky, diz oi pro Rex — incentivou Saphira, colocando Sparky no chão.

Rex era um dragão garneta de olhos vermelhos. Os dois se encararam: Rex, com curiosidade; Sparky, com timidez. Ela cutucou Sparky com o pé, e ele cheirou ao redor de Rex, parecendo menos hesitante.

— Aproveite o *latte*, Mari — disse Saphira com um sorriso.

E então ela se afastou com Sparky trotando a seu lado. Entre um pedido e outro, Saphira caminhava com o dragãozinho pelo salão, apresentando-o aos outros filhotes.

Aos poucos, ele começou a se acostumar. Saphira olhou de relance para Aiden, fazendo um sinal de positivo entusiasmado. Ele devolveu o gesto, parecendo aliviado por não estar no lugar dela. Tinha mudado de mesa e estava em uma no canto, praticamente se escondendo com uma xícara de chá de camomila.

Tudo parecia ir bem, e Saphira estava feliz por ter Sparky a seu lado. Até que ela levou Sparky até a sra. Cartwright, que estava acompanhada de seu filhote de dragão opala, Thorn. Ela olhou para Saphira com curiosidade.

— O que está fazendo com esse anjinho? — perguntou a sra. Cartwright, acariciando Sparky. — Com certeza ele não pertence a você.

Havia algo no tom de voz dela que fez Saphira se sentir estranha.

— Hã, não… estou treinando ele para a família Sterling — respondeu ela, nervosa, engolindo em seco.

A expressão confusa da sra. Cartwright foi desconcertante.

A mulher gostava de Saphira — mas talvez só gostasse de Saphira contanto que ela soubesse qual era seu lugar. E se exibir por aí com um filhote de dragão com certeza *não* era o tipo de coisa que ela estava autorizada a fazer.

— Mas por que pediriam isso a você? — questionou a sra. Cartwright.

Um calor subiu pelo rosto de Saphira.

— Não sei — respondeu ela, e em seguida pigarreou e abriu um sorriso forçado. — Enfim, bom apetite!

Saphira se retirou, e Sparky saiu trotando logo atrás dela. Notou que outros clientes da cafeteria se perguntavam a mesma coisa, e seus olhares questionadores fizeram os pelos de Saphira se arrepiarem. O espaço era pequeno; aqueles que estivessem prestando atenção teriam escutado a conversa.

Aiden, por sorte, não tinha visto o que se passara, já que estava no canto oposto. Saphira não queria que ele também duvidasse de sua credibilidade.

Mas, afinal, *quais* eram suas credenciais? Ela não pertencia a uma família Drakkon. Era *mesmo* estranho que Aiden tivesse lhe pedido para treinar Sparky. Aquela não era uma tarefa para ela.

Como se sentisse que havia algo de errado, Sparky cutucou a perna dela, emitindo um ruído baixo. Quando olhou para ele, o dragãozinho ergueu as patas, querendo que ela o segurasse. Saphira o pegou no colo e Sparky lambeu o rosto dela, aninhando-se em seu pescoço até ela sorrir.

Dali em diante, Saphira tentou ao máximo ignorar os olhares e comentários maldosos, focando em vez disso no que realmente era importante: Sparky.

Ela continuava tentando fazer o dragãozinho interagir, e Aiden ajudava sempre que podia.

Houve alguns pequenos incidentes — como a vez que um dragão tentou roubar a comida de outro filhote, ou começou a rosnar, ou lançou fumaça em outro —, mas, depois de alguns dias de treino, Sparky começou a se sair melhor nas interações. Era tudo uma questão de exposição constante a outros dragões.

Lavinia não aparecia tanto na cafeteria por causa dos turnos no Hospital Veterinário, mas, quando estava lá, passava o tempo todo dando risadinhas, cutucando e beliscando Saphira e fazendo beicinhos para ela quando Aiden estava de costas.

Atrás do balcão, Saphira beliscou a cintura de Lavinia, que deu um gritinho.

— Ai!

— Para de bobagem.

— Eu nem falei nada! — protestou Lavinia.

— Nem precisa, tá escrito na sua cara.

— Se você está lendo alguma coisa na minha cara, não é culpa minha.

— Claro que é! Você sabe que foi por isso que não te contei… — Saphira deixou a frase no ar, querendo se divertir com o tormento de Lavinia.

Valeu a pena. Lavinia arregalou os olhos.

— Contar o quê?

— Nada.

— *Saphira.* — Lavinia a segurou pelos ombros, sacudindo-a. — Me conta!

— Hum, vou pensar.

— *Por favor.*

Lavinia segurou o braço de Saphira, puxando-a para os fundos. Saphira riu só de olhar a expressão de desespero da amiga.

— Tá bom, tá bom. Não é pra fazer escândalo, *mas* eu acho que você tinha razão.

— Eu quase sempre tô certa, mas sobre o que especificamente?

— Acho que eu gosto mesmo do... — Saphira parou de falar, daquela vez sem querer. Não conseguia dizer o nome dele.

Saphira cobriu o rosto com as mãos. Meu Deus! Estava agindo como uma pré-adolescente apaixonada!

Lavinia arfou, já entendendo tudo.

— Meu Deus, isso é tão empolgante. Amei essa reviravolta. Então, qual é o plano?

— Plano? — Saphira encarou a amiga, perplexa. — Não tem plano nenhum! Nem sei se ele gosta de mim!

— Tá louca? — Foi a vez de Lavinia ficar atônita. — É claro que gosta!

— Bom, se ele gosta mesmo de mim, então precisa fazer alguma coisa a respeito — respondeu Saphira, com mais confiança do que necessariamente sentia.

Lavinia fez um biquinho.

— Buuu!

Saphira ergueu as mãos.

— Desculpa, mas meu feminismo tem limite. Eu não vou tomar a iniciativa.

— Ok, justo — concedeu Lavinia. — Justo.

As duas caíram na risada. Saphira se sentia leve, boba de felicidade. Elas ainda soltaram mais uns gritinhos empolgados antes de voltaram para o salão, onde algumas pessoas aguardavam para fazer seus pedidos. Saphira e Lavinia deram conta do recado, trabalhando juntas. Até Aiden chegar e Lavinia desaparecer na cozinha, mas não sem antes dar uma piscadinha para a amiga.

— Oi — cumprimentou Saphira, o coração acelerado.

— Oiê — respondeu ele, e depois pediu uma xícara de chá verde com jasmim.

Ele ficou por perto enquanto ela preparava o pedido, apoiado no balcão. Saphira se deleitava na intimidade simples de estar próxima dele, inalando o aroma de hortelã da pele de Aiden, tão doce que ela queria lamber o pescoço dele e provar o gosto.

Saphira lhe entregou a bebida e deu um petisco para Sparky, sorrindo consigo mesma ao ver Aiden indo direto para o canto para pegar uma mesa. Depois de tantos dias ensinando Sparky a interagir, ela achou que já era hora de fazer Aiden tentar o mesmo.

Saphira foi até ele com um copo para viagem, e ele ergueu a cabeça, surpreso.

— Estou sendo expulso? — perguntou Aiden, confuso.

Ela sorriu e fez que não com a cabeça.

— Não, bobo. — Ela despejou a bebida no copo para viagem, depois o entregou para Aiden. — Assim vai ser mais fácil pra você andar pelo salão. Você também precisa melhorar suas habilidades sociais. Senão, o que vai ensinar para o Sparky?

Ele soltou um longo suspiro.

— Ai, eu sei que você tem razão. — Ele se levantou e deu de ombros. — Certo, vou tentar.

Ela ficou feliz por ele ter seguido seu conselho tão prontamente, mesmo que estivesse pedindo algo que o deixava desconfortável. Era tão diferente do começo da parceria dos dois, quando ela sempre pedia que Aiden ficasse para o treinamento de Sparky e ele se recusava. Aiden estava tão mudado. Saphira sentia que podia lhe pedir qualquer coisa e ele não recusaria, o que a deixava muito satisfeita.

— Ótimo.

Ela apertou o braço dele, depois voltou para o balcão.

Saphira passou o resto do dia observando Aiden tentar andar pelo salão com Sparky a seu lado. Ele estava hesitante, sem jeito, mas a maioria das pessoas na cafeteria já conhecia Aiden, então era só uma questão de dizer oi para começar um bate-papo.

Ele foi ficando melhor conforme as horas passavam, e ela notava que ver Aiden sair da zona de conforto estava tendo um efeito positivo em Sparky. Saphira sentiu orgulho dele.

Depois que todos foram embora, Aiden olhou ao redor para se certificar de que não havia mais nenhum cliente na cafeteria antes de soltar um longo suspiro.

— Graças a Deus — disse ele, sentando-se no bar.

Ele abaixou a cabeça em um gesto dramático, e Saphira riu.

— Não foi tão ruim assim, foi? — perguntou ela.

— Foi, sim — respondeu Aiden, erguendo a cabeça para ela. — Não gosto de ficar perto de outras pessoas.

— Ah, qual é — retorquiu ela. — Você fica ótimo perto de mim.

Ele parou, e seus olhos tinham um brilho intenso ao contemplar Saphira. A pele dela se aqueceu sob o olhar escuro que parecia atravessá-la. Um calor estranho começou a crescer em seu ventre.

— Você não é como as outras pessoas — declarou ele, a voz áspera. — Você é... você.

17

Quando maio chegou ao fim, as coisas estavam indo muito bem. Sparky já estava bem treinado, e não restava muito a ensiná-lo além de voar, o que deveria ter deixado Aiden feliz, mas, em vez disso, lhe causava bastante estresse.

O dragãozinho estava aprendendo um pouco por conta própria enquanto crescia, assim como bebês aprendem a ficar de pé e andar sozinhos, mesmo que isso resulte em tropeços e quedas. Sparky adorava escalar as coisas e pular, flutuando e voando um pouco mais longe a cada vez, mas ainda não tinha dado o primeiro voo de fato.

Saphira parecia entusiasmada com a perspectiva, mas Aiden estava apenas assustado.

Os dois estavam em mais um jantar de família — ela já tinha ido a alguns desde a primeira visita, e todos sempre gostavam de tê-la por perto. Especialmente Aiden, talvez até demais. Durante o jantar, o pai perguntou como estavam indo as coisas com Sparky.

— Vão bem — respondeu Aiden enquanto cortava o bife.

— Esplêndido. Quando vocês vão ao Monte Echo? — perguntou Edward.

Aiden pausou, sentindo um buraco se abrir no estômago. Era a pergunta que ele vinha temendo. Saphira se virou para ele, confusa.

Aiden encarou o pai e pigarreou.

— Em breve — informou ele, desconfortável, remexendo-se no lugar.

Não queria falar disso naquele momento, na frente de todos.

Por sorte, Emmeline percebeu e logo mudou o rumo da conversa.

Saphira não perguntou nada a Aiden depois do jantar, embora ele tivesse a sensação de que ela queria. Ele também queria conversar com ela sobre aquilo, mas não antes de entender o que queria lhe dizer. Às vezes, ele precisava guardar certos pensamentos ou emoções por um tempo, deixá-los assentarem na cabeça, antes de soltá-los no mundo.

Ele valorizava o fato de que ela não o pressionara, nem mesmo no dia seguinte. Ainda estava tentando descobrir como conversar com ela sobre aquilo e sentia uma ansiedade enorme em relação ao assunto, o que fez com que mal conseguisse pregar o olho à noite.

O Monte Echo era o lugar para onde os filhotes de dragão iam para o primeiro voo. Havia uma espécie de santuário lá em cima, daqueles que detinham a sabedoria e os rituais antigos relacionados a dragões. O primeiro voo de um filhote envolvia costumes muito importantes, e a mãe de Aiden fez questão de telefonar só para lembrá-lo disso.

Ele não disse isso à mãe, mas não queria fazer nada daquilo. Sim, o ritual ajudaria o filhote a voar, mas ele temia o que isso significaria para o futuro de Sparky como um dragão Sterling, os perigos inevitáveis das corridas.

Ao mesmo tempo, Aiden também não podia prejudicar o crescimento de Sparky.

Era aí que estava o dilema.

Ao anoitecer do dia seguinte, Aiden estava inquieto quando encontrou Saphira no jardim para o treinamento de Sparky; a preocupação latente o distraía. Os dois estavam sentados na grama à luz do sol, aproveitando o tempo quente.

A ideia de Saphira de fazer um cercadinho na área externa era brilhante. Uma vez que o jardim tinha sido limpo e reformado, Aiden estava elaborando um projeto para que o espaço tivesse diferentes seções onde os filhotes poderiam brincar e interagir.

No momento, o dragãozinho deles tentava escalar a cerca que Aiden tinha montado no perímetro do jardim, e Saphira corria atrás dele, puxando-o de volta.

— Sparky, não — ordenou ela, dando ao dragão um graveto para brincar e se distrair da cerca.

Ela se virou e voltou a se juntar a Aiden no gramado.

— Não pensei nisso quando tive a ideia de fazer um cercadinho — disse ela para Aiden. — Talvez a gente precise de uma cerca mais alta.

Aiden emitiu um som reflexivo enquanto ela se sentava diante dele.

— Vou pensar em uma solução — respondeu ele, embora mal conseguisse ter qualquer ideia no momento, tamanha era sua preocupação.

Isso dizia muito sobre o nível de tensão que estava sentindo, porque normalmente, quando estava perto de Saphira, ela era a única coisa que ele conseguia focar.

— Hum.

Saphira olhava para ele enquanto contemplava alguma coisa, torcendo lâminas de grama entre os dedos. Ela dobrou os joelhos e os puxou para cima, encostando nos dele.

— Qual é o problema? — perguntou Saphira.

Ela tinha notado, é claro que tinha. Aiden sempre ficava espantado ao perceber o quão bem ela conseguia decifrá-lo e, ao mesmo tempo, aliviado, como se não precisasse mais fingir, como se pudesse apenas ser.

Ele hesitou, e Saphira inclinou a cabeça.

— Você sabe que pode falar comigo sobre qualquer coisa, né? — assegurou ela, de alguma forma pressentindo que ele precisava de um empurrãozinho para sair da própria cabeça.

Aiden vivia maravilhado com ela. Mesmo naquele momento, ela estava radiante, resplandecente, sentada à luz do sol, com o cabelo escuro preso em uma trança frouxa, algumas mechas emoldurando o rosto. Ela tinha uma energia tão positiva. Era impressionante.

— Como consegue ser tão feliz? — perguntou ele, curioso. — Você não tem ninguém.

As palavras saíram atropeladas antes que ele pudesse detê-las. Uma expressão de dor atravessou o rosto de Saphira, e seus olhos se encheram de lágrimas. Aiden foi apunhalado pela culpa. Meu Deus, como ele era péssimo!

— Me desculpa, me expressei muito mal — afirmou ele, franzindo a testa. — Quis dizer de um jeito bom, juro.

— Você acha bom... eu estar sozinha?

— Não! É claro que não. Isso está fora do seu controle. Mas o jeito como reage a tudo, isso *sim* está no seu controle, e eu fico atônito com isso. Como você escolhe ser feliz, apesar de tudo.

Ela processou as palavras de Aiden, não mais parecendo magoada, o que era um alívio.

— Um dos meus poemas favoritos diz que devemos amar a vida, amá-la mesmo quando não temos forças pra isso. É uma coisa que a Nani-Ma me falava, e acho que é verdade. Ser feliz é uma escolha que você precisa fazer ativamente.

— Isso é lindo.

Mais uma vez, ele estava maravilhado. Ela nunca deixava de fasciná-lo.

Saphira lhe lançou um olhar intrigado.

— Era isso que estava te incomodando?

— Ah… não. — Aiden respirou fundo. — Você se lembra de quando meu pai mencionou uma coisa sobre o Monte Echo no jantar umas noites atrás?

— Lembro — respondeu ela. — Imaginei que seu jeito mais fechado e pensativo nos últimos dias tivesse a ver com isso.

Mas Saphira não estava reclamando, apenas provocando. Ele sorriu.

— É para onde algumas das famílias Drakkon mais antigas levam os filhotes de dragão para o primeiro voo — explicou ele. — É uma tradição muito velha.

— Ah, interessante — disse ela. — O que tem lá em cima?

— É uma espécie de monastério. Não sei explicar direito, mas é um lugar muito espiritual, e as pessoas que moram lá vivem em reclusão e devotam a vida a tomar conta dos dragões e aprender sobre eles. É administrado por noviços que a gente chama de Irmã ou Irmão por respeito ao conhecimento e à dedicação deles.

— Fascinante. Nunca tinha ouvido falar disso.

— É uma daquelas coisas de família Drakkon.

— Ah. — Saphira ficou séria por um momento, mas foi tão rápido que Aiden pensou ter apenas imaginado aquilo. Antes que pudesse questioná-la, ela perguntou: — Então, o que você estava falando sobre o primeiro voo de um dragão?

— Certo. Tem um ritual que existe para ajudar o filhote a ser um voador mais forte, e foi por isso que meu pai perguntou quando a gente iria ao Monte Echo. Minha mãe também me ligou para falar disso, para me lembrar o quão importante é essa fase de desenvolvimento pro Sparky, e eu sei que preciso fazer isso por ele, mas... bem, acho que é só uma perspectiva assustadora, uma que não estou a fim de concretizar, ainda mais sozinho.

— Posso ir com você — afirmou ela, como se fosse a coisa mais simples do mundo.

Aiden pestanejou, pego de surpresa. As palavras dela o encheram de conforto.

— Isso seria... perfeito — concordou ele, sentindo o estresse desaparecer quase que imediatamente. Com Saphira a seu lado, ele sentia que podia fazer qualquer coisa. — Mas tem certeza? Seria uma viagem de dois dias, já que é um pouco difícil chegar ao Monte Echo.

— Acho que não vai ser um problema — explicou ela, despreocupada. — Tenho mais funcionários, e eles estão bem treinados. Confio que dão conta da cafeteria enquanto eu estiver fora. Sob a supervisão da Lavinia, é claro.

Aiden soltou um suspiro de alívio.

— Ok, beleza. Isso é ótimo!

Ele sorriu, mas a alegria só durou um instante. Em vez disso, o temor tomou conta de Aiden outra vez quando ele se lembrou de um detalhe crucial. O sorriso dele desapareceu, e Saphira franziu a testa.

— O que foi? — perguntou ela, preocupada.

— Ah, hum... eu me esqueci, mas a sacerdotisa, Mireya, que mora no Monte Echo e é a encarregada do ritual, é muito tradicional. — Aiden fez uma careta. — Ela é muito conservadora.

— Como assim? — indagou Saphira, franzindo as sobrancelhas.

— Antigamente, filhotes de dragão só eram criados em conjunto por casais, porque o vínculo é muito sagrado — explicou Aiden.

— Ah — falou Saphira. — Então você... quer que eu vá? Sozinha?

— Não, não, é claro que eu quero ir também, e eu não te deixaria sozinha nem perderia um momento tão importante para o Sparky... — Ele parou de falar, constrangido. — A menos que você queira ir sozinha.

— Não! Eu adoraria que você fosse. Só pensei que talvez não quisesse porque parece muito estressado com isso, mas a gente tem treinado o Sparky juntos, então é claro que nós dois deveríamos estar lá. — Ela riu, também um pouco nervosa. — Mas como isso vai funcionar? Essa sacerdotisa vai ficar ofendida por não sermos um casal?

Ele coçou a barba por fazer.

— Na verdade, vai. Acho que ela não faria o ritual porque consideraria uma ofensa ao vínculo sagrado.

Saphira ficou decepcionada. Aiden teve medo de que ela fosse desistir, mas Saphira tinha razão — os dois estavam treinando Sparky juntos, então era importante que os dois fossem. Antes que ela pudesse dizer alguma coisa, Aiden teve uma ideia maluca, mas por ser tão doida talvez desse certo.

— E se a gente fingir? — soltou ele.

O coração de Aiden martelava de medo por ter dito as palavras em voz alta, mas ele queria que Saphira fosse, por Sparky, e por si mesma. Ela merecia.

— Fingir? — Saphira piscou. — Tipo... fingir que somos casados?

Ela parecia chocada.

Ele estava envergonhado só de sugerir aquilo. Fora Saphira quem disse que os dois eram *amigos*, então talvez ela não pensasse nele daquela forma, mas Aiden sentia que eles tinham uma conexão, uma conexão especial. Era inegável.

Talvez eles apenas precisassem de algum tempo longe de tudo para ver se era verdade. E haveria oportunidade melhor do que um retiro nas montanhas?

Aiden já tinha estado no Monte Echo, e o lugar era deslumbrante, recluso e sereno.

Mas talvez ela não quisesse aquilo? Saphira estava quieta, pensando. Aiden começou a questionar a própria ideia. Pensou em retirar a oferta, agindo como se não tivesse dito nada, mas então uma expressão determinada cruzou o rosto de Saphira.

— Tá bom, eu topo.

O coração de Aiden quase parou. *Meu Deus.* Ele queria perguntar se ela tinha certeza, mas também tinha medo de que fosse mudar de ideia.

— Se você achar que é melhor... — comentou ele com suavidade.

— Acho. — Saphira pigarreou, e Aiden notou que as bochechas dela estavam um pouco rosadas. — Quer dizer, é pelo bem do Sparky, certo? Ele precisa de nós dois lá.

— Com certeza — concordou Aiden. — Sim, claro. Isso. É. *Por que ele continuava falando?* Aiden fechou a boca.

— Certo. E se a sacerdotisa, Mireya, não vai fazer o ritual a menos que sejamos casados, acho que não temos escolha, na verdade — continuou ela.

— Exato. — Ele ainda estava em choque, a cabeça a mil. — Vou organizar tudo, aí a gente pode ir semana que vem?

— Por mim tá ótimo — disse ela, assentindo. — Vou reservar esses dias.

Aiden sentia vontade de vomitar. Mesmo depois de se despedir, não conseguiu controlar os tremores no corpo. Chegou em casa e foi direto para a cozinha, onde cozinhou por mais de uma hora para aplacar o estresse, o que resultou em uma quantidade absurda de comida com a qual ele não sabia o que fazer.

Em crise, Aiden ligou para Emmeline, perguntando se ela não queria jantar na casa dele.

— É que eu fiz um monte de macarrão — contou ele.

Aiden se perguntou se isso soava estranho, porque Emmeline ficou calada por um momento. Mas a voz dela estava normal quando respondeu:

— Sim, claro. Chego em dez minutos.

— Perfeito.

Depois que Aiden desligou, ficou encarando o celular. Convidar Emmeline era perigoso; ela só iria provocá-lo no momento em que percebesse que algo estranho estava acontecendo, o que seria assim que o visse. Ele começou a andar de um lado para outro na sala de estar, arrancando folhas de hortelã de uma planta e inalando o aroma fresco.

Ele pegou o celular de novo, dessa vez para ligar para Genevieve. Chamou duas vezes, e ele achou que a irmã não atenderia, mas então atendeu.

— Alô?

— O que está fazendo?

— Lição de casa. Por quê?

— Ah. A Emmy vem jantar aqui, então pensei que você poderia vir também se quiser. Mas, já que está estudando...

— Ai, meu Deus, eu vou sim. Vou pedir para a Em passar aqui. Eu estava prestes a jogar meu livro para os dragões.

Ele sorriu.

— Tá bom. Até logo, Gin.

— Até.

Elas chegaram pouco depois no dragão de Emmeline, Torch. Sparky foi para o quintal brincar com o dragão basalta, que ele adorava e conhecia dos encontros na propriedade dos Sterling, deixando Aiden sozinho com a irmã e a prima.

O que não era um problema. Emmeline e Genevieve tagarelaram como sempre, mais interessadas uma na outra do que em Aiden, coisa com a qual ele estava acostumado. Só gostava de ficar perto delas, ouvindo as histórias.

— Fiquei muito feliz de você ter planejado este jantar — falou Genevieve.

— Você gosta de qualquer desculpa para não estudar — brincou Emmeline, rindo.

— Não, é sério. História dos Dragões é legal, mas meus professores neste semestre são tão chatos. Tipo, será que a gente pode focar nas coisas importantes?

Eles se sentaram e comeram, continuando a conversar, e Aiden se sentiu melhor, menos nauseado. Ele relaxou, aproveitando a companhia delas, e conseguiu sobreviver ao jantar.

Foi só quando ele se sentou no sofá, e elas se acomodaram uma de cada lado, é que ele se sentiu, de repente, encurralado. Como se tivesse caído em uma armadilha.

— Então, o que tá rolando? — perguntou Genevieve, inspecionando o rosto do irmão.

— Como assim? Nada.

A voz dele saiu aguda.

— Ah, vai — disse Emmeline, dando um tapinha no braço do primo. — Você cozinha para desestressar. Tipo, você só faz esse tanto de comida quando está estressado. Então é claro que tem alguma coisa errada.

— Alguma coisa a ver com a Saphira, aposto — cantarolou Ginny, parecendo contente.

Aiden fechou a cara. As duas estavam certas, é claro, mas isso não significava que ele precisava admitir isso.

— Já que insistem, vou levar o Sparky ao Monte Echo para o primeiro voo dele — confessou Aiden, ajeitando a postura. — Então só estou um pouquinho nervoso com isso, já que é um momento importante e tudo o mais.

— Mas isso é maravilhoso! — exclamou Emmeline, extasiada. — Você não tem nada com que se preocupar.

— Sério, você vai se sair bem — afirmou Ginny. Ela relaxou no encosto do sofá, decepcionada por não ouvir uma fofoca suculenta. — Você é um bebezão mesmo. Não acredito que foi isso que te fez cozinhar tanto.

— Sinceramente — concordou Emmy, tão decepcionada quanto a prima. — O filhote do Oliver acabou de dar o primeiro voo uns meses atrás, e se o *Ollie* dá conta, você com certeza consegue.

Aiden apreciou os votos de confiança.

— É, vocês têm razão — concordou ele. — Só tenho medo de que, se o Sparky aprender a voar, o papai tente me forçar a competir nas corridas, já que não tem mais ninguém pra defender o nome dos Sterling.

— Só me dá uns anos que eu faço isso — falou Ginny, despreocupada.

Aiden fechou a cara.

— Muito engraçado.

Aiden não queria que a irmã se envolvesse com aquele negócio perigoso e tinha certeza de que o pai pensava da mesma forma sobre sua garotinha. Genevieve o fuzilou com os olhos, embora Aiden não entendesse por que ela estava irritada, já que não estava falando sério. Ele sentia que talvez estivesse perdendo alguma coisa, e por dentro desejou que Danny estivesse ali para que os dois pudessem conversar sobre a enigmática irmã mais nova.

— Não se preocupa com o seu pai — disse Emmeline, voltando ao assunto da discussão. — Foca no Sparky.

— É verdade — afirmou ele, coçando a nuca antes de continuar. — Tem outra coisa. A Saphira vai comigo para o Monte Echo.

Emmeline e Genevieve se empertigaram, alertas. Trocaram um olhar incrédulo.

— E a Mireya? — perguntou Emmeline. — Você sabe como ela é tradicional.

— É — concordou Genevieve. — Ela não vai fazer o ritual se vocês estiverem *vivendo em pecado*. — Ela fez uma voz solene.

Aiden estremeceu ao ouvir as palavras da irmã mais nova.

— Por favor, não diz isso.

Se bem que ele não podia negar que, ultimamente, seus pensamentos envolvendo Saphira tinham sido de fato muito pecaminosos.

Ele pigarreou.

— Bem, essa é a questão... eu e a Saphira vamos fingir que somos casados.

As duas permaneceram em completo silêncio.

— De quem foi essa ideia? — indagou Genevieve.

— Minha — respondeu Aiden.

Ela e Emmeline se olharam. Aiden franziu a testa. Ele odiava quando as duas faziam aquilo, quando tinham toda uma conversa silenciosa que ele não conseguia entender a partir das mudanças minúsculas nas expressões faciais das duas.

— E a Saphira concordou? — perguntou Emmeline, como se precisasse de confirmação.

— Concordou.

— Acho que é... um bom plano — declarou Emmeline, escolhendo as palavras com cuidado.

— Concordo — completou Genevieve, cuidadosa com o tom.

As duas estavam sendo intencionalmente gentis, como se tivessem medo de assustá-lo, e Aiden não gostou nada disso.

— Sejam sinceras — pediu ele, e suspirou.

As duas se entreolharam e então caíram na gargalhada.

— Você gosta mesmo dela! — exclamou Emmeline, segurando o braço do primo.

— É uma ideia insana. Você tem noção disso, né? — perguntou Genevieve, segurando o outro braço dele.

Ao mesmo tempo, as duas começaram a sacudi-lo com tanta força que a cabeça dele até chacoalhou.

Ah, *ali* estavam a irmã e a prima irritantes que ele conhecia e adorava.

— Nem é tão insana assim! — protestou Aiden, embora fosse mesmo. Ele se desvencilhou das duas.

— É *completamente* insana! — afirmou Emmeline. — Um casamento falso? Quem é que tem uma ideia dessas?

— É uma informação muito confidencial — alertou Aiden. — Não contem para ninguém.

— Não vamos contar, mas preciso que você fale muito sério agora — pediu Genevieve. — Você não pode mais agir como se não gostasse dela.

— É verdade — concordou Emmeline. — Por favor, só admite.

— Tá bom, tá bom! Sim, eu gosto muito dela! Me processem!

A confissão raivosa só deixou Emmy e Ginny ainda mais felizes; elas soltaram gritinhos e deram soquinhos nele.

— Ai! — resmungou ele. Não que elas se importassem.

— Isso é incrível — declarou Genevieve. — Amei.

— O amor está no ar — falou Emmeline, muito satisfeita consigo mesma por causa da piada. — Entendeu? Porque o Sparky vai estar... literalmente no ar.

Ela e Ginny caíram no riso. Aiden não achou graça.

— Você é hilária — reclamou ele, seco. Então toda a insanidade do plano o atingiu de novo. — Acho que vou vomitar.

— Deixa de ser bebezão — alfinetou Genevieve, revirando os olhos.

— E se ela não me vir desse jeito? — perguntou Aiden, afundando no sofá. — E as complicações, já que o Sparky está envolvido? Talvez seja uma ideia ruim.

— Buuu! — vaiou Emmeline. — Não seja molenga.

— Seu medroso! — provocou Genevieve, dando um tapinha no braço do irmão.

— Ai?

— Seja corajoso! Faça alguma coisa!

— É! Talvez a Saphira esteja esperando você tomar a iniciativa!

— Sabe, a Lavinia estava comentando... — começou Genevieve, depois se interrompeu, balançando a cabeça. — Não, não posso falar.

Mas era tarde demais: Aiden estava em estado de alerta máximo. Ele se empertigou, virando-se para a irmã mais nova.

— O que ela estava comentando? — Ele sabia que Saphira contava praticamente tudo para Lavinia. — Era sobre mim?

Ele estava suando, e Genevieve estava rindo. *Rindo.*

— Talvez — disse ela, misteriosa. — Talvez não. De um jeito ou de outro, *você* precisa fazer alguma coisa.

Ele semicerrou os olhos para a irmã, mas talvez Genevieve tivesse razão.

Talvez fosse a hora de fazer alguma coisa.

18

Os planos foram se concretizando e, quando Saphira se deu conta, já era hora da breve viagem às montanhas. Ela estava empolgada com o primeiro voo de Sparky, mas, ao mesmo tempo, não conseguia acreditar que fingiria ser casada com Aiden — estava chocada com tudo aquilo.

Também era a primeira vez que Saphira se ausentava da cafeteria desde a inauguração, o que a deixava um pouco estressada, mas, ao mesmo tempo, estava orgulhosa de si mesma por seu negócio estar indo bem a ponto de ela poder tirar uns dias de folga.

Eram muitas emoções diferentes.

Na manhã em que deveria partir, ela tomou café da manhã na cafeteria com Lavinia, que tinha chegado cedo para se despedir. Lavinia cuidaria de tudo durante aquele dia e o seguinte, enquanto Saphira estivesse fora.

— Tem certeza de que vai ficar bem? — perguntou Saphira para a amiga, agitada enquanto tomava um gole de *chai*, que deveria ajudá-la a se acalmar.

— Tenho, com certeza! — respondeu Lavinia. — Não precisa se preocupar com nada. Você merece uma folga! Vá curtir com aquele gatinho!

Saphira deu um gritinho. Também estava nervosa com isso.

— Não acredito que a gente vai fingir ser um casal — disse ela, mordiscando o lábio inferior.

— Eu também não, mas adorei. — Lavinia soltou uma risadinha. — Você vai se sair bem, não fica pensando muito nisso. Coragem!

— Ah, tá bom, vou tentar!

Saphira tomou um longo gole de *chai* para segurar o choro.

Então já não havia mais tempo para preocupações, porque Aiden tinha chegado e estava estacionando o carro na frente da cafeteria. Lavinia levou Saphira até a porta.

Ela se despediu da amiga com um abraço.

— Você consegue — sussurrou Lavinia, apertando-a com força.

Saphira se afastou e acenou.

— Tchau — disse Aiden.

— Divirtam-se! — cantarolou ela, acenando para ele.

Saphira lhe lançou um olhar atravessado por cima do ombro, depois seguiu Aiden até o carro. Sparky estava no banco de trás. O dragãozinho saltou no assento ao vê-la, e Saphira acenou para ele.

Aiden colocou a mochila dela no banco de trás, depois se sentou no banco do motorista enquanto Saphira se acomodava. Ele a encarou.

— Pronta? — perguntou.

Saphira assentiu.

— Pronta.

Ele dirigiu até um descampado, onde Emmeline os aguardava com seu dragão, um grande basalta chamado Torch. Aiden já havia lhe explicado o plano: eles voariam até o Monte Echo em Torch porque o topo da montanha não era acessível por carro. Torch estava familiarizado com Aiden, então ele podia conduzir o dragão. Apesar de não ter seu próprio dragão, Aiden garantira a Saphira que sabia conduzir muito bem, então ela estaria em boas mãos. Ela não ficara preocupada; confiava em Aiden.

Sparky parecia empolgado, embora certamente não soubesse o que estava acontecendo — só sabia que estava envolvido em algum tipo de aventura. E, sem dúvida, seria mesmo uma aventura.

Quando os três chegaram ao descampado, Aiden estacionou o carro e Saphira saiu. Ela abriu a porta para Sparky, que correu até Torch, e os dois dragões começaram a brincar juntos. Emmeline se despediu de seu dragão, tocando a testa na dele.

Então ela cumprimentou Saphira com um abraço.

— Divirta-se — disse Emmeline. — O Monte Echo é uma maravilha, então não deixe de aproveitar.

— Obrigada — respondeu Saphira. — Só estou preocupada com o Sparky. É um momento tão importante para ele! Quero que tudo corra bem.

— E vai — assegurou Emmeline. — Só um aviso: é um pouco emotivo. Quando o meu alçou o primeiro voo, fiquei com os olhos cheios de lágrimas, mas lembre-se de que cada passo tem sua própria beleza.

Se Emmeline tinha ficado de olhos marejados, então Saphira talvez chorasse de soluçar.

— Vou tentar me lembrar disso. — Ela apertou as mãos de Emmeline. — Obrigada, Emmy.

— Não tem de quê.

Ela deu uma piscadela para Saphira, depois foi até Aiden, que estava perto do carro, e pegou as chaves dele. Levaria o carro do primo de volta à cidade.

Aiden se despediu de Emmeline, que lhe disse algo que Saphira não conseguiu ouvir, mas fez com que ele ajeitasse a postura, como se estivesse criando coragem. Talvez ele precisasse de alguma bravura para lidar com aquele momento importante para Sparky. Saphira não conseguia pensar em outro motivo pelo qual ele precisaria de força.

Emmeline partiu com o carro, e Aiden se juntou a Saphira com as mochilas e jaquetas de ambos.

— Vou acomodar essas coisas — falou Aiden.

Saphira assentiu, observando enquanto ele afivelava os pertences na sela presa às costas de Torch. Terminada a tarefa, ele foi até Saphira, a poucos passos do dragão.

Torch estava preparado, sentado, esperando que os dois montassem nele.

— Pronta? — perguntou Aiden, olhando para ela.

Com exceção dos dragões, havia apenas os dois no descampado vazio na manhã silenciosa, e a sensação era tanto assustadoramente íntima quanto reconfortante. Era como se ela não precisasse de mais ninguém.

— Pronta — respondeu ela, abrindo um sorriso para Aiden.

Ele assentiu.

— Só um aviso, caso fique tudo meio doido quando a gente chegar lá: o ritual pode parecer um pouco intenso, mas todos os dragões já passaram por ele, então não tem nada com o que se preocupar — assegurou Aiden.

— Tá bem.

Mesmo assim, ela ainda ficaria ansiosa por Sparky até que seu primeiro voo tivesse terminado com sucesso.

— Vamos? — chamou Aiden.

Ela assentiu, e os dois caminharam até o dragão. Torch era muito maior de perto, e Saphira se sentiu um pouco nervosa.

— Ah, e antes que eu me esqueça — disse Aiden, levando a mão ao bolso da camisa.

Ele tirou um objeto de lá e o estendeu para Saphira.

Era um anel. Apenas uma faixa simples de ouro, mas mesmo assim.

— Ah — disse ela, com um suspiro, sentindo o coração descompassado.

Ela pegou o anel, roçando os dedos na palma dele. Saphira ergueu os olhos e viu Aiden retesar a mandíbula.

Aiden pigarreou, observando enquanto Saphira deslizava o anel pelo terceiro dedo da mão esquerda. Serviu com perfeição. Ela sentiu o ar preso na garganta.

Ergueu os olhos para Aiden e sentiu seu olhar penetrante atravessá-la. Havia uma emoção no rosto dele que Saphira não conseguia decifrar, mas que fazia o peito dela doer mesmo assim.

— Eu não trouxe...

Ela parou quando Aiden lhe mostrou a mão esquerda, onde havia um anel similar no dedo anelar, embora o dele fosse prateado em vez de dourado. Era um pequeno detalhe, e é claro que os anéis eram apenas parte do fingimento, mas ela apreciava o fato de ele ter notado que ela só usava ouro, e não prata, e arranjado um anel apropriado.

O anel ficara tão... *perfeito* no dedo de Saphira. Como se aquele fosse exatamente o lugar dele, onde sempre estivera destinado a estar.

Ah, céus. Ela precisava mesmo controlar as emoções antes que saíssem dos trilhos. Aquilo era tudo fingimento, ela se lembrou. Apenas fingimento.

Então a mão de Aiden roçou na dela, e ambos os anéis refletiram a luz do sol, reluzindo, e Saphira viu algo no rosto dele que reconhecia, porque também sentia: desejo.

Será que ele sentia o mesmo?

O ar estava carregado entre os dois, como se um fato óbvio pendesse entre eles, mas Saphira não conseguia identificar qual.

Talvez Lavinia tivesse razão — talvez Saphira precisasse mesmo ter coragem.

— Por aqui — disse Aiden, conduzindo Saphira até o ponto onde montaria em Torch.

Ficou bem claro que Aiden sabia lidar com dragões; era muito competente, algo que ela achava extremamente atraente.

Aiden lhe passou a jaqueta que ele tinha colocado na sela. Embora estivesse quente, ele lhe dissera para levar roupas de frio, já que era sempre inverno no topo do Monte Echo.

Saphira vestiu a jaqueta e Aiden fez o mesmo, ambos se preparando para montar.

— Toma — falou Aiden, tirando um cachecol extra da mochila.

Ele passou o cachecol ao redor do pescoço de Saphira, roçando os dedos na mandíbula dela. Saphira sentiu um arrepio.

— Obrigada — sussurrou, inalando o aroma adocicado de musgo e hortelã do tecido.

O cheiro acalmou seu nervosismo por um momento, até ela perceber que precisava montar na fera.

Saphira foi tomada pela ansiedade. Nunca tinha montado em um dragão.

— Você consegue — garantiu Aiden, parado a seu lado. Ele a instruiu com gestos. — Segura aqui, depois pisa ali com o pé direito e passa a perna esquerda para o outro lado.

Saphira respirou fundo, pisando com o pé direito conforme ele instruíra. Ela se segurou à sela, depois ergueu a perna esquerda para passá-la para o outro lado, mas hesitou, sentindo medo quando o dragão se mexeu.

— Ei, eu te ajudo — incentivou Aiden, ficando atrás dela.

Mesmo com as camadas de roupa, ela conseguia sentir as mãos fortes dele na cintura.

Saphira respirou fundo mais uma vez, passando a perna esquerda para o outro lado. As mãos de Aiden a ergueram quando ela fez isso e, com um grito de surpresa, ela aterrissou diretamente na sela, em posição perfeita. Torch se ajeitou debaixo dela, e Saphira arfou de espanto com o movimento do animal enorme.

— Boa garota — declarou Aiden, abrindo um sorriso para Saphira.

Ela sentiu uma onda de calor percorrer o corpo ao ouvir aquelas palavras e enterrou o nariz no cachecol, torcendo para que ele não a visse corar.

Aiden se posicionou diante de Torch para encará-lo.

— Pronto? — perguntou ele, coçando o queixo do dragão.

Torch bufou, e Aiden assentiu.

Ele foi até a sela e, com um movimento rápido, subiu atrás de Saphira. As coxas de Aiden a cercaram dos dois lados, e seus braços envolveram o corpo dela. Ela sentiu o desejo pulsar por tê-lo tão perto, o corpo forte dele colado ao seu. Sentia Aiden em todo lugar, e um calor crescia dentro dela.

Aiden se acomodou atrás dela na sela, chegando mais perto, e Saphira sentiu a respiração falhar. Ela arfou, e o coração acelerou.

— Tudo bem eu ficar assim? — questionou ele, a voz um sussurro na orelha dela.

Saphira sentiu a respiração quente de Aiden contra a própria pele, e seu corpo doeu. Ela assentiu, incapaz de falar.

— E o Sparky? — perguntou ela, quando recuperou alguns neurônios.

Aiden apontou, e ela olhou para onde Torch tinha pegado Sparky com a pata. Sparky parecia empolgado, com os olhos roxos arregalados.

— Pronta? — confirmou Aiden.

Saphira achava que nunca estaria pronta para aquilo, mas, ao mesmo tempo, esperara por uma experiência do tipo a vida toda. Ela assentiu, e Aiden deu um chutinho em Torch.

O dragão se levantou, e o estômago de Saphira se revirou. Soltando um grito de surpresa, ela se agarrou à sela, grata por Aiden estar com os braços a seu redor, ou ela teria medo de cair.

— Estou com você — disse Aiden, encorajando-a.

Saphira acreditava nele.

Mesmo assim, a experiência foi igualmente assustadora e empolgante quando Torch se pôs a correr, abrindo as asas, e, em suma, saltou da colina.

Incapaz de se conter, Saphira gritou, pensando que iam cair — mas é claro que não caíram. Torch decolou, e então estavam voando.

O vento soprava contra o rosto de Saphira, e ela fechou os olhos com força, assustada. Estava tensa, o corpo todo retesado.

Aiden deve ter percebido, porque tentou acalmá-la:

— Ei, está tudo bem. Abra os olhos.

Saphira negou com a cabeça, assustada demais.

— Você confia em mim? — perguntou ele. O coração dela martelava no peito. Devagar, ela assentiu. — Saphira, abra os olhos. — A voz de Aiden era firme.

Reunindo toda a coragem que tinha, Saphira abriu os olhos. Ficou boquiaberta de imediato, maravilhada, sem fôlego. Nunca tinha estado tão alto antes e, dali, podia ver *tudo*.

O lago cintilante, com sua água azul reluzindo sob a luz do sol. As colinas sinuosas do vale, de um verde vívido e exuberante. As montanhas cobertas de neve, de um branco puro e nítido contra o céu. E, aninhada no meio de tudo isso, sua cidadezinha.

— Aiden! — exclamou ela, sem saber mais o que dizer.

Saphira estava sem palavras, então pegou o braço dele e apertou, e era como se Aiden entendesse bem o que ela estava sentindo, o mesmo fascínio e espanto. Ela sentiu o sorriso de Aiden roçar sua pele e relaxou sob o toque dele.

Era uma sensação incrível, ainda melhor com Aiden a seu lado. Saphira estava feliz por compartilhar aquele momento com ele, que ele pudesse testemunhar tudo como seu companheiro.

Conforme iam subindo, o ar foi ficando mais frio, mas os braços de Aiden ao redor dela estavam quentes. Os dois voaram através das nuvens, e tudo ficou enevoado, até emergirem acima delas, deslizando sobre um mar de algodão.

Enfim visualizaram o topo da montanha. Àquela distância, Saphira enxergava o que parecia ser uma cabaninha aninhada na neve; à medida que foram se aproximando, ela viu que era um chalé. Os postes de luz ao redor da construção estavam acesos com fogo, e Saphira poderia apostar um milhão de dólares que não havia eletricidade lá.

Torch aterrissou, soltando Sparky de sua pata, e o dragãozinho saiu rolando pela neve. Saphira tremia por causa do ar gélido, enterrando o nariz no cachecol. Aiden saiu primeiro, estendendo a mão para Saphira, mas, quando ela foi mexer as pernas, descobriu que estavam trêmulas. Os músculos doíam, congelados no lugar.

— Hum… acho que vou cair.

Aiden sorriu.

— Não se preocupa, o primeiro voo de um condutor pode ser bem intenso, e a gente voou bastante. Aqui. — Ele colocou as mãos em posição. — Vou te pegar.

Saphira se apoiou nas pernas trêmulas, sentindo-se instável. Ao passar a perna esquerda para o outro lado da sela, o mundo girou, e ela pensou que tombaria com tudo na neve, carregada pela gravidade.

Em vez disso, ela aterrissou perfeitamente nos braços de Aiden, as mãos dele firmes em sua cintura. Ela se segurou nos ombros dele enquanto Aiden a colocava no chão, carregando-a como se não pesasse nada.

Mesmo quando os pés estavam plantados com firmeza na neve, Saphira continuou agarrada aos ombros de Aiden, que manteve as mãos em sua cintura. Estava congelando, mas ela se sentia aquecida, ancorada a ele.

Ela ergueu os olhos para Aiden, aproximando-se sem perceber. Os olhos dele se dilataram, ardentes nos dela. Saphira ouviu o som da respiração entrecortada dele, sentindo o coração palpitar.

Os lábios de Aiden se abriram, a boca pouco acima da dela.

Até os dois ouvirem o som de gelo se quebrando, de alguém se aproximando. Aiden se virou e avistou uma mulher idosa. Ela tinha a pele marrom-escura e um longo cabelo branco trançado, com um manto grosso adornando o corpo. Parecia uma personagem de um conto de fadas, de uma era diferente.

— Irmã Mireya — saudou Aiden, curvando a cabeça. Saphira o imitou.

— Bem-vindos — falou Mireya, com uma voz suave e aveludada, como se estivesse prestes a contar uma história para dormir.

Quando Sparky viu que uma pessoa nova se aproximava, parou de brincar na neve e, em vez disso, se escondeu entre as pernas de Saphira e Aiden. Ele encarava Mireya com olhos apreensivos. Saphira se agachou e acariciou a cabeça de Sparky, acalmando-o.

Mireya observou o movimento, depois voltou o olhar para Saphira, fitando-a com olhos de águia. Era a vez de Saphira ficar nervosa.

— Edward me disse que você viria — contou Mireya para Aiden, embora os olhos dela continuassem focados em Saphira. — Mas ele não mencionou que traria uma companheira.

Saphira riu de nervosismo e sentiu Sparky dar um passo à frente. O dragãozinho mal batia em seus joelhos, mas mesmo assim ela apreciava que ele fosse tão protetor.

Aiden abriu a boca para responder, mas o olhar de Mireya se voltou para Sparky, notando o comportamento do filhote. Então os olhos dela foram para a mão de Saphira, para o anel dourado. Ela sorriu, surpresa.

— Parece que lhe devo felicitações, Aiden — disse ela. — Ninguém me informou que você tinha se casado.

— Sim — respondeu Aiden, pigarreando. — É um prazer imenso apresentar a senhora à minha linda esposa, Saphira.

Saphira sentiu o corpo todo vibrar ao ouvi-lo dizer a palavra "esposa".

— É uma honra conhecê-la — falou Saphira.

Mireya fez um som pensativo.

— Saphira — repetiu ela. — Não a conheço. Você não é um dos condutores.

Era um termo antigo para as famílias Drakkon — da época em que os únicos condutores eram das famílias Drakkon. Saphira ficou irritada. Mireya se voltou de novo para Aiden, daquela vez confusa.

— Me espanta seus pais terem permitido tal união — declarou Mireya, franzindo as sobrancelhas.

— Pelo contrário, irmã, não há nada de surpreendente nisso — rebateu Aiden com facilidade. Ele se virou para Saphira com um olhar cálido. — E, se há algo de chocante em nossa união, seria o fato de que Saphira me aceitou, já que minha esposa é muito superior a mim.

De novo aquelas palavras: *minha esposa*. Céus, ela já estava se acostumando àquilo. (O que provavelmente era insensato da parte dela, mas Saphira era uma mulher insensata, e não havia problema em aceitar isso.)

O desconforto e a insegurança que Saphira sentia desapareceram logo. Aiden tinha confiança nela, e ela quase acreditava nisso — até se lembrar que era tudo fingimento.

Mesmo assim, sentia o coração mole.

— Hum — proferiu Mireya.

Ela não parecia de todo convencida, mas não falou mais nada.

Outra cuidadora vestida com um longo manto preto chegou para cuidar de Torch, e uma terceira pegou as mochilas de Aiden e Saphira.

— Por aqui — disse Mireya, conduzindo-os na direção do chalé de pedra.

Era menor do que Saphira estava esperando; pelo jeito que Aiden o havia descrito, ela imaginara que o grande Monte Echo era um lugar vasto, mas o chalé era uma pequena construção de apenas um andar.

Os três seguiram Mireya até o interior, que estava consideravelmente mais quente do que o lado de fora. Chamas queimavam nas lareiras em ambos os lados da casa, que na verdade era apenas uma grande sala com um lance de escada nos fundos.

— Venham — orientou Mireya, dirigindo-se para a escada.

Talvez houvesse outro cômodo no porão, pensou Saphira, ao chegar no topo dos degraus de pedra.

Até ela olhar para baixo e perceber que havia muito, muito mais do que apenas um cômodo.

Havia um complexo inteiro construído dentro da montanha, que se expandia por múltiplos andares.

— Uau — sussurrou Saphira conforme desciam a escada.

Não havia eletricidade, então tudo era iluminado por velas, e havia dezenas de figuras com trajes semelhantes ao de Mireya.

— Os noviços daqui estudam os textos antigos — explicou Mireya para Saphira.

Ela continuou a descrever as diferentes questões que eram estudadas a partir dos textos, como o vínculo entre condutor e dragão e as propriedades medicinais de várias partes dos dragões, como a saliva ou as escamas.

O complexo também abrigava alguns dragões de cada raça, tanto para estudar os animais quanto para garantir a continuidade da espécie. As pesquisas ali conduzidas eram então ensinadas em aulas como as que Genevieve tinha na faculdade, onde fazia a graduação em História dos Dragões.

Embora fosse tudo fascinante, a enxurrada de informações a deixou um pouco sobrecarregada, como se estivesse em um mundo completamente diferente. Embora interagisse com dragões todos os dias, era fácil imaginar que ela vivia em um mundo comum. Ali, porém, era evidente que havia muita coisa que desconhecia.

Era tudo novidade para Saphira, mas Aiden, é claro, já sabia de tudo aquilo, o que o fez parecer muito distante. Sparky não entendia muito bem o que estava acontecendo, mas trotava com alegria junto deles, olhando ao redor.

Mireya até os levou às cavernas onde os dragões eram preservados. Havia uma caverna separada para cada uma das quatro raças, e os ovos brilhavam como as gemas preciosas que lhes davam nome. As cavernas também eram todas feitas daquelas pedras, brilhando e cintilando à luz suave da vela que Mireya trazia consigo. Eram incrivelmente lindas e pareciam mesmo sagradas.

Para alguém como Saphira, que sempre desejara aprender mais sobre os dragões, mas nunca tivera a oportunidade, era uma experiência e tanto.

Então chegou o momento de o ritual começar.

Mireya os levou para fora de um dos níveis inferiores. O vento chicoteava a pele de Saphira, e o ar era congelante. O espaço estava vazio, coberto de gelo. Quando olhou com mais atenção, ela percebeu que se tratava de um lago congelado.

— É hora de começar — anunciou Mireya.

Ela se virou para Sparky, estendendo os braços para o dragão. Ele hesitou por um instante, até Mireya assobiar uma melodia estranha de tão desconcertante, que pareceu fazê-lo relaxar. O filhote então foi até Mireya, o que causou estranhamento em Saphira, como se Sparky estivesse sob o efeito de um feitiço.

Mireya continuou assobiando, afagando Sparky em seus braços e o levando até o lago. O gelo era grosso; não fazia qualquer ruído enquanto Mireya o atravessava, carregando Sparky até o centro.

Havia uma lâmina de aço na superfície do lago, e Mireya se agachou ao lado dela. Sparky permaneceu totalmente calmo enquanto a sacerdotisa removia a lâmina, revelando um buraco no gelo grosso. Mireya pegou Sparky, erguendo--o no ar.

— O que ela está...

Antes que Saphira pudesse terminar de falar, Mireya soltou Sparky dentro do lago, e o bebê desapareceu sob as águas. Antes que ele voltasse à superfície, Mireya cobriu o buraco com a lâmina de aço, trancafiando Sparky lá dentro.

— O que ela está *fazendo*? — choramingou Saphira, sentindo o pânico tomar conta de si.

— Não se preocupe — disse Aiden, embora estivesse fazendo muito esforço para dizer as palavras com a mandíbula retesada. — Isso faz parte do ritual.

Saphira se esforçou ao máximo para não se descontrolar enquanto Mireya caminhava com calma para se juntar aos dois às margens do lago congelado.

— Tem certeza de que ele vai ficar bem? — perguntou Saphira a Aiden, a voz aguda.

Saphira não conseguia nem sequer ver a silhueta de Sparky sob o gelo e, por isso, parecia que estava prestes a ter um ataque cardíaco. Sentia um aperto doloroso no peito e tremia.

Mireya olhou de relance para Saphira, franzindo a testa. Antes que Aiden pudesse responder, ela disse:

— Aiden, você não deveria tê-la trazido se ela não está acostumada a nossas práticas. Forasteiros nunca entendem. Tem certeza de que ela pertence ao nosso mundo?

Saphira sentiu as palavras como um tapa na cara. Ficou em silêncio completo, com o peito doendo.

Aiden parecia chateado.

— É claro que pertence — retrucou ele.

Saphira voltou a focar o lago, prendendo a respiração ao ver uma silhueta sob o gelo. Era Sparky, o corpinho pressionando o gelo, tentando quebrá-lo. O coração de Saphira doía. Ela sabia que Aiden lhe alertara que o ritual seria intenso, mas não era isso que ela estava esperando.

Já tinha se passado tempo demais. Sparky ficaria sem ar, e ela teria que ficar ali parada, sem fazer nada?

Então Saphira ouviu o som do gelo rachando — e estilhaçando. Uma rajada de água emergiu do lago, seguida de chamas, uma luz intensa e ardente na paisagem glacial. Sparky saltou para fora do lago, grunhindo e encharcado.

Saphira soltou o ar, aliviada. Aiden passou a mão pelo rosto, aliviado do mesmo jeito. *Santo Deus.*

Saphira foi até a margem do lago e se agachou, abrindo os braços para Sparky, que correu até ela. Ela o abraçou com força, mesmo que o filhote estivesse molhado de água congelante, que infiltrou suas roupas.

Ela não se importava. Seu bebê estava seguro.

Saphira se levantou, ainda segurando Sparky, levando-o de volta para Aiden, que acariciou o dragãozinho e segurou o rosto dele.

— Vamos — disse Mireya. — Está na hora do próximo.

— *Próximo?* — sussurrou Saphira para Aiden.

Ele parecia igualmente perturbado, mas Mireya já estava avançando, subindo um conjunto de escadas sinuosas até o nível acima.

Saphira e Aiden a seguiram, e o piso seguinte também era do lado de fora, embora daquela vez fosse um corredor estreito entre as pedras da montanha. Uma vez lá em cima, Mireya tirou Sparky dos braços de Saphira.

Sem perceber, Saphira ficou tensa, resistindo. Mireya lhe lançou um olhar severo.

— Saphira — encorajou Aiden. — Está tudo bem.

Saphira cedeu, e Mireya pegou Sparky, conduzindo-o até o extremo oposto do corredor, onde o colocou na encosta da montanha. Atrás dele, não havia nada além de nuvens e uma queda muito, muito íngreme. A ansiedade atravessou Saphira.

Mireya foi até onde Aiden e Saphira estavam, pisando com cuidado para evitar alguma coisa no caminho, embora Saphira não conseguisse identificar o quê. A expectativa a deixava muito estressada, mas ela não podia fazer nada senão observar enquanto Mireya se dirigia até aquele extremo do corredor.

Então ela tirou algo de dentro do manto. Era um conjunto de fósforos. Mireya riscou um, depois o soltou.

O caminho todo se iluminou em chamas, engolfando o corredor inteiro, incluindo o chão debaixo de Sparky. Ele urrou, e Saphira arfou, cobrindo a boca com as mãos.

Aiden retesou a mandíbula, e os dois observaram, horrorizados, Sparky olhar ao redor. Ele tinha que decidir rápido o que fazer, já que escamas de dragões só resistiam ao calor até certo ponto.

Não havia escolha. O dragãozinho tinha que atravessar o caminho em chamas para chegar até eles, porque do outro lado não havia nada além da encosta íngreme da montanha.

Com um sibilo determinado, Sparky correu através das chamas, saindo com tudo pelo outro lado.

Quando ele atravessou, Saphira foi ao seu encontro, mas Aiden a deteve, pegando-a com firmeza pelo braço.

— Saphira, não — contrapôs ele, a voz carregada de dor. — As escamas vão te queimar.

Mireya lançou outro olhar decepcionado para Saphira, e ela estremeceu, mais uma vez se sentindo deslocada.

Enquanto Sparky resfriava, Mireya se virou para Aiden.

— Você está ciente de que há um ritual para os forasteiros que se unem às famílias de condutores — explicou ela. — Para que possam pertencer em meio aos dragões.

Forasteiros. Ela estava se referindo a Saphira.

Saphira se sentia nauseada.

— Ela *não* é uma forasteira — protestou Aiden. — Ela é minha esposa.

Saphira apreciava que Aiden a estivesse defendendo, mas as palavras dele não eram um grande consolo, já que não eram verdadeiras.

Mireya não respondeu, apenas os conduziu, e os dois a seguiram.

Saphira não podia deixar de se sentir chateada, tanto com as palavras de Mireya quanto com os rituais pelos quais Sparky havia passado. Era tudo muito intenso.

Conforme subiam mais um lance de escadas, Saphira sentiu o olhar de Aiden sobre si. Ele franziu a testa, e ela abriu um sorriso radiante, tentando convencê-lo de que estava bem, torcendo para que não se preocupasse. Mas isso só o deixou mais apreensivo, como se tivesse visto além do fingimento dela.

O lance de escada seguinte os levou para dentro, para o que parecia ser uma área de jantar. Havia longas mesas onde alguns noviços estudavam livros e bebiam chá, enquanto outros grupos faziam uma refeição.

Estavam todos quietos, e Saphira os achou sérios e reservados, embora isso não fosse surpreendente, considerando que o lugar parecia um monastério. Mesmo assim, era desagradável, muito diferente da atmosfera a que estava acostumada no aconchego da cafeteria. Também não havia dragões ali, com exceção de Sparky.

— Sparky se saiu bem — disse Mireya, conduzindo-os a uma mesa vazia na lateral. — Ele vai comer, e depois nós o levaremos para tomar um banho e descansar antes do primeiro voo ao amanhecer.

Aiden e Saphira se sentaram de frente um para o outro, com Sparky ao lado de Saphira. Mireya os deixou e, um instante depois, um noviço trouxe comida para Sparky, que começou a devorá-la, pelo visto inabalado pelos rituais de gelo e fogo. Saphira ainda estava perturbada e esfregou as têmporas.

— Sinto muito — falou Aiden, franzindo a testa. — Sei que foi intenso.

— Bem, você me avisou — respondeu Saphira, suspirando.

Nada poderia tê-la preparado de verdade para aquela experiência.

— Pelo menos o pior já passou — disse Aiden.

— Pelo menos isso.

Saphira acariciou Sparky enquanto ele terminava de comer, e o dragãozinho ronronou, contente. Quando ele terminou, Mireya apareceu de novo, daquela vez para levar Sparky para tomar banho e descansar, o que ela disse ser costumeiro naquele momento, coisa que Aiden reafirmou ao ver a expressão hesitante de Saphira. Embora não quisesse se separar de Sparky, também não queria dar a Mireya mais combustível para pensar que ela não pertencia àquele lugar, então ficou quieta.

— Tchau, meu anjo — enunciou Saphira, segurando a cara de Sparky. — Vejo você de manhã, fofinho.

Ela deu beijos em Sparky, que lambeu sua bochecha. Aiden também se despediu, e Sparky lambeu a mão dele.

Naquele meio-tempo, noviços levaram comida para Saphira e Aiden. Quando eles voltaram a se sentar e começaram a comer, Mireya lançou um olhar desconfiado para Aiden e perguntou:

— Quando vocês dois se casaram?

Saphira levou um susto, e a comida ficou entalada em sua garganta.

Aiden engoliu em seco.

— Este mês — respondeu ele.

Mireya fez um som pensativo.

— Não parece.

Sem mais uma palavra, ela levou Sparky, deixando Aiden com uma expressão tensa.

— Você acha que ela vai cancelar o voo do Sparky? — questionou Saphira, mantendo a voz baixa enquanto o nervosismo a percorria.

— Não sei — falou Aiden, de sobrancelhas franzidas. — Talvez a gente precise ser mais convincente. — Ele pigarreou. — Tem problema se eu te tocar?

Saphira sentiu o corpo esquentar diante da ideia e mordeu o lábio inferior para conter uma resposta tão entusiasmada quanto a que desejava dar.

— Não — respondeu Saphira após uma pausa. — Claro que não, a gente tem que convencer.

— Certo. É claro.

Eles comeram em silêncio, um pouco constrangidos, até que ela sentiu os pés de Aiden cutucarem os dela debaixo da mesa, de brincadeira. Saphira sorriu, e, quando ele devolveu o sorriso, toda a tensão entre os dois se dissipou. Eles tinham o resto do entardecer para si mesmos, já que Sparky estava sendo cuidado.

— Sei que aquilo tudo foi estressante, mas vamos tentar aproveitar o resto do nosso tempo aqui — disse ele.

— Ok. Bom plano.

— Então, o que você achou do Monte Echo?

— Ah, meu Deus — respondeu ela. — Tenho tantos pensamentos.

— Quero ouvir todos eles.

Os dois conversaram enquanto comiam, e, já que não havia ninguém sentado perto deles para escutar a conversa, Saphira podia falar sem medo. Embora Aiden tivesse parecido distante antes, quando estavam conhecendo o complexo, naquele momento ele estava presente, comentando e reagindo a todas as impressões dela, complementando o conhecimento que ela tinha adquirido com mais informações aqui e ali.

Depois que terminaram de comer, foram para um dos terraços do lado de fora. Estava quase vazio, com apenas um noviço de passagem. Os nós dos dedos de Aiden roçaram os dela, e Saphira não sabia quem começou, mas os dois deram as mãos. Nenhum deles as soltou, mesmo depois que ficaram sozinhos.

Eles caminharam ao longo do terraço, e a vista lá de cima era deslumbrante. A maior parte das nuvens já tinha se dissipado, então Saphira conseguia ver os picos das outras montanhas, cada um deles um cone branco e nítido contra o céu.

Estavam em um ponto tão alto que era insano. Ela achava incrível que os condutores de dragão tivessem acesso àquelas paisagens sempre que quisessem — tudo o que precisavam fazer era sair para dar um passeio.

Os minutos correram, e o sol se pôs. Alguém saiu para acender os postes de luz no perímetro da área, projetando um brilho dourado na noite. Então algo verdadeiramente mágico aconteceu: começou a nevar.

A neve caiu com delicadeza a princípio, mas depois engrossou, com os flocos caindo depressa.

— Olha! — exclamou Saphira, inclinando a cabeça para trás.

Ela estendeu os braços para pegar os flocos de neve, que derreteram na palma, pequenos pontos de gelo.

— Vem — disse Aiden, puxando-a em direção à porta. — Vamos entrar antes que você fique doente.

— Não! — Saphira plantou os pés no chão, e Aiden parou. — A gente tem que aproveitar a neve!

Ela adorava neve. Aiden a encarou, estremecendo quando veio uma rajada de vento.

— Você vai ficar resfriada — alegou ele, soltando a mão de Saphira. — Vamos.

Aiden se virou em direção à porta, e ela estreitou os olhos para as costas dele. Ela se agachou e pegou neve nas mãos, uma mistura de grãos velhos e novos. Fez uma bola e a arremessou em Aiden, acertando bem no meio dos ombros dele.

Aiden deu meia-volta, estarrecido.

— Você acabou de me acertar com uma bola de neve?

Ela ergueu o queixo.

— E se eu acertei?

— Ah, então é assim?

Ele sorriu, depois se agachou e fez uma bola de neve, arremessando na direção dela. Saphira gritou e se agachou, e a bola por pouco não acertou sua cabeça.

— Rá!

Ela riu, fazendo outra bola de neve e lançando na direção dele, e assim começou uma verdadeira guerra de neve. Os dois correram pelo terraço, atacando e desviando, ambos acertando algumas, e seus risos ressoavam pelo ar.

Até Saphira acertá-lo bem no olho, e Aiden tombar na neve com um grito. O coração dela parou.

— Tá tudo bem? — perguntou ela, correndo para o lado de Aiden, que estava com a mão no olho. Ele estremeceu, grunhindo, e o peito de Saphira doeu de culpa. — Deixa eu ver, deixa eu ver.

Ela tirou a mão de Aiden do olho para inspecionar o dano, mas ele não queria que ela visse, então cobriu o olho outra vez.

— Não, tá doendo — disse ele. — Tá doendo muito.

— Deixa eu ver! — exigiu ela, bastante preocupada.

Devagar, ele tirou a mão, e ela se aproximou para checar o olho de Aiden, com medo de ter estourado uma veia ou coisa do tipo, mas, quando ela o examinou, parecia não haver dano algum.

— Parece normal — falou ela, franzindo a testa.

— A dor não é normal — respondeu ele, fazendo um biquinho.

— Aqui — disse Saphira, assoprando a ponta do cachecol para esquentá-lo. Ela segurou a parte de trás da cabeça de Aiden com uma das mãos, depois pressionou o tecido no olho dele. — Melhor?

— Muito melhor — confirmou ele, relaxando.

Então, os lábios dele se curvaram. Aiden parecia não estar sentindo dor alguma; parecia ótimo, uma diferença notável em relação a trinta segundos antes.

Franzindo as sobrancelhas, Saphira recuou, confusa, até um sorriso se espalhar no rosto de Aiden. Seus olhos estavam semicerrados de divertimento.

Saphira arfou. Era tudo *fingimento*.

— Você é *péssimo*!

Ela o empurrou para trás, mas Aiden — rindo — segurou as mãos dela, e Saphira caiu com ele. Ela aterrissou em cima de Aiden, prendendo-o entre as pernas.

Então ele parou de rir. Os olhos de Aiden se dilataram. Ele se aproximou, e Saphira se entregou ao toque, a pele queimando. O desejo percorria seu corpo. Ela o sentia mesmo com as camadas de roupa entre os dois. Ansiava por chegar mais perto. A respiração dele ficou pesada.

Ele ergueu os olhos para Saphira sob os cílios escuros, com um olhar ardente. Ela se aproximou, e Aiden fez um som sufocado, segurando-a com mais força. Com as mãos no peito dele, Saphira sentia o coração de Aiden batendo sob suas palmas. Ele desviou o olhar para a boca de Saphira, e a pulsação dela acelerou.

Estavam ambos congelados, com medo de interromper o momento, mas não havia como negar o que ela sentia, e o que Saphira suspeitava que ele sentia também. Aiden a puxou para mais perto, com a boca logo debaixo da dela.

— Perdoem-me — disse uma voz, e Saphira teve um sobressalto.

Era Mireya. Saphira nem a ouvira se aproximar.

Com o coração acelerado, Saphira saiu de cima de Aiden, e os dois ficaram de pé.

— Só queria informá-los de que Sparky está descansando — avisou Mireya.

— Obrigado — falou Aiden, pigarreando.

Então uma ideia cruel cruzou a mente de Saphira. Aiden teria visto Mireya se aproximar por cima do ombro de Saphira? Será que aquilo tudo tinha sido uma encenação para convencer Mireya?

A sacerdotisa assentiu, então se virou para partir. Deu alguns passos antes de voltar a encará-los.

— Recomendo as fontes termais para os condutores na noite anterior ao primeiro voo do bebê — sugeriu ela. — É sempre melhor que os condutores também estejam relaxados, porque o filhote sente a energia.

— Obrigado — respondeu Aiden, e Mireya partiu.

Quando ela se foi, Aiden se virou para Saphira, procurando a mão dela. Ela recuou, sentindo-se boba.

— Ela já foi — apontou Saphira em voz baixa. — Não precisa fingir.

Aiden franziu a testa, magoado e confuso.

19

— Você quer ir para as fontes? — perguntou Aiden para Saphira, enquanto ela o observava se remexer, sem jeito. — Pode ir sozinha, se quiser. Posso te deixar em paz.

Pouco antes, Saphira estava chateada, mas agora tinha sentimentos conflitantes. Havia muitas emoções passando por sua cabeça, mas a única coisa que ela sabia era que não queria que Aiden fosse embora.

— Não, vem também — disse ela, a voz suave. — É importante nós dois estarmos relaxados. Foi o que a Mireya falou.

Ele assentiu.

— Ok.

— Além disso — acrescentou ela —, eu não sei onde ficam as fontes.

Os lábios dele estremeceram.

— Vamos.

Ela o seguiu até as fontes termais, que ficavam em um nível mais baixo, ambos em silêncio. Não tinha ninguém lá, e Saphira viu as diversas pequenas piscinas entre pedras, com nuvens de vapor pairando acima da superfície.

A névoa era tão densa que ela mal conseguia enxergar, o que a confortava. Nenhum dos dois tinha trazido trajes de banho, e ela não se banharia nua, mas as roupas de baixo seriam suficientes. De um lado, havia uma pilha de roupões dobrados e toalhas.

— Vira de costas — ordenou Saphira.

Sem falar nada, Aiden obedeceu, e ela prendeu o cabelo em um coque, depois se despiu e ficou apenas com as roupas de baixo, as mãos trêmulas. Olhou de relance para as costas de Aiden, que estavam perfeitamente eretas, imóveis.

Tremendo, Saphira logo entrou na fonte. A piscina não era profunda, e havia pedras dispostas como bancos, então ela se sentou, e a água foi até sua clavícula. Era como um bálsamo depois da guerra de neve, quente e aconchegante.

— A água está bem quente — informou ela, a voz aguda.

Aiden resmungou uma resposta, e então Saphira ouviu o farfalhar de roupas enquanto ele se despia. Sentiu um aperto no peito.

Ela lançou um olhar furtivo por cima do ombro e viu os músculos das costas de Aiden se mexendo. Sentiu um calor percorrer o corpo, e logo se virou de novo, abanando o rosto.

Logo depois, ouviu Aiden se aproximar e entrar na água, sentando-se de frente para ela. A piscina parecia ter um bom tamanho, mas com os dois ali dentro, quase não havia espaço.

Saphira engoliu em seco, mordendo o lábio inferior. O rosto de Aiden era indecifrável, como se ele usasse uma máscara de pedra. Os dois se olharam, sem falar nada, absorvendo um ao outro.

O espaço encolheu, ficando ainda mais íntimo de alguma forma, e Saphira ficou aliviada pelo vapor. Sentia que podia se esconder atrás dele. Os olhos de Aiden estavam ardentes, e ela tinha medo de que fosse derreter na água.

Ele passou a mão pelo rosto, deixando os cílios úmidos, e apoiou os braços na borda da piscina. Saphira o encarou, fascinada pelos músculos dos ombros e braços dele, pela pele reluzente.

O coração dela acelerou, e Saphira levou a mão para a base do pescoço, pressionando, na tentativa de estabilizar sua pulsação. Enquanto ela fazia isso, os olhos de Aiden acompanharam o movimento, com as pálpebras semicerradas. Ele engoliu em seco.

Com certa dificuldade, Aiden tirou os olhos do pescoço de Saphira para encontrar seu olhar, e ela sentiu um calor se espalhar pelo corpo, como se as mãos de Aiden tocassem todo lugar em que os olhos dele pousassem.

Ela quase conseguia sentir o toque fantasma, quase conseguia imaginar como seria.

O corpo dela ardia de desejo. Sem perceber, Saphira foi para mais perto dele na água, até seus joelhos colidirem. O vapor aquecia sua pele, e ela sentia mechas de cabelo cacheando ao redor do rosto e do pescoço.

Ele estendeu a mão, e Saphira prendeu a respiração, desejando que ele a tocasse. A expectativa fazia seu sangue rugir. Aiden retesou a mandíbula.

A mão dele pairou no espaço entre os dois, delicadamente chegando mais perto até Aiden passar o dedo por uma mecha de cabelo perto da bochecha de Saphira, as pupilas dilatadas. Devagar, ele enrolou o fio de cabelo, depois puxou de leve. Ela sentiu o puxão sutil até Aiden soltar o cacho, que voltou para o lugar. Seu corpo inteiro parecia em alerta, o ar entre eles carregado de tensão.

A respiração dele falhou. Os ouvidos dela latejavam. Então, debaixo d'água, ela sentiu as mãos de Aiden, os dedos roçando de leve suas pernas. Ela se entregou ao toque, e as mãos dele deslizaram sobre suas coxas, puxando-a mais para perto, para cima dele. Saphira o prendeu entre as pernas, como fizera na neve, embora desta vez não houvesse quase nenhum tecido entre a pele dos dois e ela pudesse senti-lo por completo.

Saphira pôs as mãos no peito dele, depois as deslizou para cima, para fora da água, ao redor do pescoço, afundando a ponta dos dedos no cabelo de Aiden. Os dois faziam um silêncio mortal, como se falar fosse arruinar o momento.

Os olhos dele ardiam nos dela. Então, com uma precisão delicada, Aiden aproximou a cabeça até apertar os lábios no pescoço dela.

O contato fez chamas invadirem o corpo de Saphira. Ele beijou o pescoço dela, roçando os dentes na pele, e ela jogou a cabeça para trás, o corpo vibrando de desejo.

Ela chegou mais perto, e um urro subiu pela garganta de Aiden, que enterrou os dedos na cintura de Saphira em um gesto desesperado.

Saphira o desejava, por completo. Ela baixou os olhos para encontrar os dele, que a encarou como se tivesse tido uma epifania — como se, talvez, a epifania fosse ela.

E, de repente, o medo a atravessou em ondas.

Ela hesitou. Aiden estava parado, a respiração pesada, mas esperou. Ele se conteve, mesmo que Saphira pudesse sentir o quanto ele a desejava.

Ela se via à beira de um precipício, prestes a cair, e tinha a sensação distante de que haveria alguém para pegá-la quando isso acontecesse, mas, mesmo assim, não conseguia encontrar a coragem para pular.

Saphira engoliu em seco, afastando-se dele. Aiden fechou os olhos, um músculo se contorcendo na mandíbula. Ele afrouxou a mão que a segurava, e Saphira se distanciou.

Ele parecia decepcionado por vê-la recuar, mas não insistiu, gesto pelo qual ela se sentiu grata.

— É melhor a gente voltar — sussurrou Saphira, mesmo que seu corpo gritasse em protesto.

Aiden assentiu. Nenhum dos dois se mexeu, recuperando o fôlego. Saphira se esforçava para acalmar o coração, e ele estava fazendo o mesmo.

Enfim ela saiu da água fumegante, estremecendo ao sentir o ar frio. Ela se secou, depois vestiu o roupão, e Aiden fez o mesmo. Nenhum dos dois olhou para o outro. Saphira já tinha sentido o corpo dele sob o seu, e isso já era tortura o suficiente.

Uma rajada de vento soprou, e os dois correram para dentro. Um noviço os levou para onde passariam a noite.

Eles o seguiram, depois pararam diante da porta quando se deram conta. Fingir que eram casados significava que dividiriam o quarto. O que significava dividir a cama.

Ah, *não*. Aiden cerrou as mãos em punho, os nós dos dedos brancos.

Saphira abriu a porta, revelando um quarto simples, mas aconchegante. Como não havia eletricidade, o quarto era iluminado por velas, com o brilho suave projetando uma atmosfera ainda mais íntima no espaço já muito intimista.

As velas por si só já eram românticas e, quando Aiden fechou a porta atrás deles, a cama vazia também passou a ser. Um arrepio percorreu o corpo de Saphira, tomada por uma onda de desejo conforme as possibilidades cruzavam sua mente.

Ela se lembrou da pergunta que Aiden fizera no jantar: "Posso te tocar?". Parecera inocente na hora, mas, agora, pensar no quanto ele poderia tocá-la fazia seu corpo arder.

Com as bochechas em chamas, Saphira balançou a cabeça, tentando focar. Avistou sua mochila e a pegou, correndo para o banheiro e fechando a porta em seguida.

Uma vez sozinha, ela soltou um longo suspiro, tentando se acalmar. Saphira ligou o chuveiro, banhando-se com água gelada, o que ajudou a resfriar o calor que pulsava por seu corpo.

Ela respirou fundo, dando tapas nas bochechas.

— Se recomponha, Saphira! — sibilou sozinha.

Depois de vestir o pijama, ela se olhou no espelho. Seu pijama era simples, algo que poderia deixá-la insegura, mas, com Aiden, sentia que não precisava ser ninguém além de si mesma.

Ficaria tudo bem. Os dois eram adultos. Pigarreando, Saphira pegou suas coisas e abriu a porta, voltando para o quarto. Aiden evitava olhá-la, e Saphira sentiu um aperto no coração por as coisas estarem tão estranhas entre os dois. *Ela* tinha deixado as coisas estranhas.

— O banheiro está livre — falou ela.

Aiden assentiu. Evitando olhar para Saphira, ele entrou e fechou a porta.

Saphira soltou um longo suspiro, depois se jogou na cama, que era deliciosamente macia. Ela afundou no colchão.

Com frio, Saphira entrou debaixo da coberta, soprando a vela de sua mesa de cabeceira. Talvez ela caísse no sono antes que Aiden saísse do banheiro, e a situação não seria estranha.

Não queria que as coisas ficassem estranhas.

Então Aiden saiu, vestindo uma camiseta e calça de pijama. Ela teve que desviar o olhar; sentia-se muito envergonhada.

Aquilo era ridículo. Não era como se ela nunca tivesse namorado antes, ou feito algo como aquilo, mas Aiden a deixava atordoada como ninguém.

Sem falar nada, Aiden soprou as velas em sua mesa de cabeceira, mergulhando o quarto em escuridão, e entrou debaixo da coberta também, de costas para ela.

Ele estava *bem ali*. O coração de Saphira acelerou. Ela estava totalmente desperta naquele momento, e a ideia de dormir parecia impossível.

Depois de alguns minutos, ela reuniu coragem.

— Aiden — sussurrou ela.

Silêncio. Saphira não sabia se ele não a tinha ouvido ou se a estava ignorando, ou outra coisa. Ela franziu a testa. Será que Aiden já estava dormindo?

Saphira foi cutucar o pé dele, mas superestimou a distância que os separava e acabou o chutando.

— Ai — disse ele, surpreso e desperto.

Era a primeira vez que ele falava desde as fontes termais. Saphira sentiu o coração martelar.

— Ah, você está acordado — falou ela.

— Sim. — Ele se virou, encarando-a. Parecia estar tão tenso quanto Saphira. — O que foi?

— Hum... nada.

Os lábios dele estremeceram.

— Então por que você me chutou? — perguntou ele, com os olhos brilhantes, achando graça.

— Por nada — respondeu ela, também achando graça.

A tensão entre os dois se dissipou quando ele riu, e Saphira também riu, enterrando o nariz no travesseiro. Aquela situação era tão ridícula e absurda que chegava a ser cômica.

Ele sorriu, e ela ficou aliviada. Os dois tinham voltado ao normal.

— Está nervoso pra amanhã? — indagou Saphira.

Aiden se acomodou, colocando a mão debaixo do travesseiro.

— Um pouco — respondeu ele. — Mas o Sparky foi ótimo, então tenho certeza de que vai ficar tudo bem.

O quarto estava quase todo mergulhado no breu, e, na escuridão, era mais fácil não se sentir tão estressada por estar dividindo a cama com ele. Saphira se concentrou apenas no som da voz dele.

— Aqueles rituais foram insanos — comentou ela.

— Foram mesmo. Achei que ia desmaiar.

— Não! Você se portou tão bem! Já eu fui uma bebê chorona.

— Não esquenta, eu também fui um bebê chorão por dentro. — A voz dele ficou mais suave: — Nem sempre é fácil mostrar o que estou sentindo, mas isso não quer dizer que não estou sentindo nada.

— Nunca soube como *não* demonstrar o que estou sentindo — admitiu ela.

Aiden sorriu.

— Eu sei. Gosto disso em você.

Era bom conversar.

— Parece que estou em uma festa do pijama com meu melhor amigo — disse ela. — Não que eu já tenha tido uma festa do pijama com um melhor amigo antes. Mas hipoteticamente.

Ele pausou, refletindo a respeito de algo com cuidado.

— Saphira?

Ela prendeu a respiração.

— O quê?

— Acho que você é minha melhor amiga — revelou Aiden, em voz baixa.

Ela se encheu de felicidade.

— Você também é meu melhor amigo — respondeu Saphira. — É estranho. Não faz muito tempo que a gente se conhece, mas parece que eu te conheço desde sempre.

— Eu sinto o mesmo — confessou ele. — É como se não tivesse uma versão de mim que existia antes de te conhecer.

Enquanto falavam, os dois se aproximaram, até estarem ambos na borda dos respectivos travesseiros. Saphira sentia o calor do corpo dele logo ao lado do seu, e seu coração disparou.

Ela procurou a mão dele enquanto Aiden procurava a dela, e o ponto de contato causou nela uma onda de prazer.

Aiden levou a mão dela até o rosto, roçando os lábios na palma. Saphira estendeu os dedos na bochecha dele, sentindo a aspereza da barba por fazer contra a própria pele. Era um momento tão, tão doce.

A intimidade de compartilhar a cama daquele jeito era tão real, como se já tivessem feito aquilo um milhão de vezes antes e fossem fazer mais um milhão de vezes depois.

Então ela pensou no que mais eles poderiam fazer juntos na cama, e sua pulsação acelerou. Seria tão fácil...

Saphira sentia que estavam correndo em direção a algo inevitável e não fazia sentido resistir. Ela queria ceder. Queria tanto.

Aiden, no entanto, não chegou mais perto. Segurou a mão dela e fechou os olhos.

— Boa noite, Saphira — disse ele, a voz tão suave e delicada quanto uma carícia, e isso também era bom.

Ela estava feliz só por estar ali, ao lado dele.

— Boa noite — replicou ela.

20

Aiden estava se esforçando ao máximo para manter a compostura. Fora por isso que, na noite anterior, ele usara toda a sua força de vontade para não tirar vantagem da situação de estar na mesma cama que Saphira — por mais que desejasse desesperadamente beijá-la, deitá-la de costas, ouvi-la ofegar.

Tinha a impressão de que precisara de uma eternidade para fazer com que o sangue parasse de pulsar depois que ele a segurara nas fontes termais; a lembrança do corpo dela colado ao seu era torturante.

Aiden sonhara com ela a noite toda, mas não havia nada de novo nisso.

Novo *mesmo* era acordarem com os corpos entrelaçados, como se, durante o sono, nenhum deles tivesse tido o bom senso de se manter longe.

Ele abriu os olhos. Estava com os braços ao redor dela, as pernas enroscadas. Sentia Saphira *em todo lugar*.

Então ela também despertou e, no momento em que se deu conta, ele ficou com o ar preso na garganta. Mas Saphira não recuou ou se afastou, como tinha feito nas fontes.

Em vez disso, olhou para ele com aqueles olhos enormes nos quais Aiden queria se afogar. Ela o observou, como se aguardasse.

O desejo pulsava por ele, e Aiden não conseguia mais suportar. Sentia como se estivesse morrendo de vontade de beijá-la desde sempre, como se tudo os tivesse levado àquilo.

Ele colocou uma mecha de cabelo atrás da orelha dela, e Saphira se entregou a seu toque, se derretendo.

— Não me odeie — disse ele, a voz rouca —, mas vou fazer uma coisa idiota.

Então Aiden levou a boca de Saphira à sua e a beijou. Foi um beijo delicado, doce.

O calor acendeu seu corpo, e Aiden se afastou, querendo ver a reação dela antes de avançar.

Ela tinha uma expressão engraçada no rosto, segurando um sorriso.

— O que foi? — perguntou ele.

— Ainda estou esperando você fazer uma coisa idiota — respondeu ela.

Ele sorriu, e Saphira o puxou para perto, beijando-o com avidez. O corpo de Aiden doía. Ele segurou o rosto dela, aprofundando o beijo enquanto ela arfava na boca dele.

Saphira inclinou o corpo, e, com um único movimento, ele ergueu o tronco e a puxou para cima de si. As coxas de Saphira prenderam a cintura dele como tinham feito nas fontes na noite anterior, e, daquela vez, ela deixou que Aiden fizesse o que desejara fazer da outra vez.

Ele a beijou vorazmente, cada movimento carregado de empolgação. Ela o pressionou, e uma onda de calor dominou todo o corpo de Aiden, arrancando-lhe um gemido rouco. Ele puxou Saphira para mais perto, enfiando a língua em sua boca.

Ela mordiscou o lábio inferior dele e, por um instante, Aiden pensou que ia morrer, embora houvesse muito mais pelo que viver agora.

Ele levou as mãos ao cabelo dela, entrelaçando-as nos cachos, puxando a cabeça de Saphira para trás com delicadeza para poder beijar seu pescoço exposto. Ela fez um som desesperado quando Aiden desceu, beijando a clavícula dela, chupando sua pele.

Ela pegou o rosto de Aiden e puxou sua boca para a dela outra vez, só dentes e língua, e ele moveu as mãos pelo corpo dela, acomodando-as na curva perfeita da cintura de Saphira.

Ela passeou as mãos pelo corpo dele, indo mais baixo até chegar à barra da camiseta. Saphira ergueu o tecido, e ele tirou a peça, deixando os dedos dela explorarem seu peito nu e queimarem a pele. Então, Aiden a deitou de costas com delicadeza, cobrindo o corpo dela com o seu enquanto os dois se beijavam sem parar.

Estavam ambos perdidos em meio a um desejo avassalador, perdidos em uma névoa onírica de lábios e pele, quando de repente alguém bateu na porta.

Aiden parou, torcendo desesperadamente para ter imaginado aquilo, mas então as batidas soaram de novo.

Fazendo um esforço colossal, ele se arrastou para fora da cama e atendeu a porta.

Era Mireya.

— Chegou o grande dia para Sparky — anunciou ela.

Mireya olhou Aiden de cima a baixo, e ele lembrou que estava sem camiseta. Então se escondeu parcialmente atrás da porta, com as bochechas ardendo. Decerto a anciã sabia o que ele estivera fazendo ali dentro, mas pelo menos não estava mais desconfiada do relacionamento que ele e Saphira tinham.

Aiden pigarreou.

— Obrigado — disse ele. — Estaremos lá em breve.

Mireya assentiu, e ele fechou a porta, virando-se para Saphira. Quando seus olhos se encontraram, ela caiu na gargalhada. Os lábios dela estavam rosados e inchados, e Aiden foi atingido por uma onda de desejo outra vez.

Ele voltou a se deitar ao lado dela, e Saphira virou o corpo na direção do dele. Aiden levou uma mão hesitante à cintura dela.

— Aquilo foi real? — perguntou, incapaz de acreditar no que ocorrera entre os dois. Precisava ter certeza de que não fora tudo um sonho.

— Me diz você — respondeu ela, mordendo o lábio inferior, os olhos castanhos arregalados. Aiden mexeu a mão pela curva da cintura dela, deleitando-se com a maciez da pele de Saphira. — A gente ainda está fingindo?

— Eu nunca fingi.

Ele segurou a mão dela e a levou à boca, beijando o pulso. Saphira sentiu a pulsação acelerar contra os lábios dele.

Ela sorriu, aliviada e feliz.

— Eu também não — falou ela, com uma expressão acanhada.

Aiden a beijou de novo, sentindo o sorriso dela contra os seus lábios, até que ela se afastou.

— A gente precisa mesmo ir — disse ela, rolando para longe dele. — Você sabe como o Sparky vai ficar rabugento se tiver que esperar por nós.

Aiden grunhiu, deitando-se de costas. Tudo o que ele queria fazer era passar o dia na cama com ela, mas Saphira tinha razão. Precisavam mesmo ir.

— Tá bom — cedeu ele com um suspiro, levantando-se.

— Pode tomar banho primeiro.

— Eu preciso mais.

As bochechas de Saphira ficaram rosadas, e ela desviou os olhos. Aiden sentiu uma ternura se espalhar pelo peito. Ela era tão linda. Aiden beijou sua bochecha e foi se aprontar.

Depois que Aiden terminou, Saphira se arrumou e, juntos, encontraram Mireya e Sparky no nível mais alto do complexo do Monte Echo.

O dragãozinho parecia irritado a princípio, com o rostinho emburrado, mas devia ter notado algo diferente entre Aiden e Saphira, porque se animou na mesma hora.

— Como vai o meu bebezinho? — perguntou Saphira, dando vários beijos em Sparky. — Você vai se sair tão bem! Você vai ser maravilhoso!

Ela recuou, e Aiden foi acariciar Sparky, dando um sorriso para o filhote. Então, veio um noviço e tirou Sparky dos dois.

Mireya ficou para trás com Aiden e Saphira, observando enquanto o noviço levava Sparky em direção à encosta da montanha, de onde Sparky seria jogado.

Só de pensar naquilo, o estômago de Aiden se revirava de ansiedade. Ele notou que Saphira respirava devagar, tentando relaxar.

— Precisamos ter coragem — lembrou ela a Aiden —, ou o Sparky vai ficar com medo.

— Uhum.

Ele não conseguia falar, tamanho era o seu estresse.

Sparky virou a cabeça para os dois, e Saphira abriu um sorriso encorajador. Mesmo assim, ele parecia inquieto, e Aiden não podia julgá-lo. Também estava com a cara fechada, até Saphira se virar para ele e arregalar os olhos, dando-lhe uma cotovelada na barriga.

— Aiden! — repreendeu ela. — A gente precisa ser forte!

— Meu Deus, não consigo — respondeu ele, sentindo-se nauseado.

Aiden tinha conseguido manter a compostura durante os rituais do dia anterior, mas agora ele tinha a sensação de que ia desmoronar.

— Só finge — ordenou Saphira, e Aiden viu que ela forçava um sorriso.

Ele tentou fazer o mesmo, mas deve ter parecido mais uma careta, porque Saphira riu.

— Você vai ficar bem — disse ela, segurando a mão de Aiden.

Saphira colocou a mão de Aiden ao redor do ombro, depois entrelaçou os dedos nos dele. Aiden apertou a mão dela, mais tranquilo, e daquela vez, quando tentou sorrir, foi fácil.

Os dois acenaram para Sparky, e o dragãozinho saltou para a frente.

— Vou vomitar — confessou Aiden, quando Sparky ficou de costas para eles.

Saphira riu.

— Também estou preocupada — falou ela, segurando a mão dele com força.

Os dois eram pais ansiosos, e era lindo compartilhar aquele momento com Saphira, saber que ela sentia o mesmo que ele.

Quando Sparky chegou mais perto do penhasco, Saphira prendeu a respiração.

— Não consigo olhar — disse ela. — Mas preciso! Ah, isso é horrível.

— Filhotes de dragão causam muito estresse, mas esperem só até terem filhos — alfinetou Mireya, com um tom provocativo. — Bebês humanos precisam de muito mais amparo.

O comentário só conseguiu deixar Aiden mais aflito, até Saphira sorrir.

— Ah, então eu não teria nada com que me preocupar — contou a Mireya. — Aiden seria um ótimo pai.

Ele sentiu um nó na garganta ao ouvir aquelas palavras. Sabia que os dois tinham acabado de se beijar pela primeira vez havia apenas uma hora, mas era tão inacreditavelmente fácil imaginar ter uma família com ela. Aiden a puxou para si, beijando a têmpora dela.

Os dois se seguraram com força quando o noviço chegou ao penhasco. Ele ergueu Sparky no ar e, sem demora, soltou o dragãozinho.

Sparky desapareceu, e Saphira sufocou um grito como se tivesse sido atingida. Aiden se sentia do mesmo jeito, como se tivesse levado um soco.

A sensação durou apenas alguns segundos, mas foram os segundos mais longos da vida de Aiden, enquanto os dois aguardavam para ver se Sparky alçaria voo.

E foi isso que o dragãozinho fez.

Sparky estava voando, planando no ar. As escamas negras desenhavam uma silhueta nítida no céu claro, as asas bem abertas. Ele ergueu o rosto para o vento enquanto deslizava, com os olhos roxos arregalados e vivos, maravilhados.

O ar enfim entrou nos pulmões de Aiden, e ele olhou para o céu, com os olhos se enchendo de lágrimas. Ele piscou para se recompor, enquanto Saphira vibrava. Então Aiden se virou para ela. Saphira estava tão feliz que ele se sentia leve, capaz de flutuar.

Aiden tomou o rosto dela nas mãos e a beijou, desfrutando sua doçura, o sabor de seus lábios. Saphira murmurou contra a boca dele, contente. Os dois se separaram, apoiando a testa uma na outra.

— Olha só para ele — sussurrou Saphira, a voz carregada.

Os olhos dela estavam úmidos enquanto observava Sparky voar, e Aiden sentia a mesma dor no peito. O bebezinho deles estava crescendo.

Sparky voou até eles e aterrissou em seus ombros com um ronronar animado, e os três se juntaram em um abraço aconchegante.

Foi um dos melhores momentos de toda a vida de Aiden.

21

De volta para casa depois de uma viagem bem-sucedida, Aiden deixou Saphira na frente da cafeteria por volta das quatro da tarde. O dia fora um redemoinho, e ela ainda estava se beliscando por causa dos beijos frenéticos daquela manhã, que foram como nadar até a superfície do mar e enfim encher os pulmões depois de prender a respiração por tanto tempo.

Depois, o primeiro voo de Sparky, aquela ansiedade toda, seguida rapidamente pelo orgulho quando ele conseguiu. O dragãozinho estava crescendo, o que a deixava sentimental; ela queria parar o tempo, segurá-lo com força. Ao mesmo tempo, porém, amava aquela realidade, cada momento dela.

Aiden estacionou, e ela saiu rapidamente. Ele fez o mesmo, pegando a mochila de Saphira no banco de trás.

— Obrigada — disse ela, pegando a mochila.

Assim que a mão de Aiden ficou livre, ele segurou o rosto de Saphira e a puxou para um beijo. Ao se afastar, trouxe-a consigo com uma das mãos na cintura dela. Aiden se apoiou no carro para que Saphira não precisasse ficar na ponta dos pés, e ela se posicionou entre as pernas dele, aproximando--se ainda mais.

Então os dois estavam completamente envolvidos em um beijo no meio da rua principal, entre dentes e emoções à flor da pele. Ele levou a mão da bochecha para o cabelo dela, entrelaçando os dedos nos fios. Um desejo ardente se espalhou por Saphira quando ele curvou a cabeça dela para trás e aprofundou o beijo com a língua.

Ela soltou um gemido, então recuou, antes que se empolgasse demais.

Saphira cobriu as bochechas com as mãos, sentindo a pele quente enquanto olhava ao redor, para as pessoas que passavam.

— Meu Deus, a gente precisa parar. — Ela riu. — Tem crianças por perto.

— Não ligo — retrucou ele, puxando-a para mais um beijo voraz.

Saphira sorriu contra a boca de Aiden e se afastou, colocando as mãos no peito dele. Os olhos de Aiden estavam cheios de desejo, os lábios vermelhos, o desespero estampado em todos os seus traços.

— Preciso ir! — avisou ela.

Mas, quando Saphira deu um passo, Aiden segurou sua mão e a puxou de volta.

Ela gritou e, com um giro, acabou nos braços dele, que a envolveu em um abraço.

Saphira soltou um risinho, colocando as mãos ao redor do pescoço de Aiden, sentindo os músculos dele se mexerem sob as palmas.

Ele a beijou na bochecha, depois a soltou.

— Acho que vou te deixar ir — disse ele com um sorriso suave.

Saphira se afastou e viu que havia uma expressão doce no rosto dele, sendo atingida por uma onda deliciosamente dolorosa de afeto. Levou a mão à bochecha de Aiden, então notou o anel que ainda estava usando.

— Ah, antes que eu me esqueça...

Ela tirou o anel, estendendo-o para ele.

— Pode ficar — disse Aiden.

Saphira o encarou para ver se ele estava brincando, mas Aiden falava sério. Ridículo!

— Ok, vamos com calma — provocou ela, rindo.

Então logo voltou à razão, percebendo que de fato precisavam ir com calma. Nani-Ma sempre alertara Saphira sobre como a mãe dela se jogava nas coisas e se magoava. Saphira não queria que isso acontecesse com ela, sobretudo com Sparky envolvido. Os dois tinham que ser prudentes.

— Sim, claro — respondeu Aiden, pigarreando.

Ele guardou o anel no bolso.

— A primeira consulta do Sparky no veterinário é amanhã de manhã — lembrou Saphira. — Acho que todos nós precisamos de um descanso antes disso, e eu preciso ver como estão as coisas na cafeteria.

Ele suspirou, baixando as mãos até a cintura de Saphira.

— Não quero te deixar ir, mas você tem razão. Então te vejo amanhã?

— Amanhã.

Daquela vez foi Saphira quem roubou um último beijo antes de se afastar, espiando por cima do ombro para um último olhar. Aiden continuava apoiado no carro, com a mão no coração. Ela deu uma risadinha.

Quase flutuando, Saphira entrou na cafeteria, onde Lavinia a observava de trás do balcão, boquiaberta. Saphira percebeu que Lavinia devia ter visto a cena toda pela janela.

Antes que Lavinia pudesse surtar com propriedade, Saphira ergueu a mão.

— Primeiro, me diz como andam as coisas — ordenou ela.

— Ficou tudo bem enquanto eu estava fora? Sem problemas?

— Ai, meu Deus, tá tudo bem, nada com que se preocupar — respondeu Lavinia. — Tudo na mais perfeita normalidade, sem nenhum problema.

— Ok, ótimo, ótimo — disse Saphira, feliz ao saber que tudo fluíra bem na cafeteria durante sua ausência.

— Eu preciso de detalhes! — berrou Lavinia, de olhos arregalados. Saphira escondeu o rosto com as mãos. — Me espera nos fundos enquanto eu peço pro Cal ficar aqui na frente!

Saphira foi para os fundos, e, logo depois, Lavinia correu atrás dela com dois *iced lattes* nas mãos.

— Detalhes! — exigiu Lavinia.

Saphira pegou uma das bebidas, e as duas foram até a porta do jardim, por onde saíram para se sentar na grama. Ali, Saphira contou tudo que tinha acontecido nas trinta e seis horas desde que Saphira vira Lavinia na manhã anterior, o que naquele momento parecia ter sido uma eternidade.

— A gente vai no veterinário cedinho, então acho que é melhor descansar um pouco à noite — terminou Saphira. Falar sobre tudo aquilo fazia com que fosse tão real que era difícil de assimilar. — Também preciso processar tudo isso.

— Processar o quê? — perguntou Lavinia. — Ele é gostoso! Ele gosta de você! Não vejo qual é o problema.

— Bem, tecnicamente eu trabalho para ele, não é? Tenho quase certeza de que isso é uma violação de regras.

— Aff. — Lavinia fez um gesto de desdém. — Quem liga pra isso? Além do mais, você não vai treinar o Sparky para sempre. Não pensa muito nisso.

— Verdade.

Embora falar fosse muito fácil.

Lavinia soltou um gritinho, e Saphira sorriu, se sentindo contente.

— Não acredito que aquilo tudo aconteceu mesmo — comentou Saphira no final, chocada. — Tipo, não foi um delírio febril?

— Ele estava usando o seu batom no meio da rua principal, então não, não foi um delírio febril! — exclamou Lavinia.

Saphira jogou a cabeça para trás e riu. Não conseguia parar, estava boba de felicidade. Lavinia soltou uma risadinha.

— Ah, Saph — disse ela, maravilhada. — Nunca te vi desse jeito.

— Nunca me senti desse jeito — respondeu Saphira, e a ficha foi caindo. — Meu Deus, estou com dor de estômago.

— Está tudo bem! — falou Lavinia. — Respira! Você só precisa de um pouco de oxigênio.

Saphira respirou fundo, se abanando.

— Ok. — Ela expulsou o ar das bochechas. — Já chega de falar de mim. Me conta, como está indo o seu estágio?

— Estou aprendendo tanta coisa — afirmou Lavinia. — Vou estar lá amanhã quando vocês chegarem com o Sparkyzinho.

— Ah, ótimo! Ele vai ver um rosto amigo — declarou Saphira, aliviada. — Sei que estamos sobrecarregando o pobrezinho.

— Não, está tudo bem — garantiu Lavinia. — Ele está crescendo, então precisa tomar as vacinas.

— Não diz que ele está crescendo! Eu vou chorar!

— Quando é que você *não* chora? — perguntou Lavinia.

Saphira estava prestes a protestar, mas teve que ceder.

— Justo.

As duas foram interrompidas quando Calahan botou a cabeça para fora da porta lateral, com uma expressão inconfundível de desculpa no rosto gentil.

— Hã... Lavinia? — chamou ele, nervoso. — Se alguém tivesse, hipoteticamente, tentado vaporizar leite com leite demais na jarra, e esse leite tivesse espirrado em todo canto, como alguém poderia limpar isso?

Lavinia lançou um olhar mordaz para ele.

— Esse alguém é você?

— Talvez.

— E essa situação hipotética na verdade não é hipotética?

Ele pausou. Lavinia o encarou, séria. Calahan abriu um sorriso cativante, e ela se levantou.

— Você é um anjo, Lav — disse ele, com uma expressão de gratidão eterna.

— Ah, eu sei.

Lavinia foi atrás dele, depois se virou para Saphira, que acenou com as mãos, sem querer se levantar ainda.

— Pode ir — falou ela. — Vou praí daqui a pouco.

Lavinia entrou, e Saphira ficou sentada do lado de fora por mais um tempinho, admirando o jardim, que já estava todo limpo e organizado, quase terminado. Logo o cercadinho estaria pronto para os pequenos dragões, e os clientes poderiam se sentar ao ar livre e aproveitar a luz do sol do mesmo jeito que ela fazia naquele exato momento.

Pouco tempo depois, Saphira se levantou, prestes a entrar. Quando chegou à porta, ouviu um grupo de garotas conversando enquanto saíam da cafeteria pela frente. Saphira sentiu o coração martelar, e ela chegou mais perto da porta do jardim, escutando.

— Não acredito que Aiden Sterling tava se agarrando com a *Saphira*.

— Né? Tipo, *como assim*?

— Você acha que eles tão, tipo, juntos?

— Duvido. Não é possível. Devem estar só ficando.

— No meio da rua principal? É muita falta de noção.

— Nem me fale.

Saphira sentia que tinham jogado um balde de água gelada nela. Reconhecia as vozes; eram de um grupo de garotas que tinha mais ou menos a idade dela. Eram de famílias Drakkon e costumavam ir à cafeteria com seus filhotes de dragão.

Saphira ficou chocada ao ouvir o desdém na voz delas. Sempre tinham sido muito gentis com ela, mas agora estavam falando como se Saphira as tivesse atacado de alguma forma.

Estavam muito perplexas por ela e Aiden terem se beijado, como se Saphira tivesse pegado algo que não era dela e nunca poderia ser dela.

A insegurança a abateu. Ela estava devastada, na verdade.

Foi uma sensação semelhante à que sentira no Monte Echo, quando Mireya dissera que Saphira era uma forasteira, que não pertencia àquele mundo.

Saphira balançou a cabeça, afastando as lembranças e as vozes da mente. Não ia entrar em desespero.

Aquelas garotas só deviam estar com inveja, Saphira disse a si mesma. Aiden era um rapaz solteiro muito cobiçado, afinal. Os Sterling eram uma família importante.

Seria assim tão inacreditável que Aiden estivesse interessado em Saphira?

Não importa. Ela não ia pensar naquilo. Saphira entrou na cafeteria, ajudando com os últimos clientes antes de dispensar Lavinia. Saphira cobriu o fechamento da cafeteria com Calahan.

Depois que estava tudo limpo e organizado, ela pegou a mochila e subiu para o apartamento, onde vestiu o pijama e vasculhou a cozinha à procura de algo para comer. Ela se decidiu por um punhado de morangos com cobertura de chocolate, mastigando enquanto se preparava para a consulta veterinária no dia seguinte.

A consulta era ao meio-dia, e ela sairia do trabalho por uma hora para se dirigir ao Hospital Veterinário. Sentira falta da cafeteria enquanto estava no Monte Echo, e era por isso que Saphira não queria tirar um dia inteiro de folga para a consulta de Sparky.

Saphira pensou em Aiden e, sozinha no apartamento, riu consigo mesma, rodopiando pelo espaço. Ela se jogou no sofá, abraçando uma almofada contra o peito. Estava toda alegrinha de novo, e não deixaria um comentário estúpido chateá-la.

Ela se lembrou de como fora beijá-lo, ser beijada por ele, e levou os dedos aos lábios. A lembrança da boca de Aiden fez seus pés formigarem.

Saphira olhou ao redor, procurando o celular, e, quando o encontrou, viu que tinha uma ligação perdida de Aiden de cerca de vinte minutos antes. Ela ligou de volta, e ele atendeu depois do primeiro toque.

— Ei, está tudo bem? — perguntou ela.

— Não — respondeu ele.

Ela se encheu de preocupação.

— O que aconteceu?

— Estou com saudade.

Ela sorriu, se levantando e indo até a cozinha. Aiden era tão bobo! Céus!

— Você acabou de me ver!

— Saphira nunca é demais — replicou ele com naturalidade. — O que você está fazendo?

— Só pensando em fazer o jantar — disse ela, inspecionando o conteúdo da geladeira. — E você?

— Fiz o jantar e estava indo comer. O que você vai fazer?

— Hum, boa pergunta. — Ela pegou uma fatia de pão e um pouco de peito de peru. — Acho que um sanduíche?

Ela colocou o celular no viva-voz em cima da bancada, e os dois conversaram enquanto ela montava o sanduíche.

— Você está comendo agora? — perguntou ele.

— Tô prestes a me sentar, sim — respondeu ela. — Você já terminou?

— Não, eu estava te esperando — falou ele.

Ela recebeu uma notificação e abriu a conversa deles, onde ele havia lhe enviado uma foto do próprio prato: metade frango, metade vegetais no vapor, mas tudo intocado. Ela sorriu e mandou uma foto do próprio prato também.

Os dois começaram a comer e continuaram a conversar. Ela sabia que devia se despedir e focar nas pequenas tarefas que precisavam ser feitas no apartamento, mas não conseguia reunir forças para se despedir ainda. Não tinha tido tempo suficiente com ele, e temia que jamais teria.

— O que o Sparky está fazendo? — quis saber ela.

— Causando caos — respondeu Aiden, enviando outra foto, na qual o dragãozinho estava sendo adorável como sempre. — Ele está voando pela casa, batendo nas coisas.

— Aaah, ele é muito fofo — afirmou Saphira. — Mas está crescendo. Isso parte meu coração.

— O meu também. Ele precisa parar de crescer, na verdade.

— Concordo. A gente precisa bolar um esquema para ele ficar pequeno assim pra sempre.

— Vou começar a pesquisar.

Os dois continuaram conversando, e ela manteve o celular ligado enquanto lavava a louça, desfazia a mala, fazia sua rotina de cuidados com a pele e se aprontava para dormir, com Aiden lhe fazendo companhia constante durante toda a noite.

— Ok, acho que é melhor a gente ir dormir — falou Saphira, bocejando na cama. Ela ouviu o farfalhar de lençóis e soube que ele também estava na cama. Desligou o abajur, e então restaram apenas o brilho do celular e a voz dele. — Boa noite, Aiden.

— Bons sonhos, Saphira — disse ele, a voz baixa e cálida.

Sorrindo consigo mesma, ela desligou, depois soltou um longo suspiro. Deu chutinhos na cama, sentindo-se irrequieta.

Mal via a hora de encontrá-lo no dia seguinte — mal conseguia dormir, de tanto entusiasmo.

Saphira não sentia tanta alegria de estar viva desde que abrira a cafeteria, quando um mundo vasto de possibilidades pareceu se desdobrar diante dela. Havia tantas formas de aquilo dar errado, mas também tantas e tantas formas de dar exata e perfeitamente certo.

No dia seguinte, Saphira esperou Aiden do lado de fora do Hospital Veterinário. Ele estava um pouco atrasado, avisara por mensagem, mas chegaria em breve.

Saphira estava inquieta, agitada, até que o viu descendo a rua. O ar entrou em seus pulmões, e ela o encontrou na metade do caminho, jogando os braços ao redor de Aiden. Ela aspirou o aroma doce de hortelã.

— Oi, linda. — Ele beijou o pescoço dela, segurando-a com força. Saphira se afastou, e ele abriu um sorriso, os olhos escuros derretidos. Ela brincou com as pontas do cabelo dele enquanto Aiden deslizava as mãos por suas costas. Saphira cantarolou, contente e boba. — Desculpa o atraso. Dei para o Spark um pouco do remédio que o veterinário disse para dar de manhã, mas ele não ficou muito feliz com isso.

Saphira olhou para onde Sparky estava sentado entre as pernas de Aiden, rabugento, arranhando o rosto e grunhindo. O dragãozinho estava fazendo birra, sibilando e encarando.

— Aaah, meu bebezinho — disse Saphira, tomando-o nos braços.

Ela o abraçou, mas ele ainda estava irritado, chateado e agitado. Saphira fez sons calmantes, tentando fazer Sparky relaxar.

— Pronto para entrar? — perguntou Saphira.

Aiden abriu a boca para responder quando o celular tocou. Ele pegou o aparelho e fez uma careta.

— Ah, é o meu pai — contou ele. — Preciso atender.

— Sem problemas — respondeu ela. — Vou passar na recepção.

Saphira entrou com Sparky enquanto Aiden atendia a ligação. Ela foi até a recepcionista, que estava ocupada digitando alguma coisa no computador.

— Oi! Trouxe o Sparky para a consulta dele.

A recepcionista ergueu a cabeça, depois a olhou de cima a baixo de forma discreta, intrigada; era evidente que estava surpresa por ver Saphira com um dragão.

Saphira ficou irritada.

Antes que a recepcionista pudesse dizer qualquer coisa, Aiden entrou correndo, parando ao lado de Saphira.

— Desculpa por isso. — Ele colocou a mão nas costas dela. — Tudo certo por aqui?

— Só um momento. — A recepcionista digitou alguma coisa no computador, depois abriu um sorriso largo para Aiden. — Tudo certo. Podem ir até a sala de espera e logo serão chamados.

Aiden manteve a mão na lombar de Saphira enquanto os dois caminhavam até a sala de espera, onde havia outros animais pequenos como filhotes de quimera, de grifo e de fênix. O Hospital Veterinário da rua principal era destinado sobretudo aos bebês; os veterinários atendiam em domicílio sempre que os animais crescidos tinham algum problema, já que não cabiam em um prédio pequeno.

Quando os dois se sentaram nos bancos, Sparky saltou dos braços de Saphira.

— Sparky!

Saphira correu atrás dele, que grunhiu para ela, tentando sair voando. Apesar de todo o treinamento, ele não queria mesmo estar ali. O remédio que Aiden lhe dera de manhã tinha o propósito de ajudá-lo a relaxar, mas só o deixara mais agitado.

Ela pegou Sparky pela patinha, e ele se agitou, inalando como se fosse soprar uma nuvem de fumaça nela. Saphira fez uma careta para ele.

— Sparky, não — repreendeu ela, e o dragãozinho aquiesceu, embora fosse claro que não estava feliz com aquilo.

Saphira voltou a se sentar com um suspiro.

— Eu não entendo — disse ela para Aiden. — Ele estava bem no Monte Echo, que foi muito pior do que algumas vacinas.

— Não se preocupe. — Aiden colocou a mão na coxa dela. — Logo isso acaba.

Alguns minutos depois, Lavinia botou a cabeça para dentro da sala de espera, escaneando o ambiente. Quando viu Saphira e Aiden, seu rosto se iluminou.

— Oi, gente!

Ela foi até eles.

— Você parece tão profissional! — exclamou Saphira, impressionada. Lavinia estava usando um jaleco branco com um crachá e tinha até um estetoscópio ao redor do pescoço. — Tô tão orgulhosa!

— Uma veterinária de verdade — acrescentou Aiden.

— Obrigada, obrigada. — Lavinia se curvou de leve, sorrindo. — Podem me seguir.

Saphira se levantou, ainda segurando Sparky para que ele não tivesse mais ideias e tentasse fugir de novo.

— E como vai nosso bebezinho? — perguntou Lavinia, afagando Sparky com as mãos. Então ela olhou para Aiden e Saphira. — Sabe, vários filhotes tentam fugir ou botar fogo nas coisas quando vêm para a consulta, mas o Sparkyzinho está sendo um menino tão bonzinho.

Sparky ficou contente com o elogio, ainda que fosse falso, e se acomodou nos braços de Saphira, curtindo a atenção. Ele permaneceu calmo enquanto os dois seguiam Lavinia até uma das salas.

Ajudava que ele já conhecesse Lavinia como um rosto amigo e, embora o filhote tivesse se agitado um pouco na cama do hospital, se comportou durante a maior parte do tempo enquanto Lavinia fazia os exames preliminares e checava os sinais vitais antes de o veterinário entrar para dar as vacinas.

Quando Lavinia verificou o interior da boca de Sparky, o celular de Saphira vibrou. Ela o pegou e viu que era uma mensagem de Calahan, perguntando onde os refis de guardanapo ficavam guardados.

— Volto em um segundo — sussurrou Saphira para Aiden.

Ele assentiu, e ela saiu da sala, se afastando pelo corredor um pouco para que não a ouvissem na sala e se distraíssem. Quando ela instruiu Calahan com precisão sobre onde encontrar os guardanapos, viu o veterinário entrar no consultório onde Sparky estava.

— Cal, segura as pontas só mais um pouquinho, ok? O Sparky já vai tomar as vacinas, então preciso ir.

— Pode deixar, chefe.

Ela desligou e se dirigiu para o consultório.

Um assistente estava passando pelo corredor bem quando Saphira tocou a maçaneta e perguntou:

— Com licença, a senhorita tem permissão para estar aqui?

Saphira parou, sentindo um calafrio.

— Sim, hum... meu dragão está nesse consultório.

Ela pigarreou.

O assistente checou o prontuário na porta, olhando para Saphira.

— Sterling? — perguntou ele. Ela assentiu. — Posso ver seu documento?

Saphira foi pega de surpresa. Ela levou a mão ao bolso, então percebeu que não tinha trazido a bolsa consigo, então não tinha nem o documento comum nem a identificação Drakkon.

— Desculpa, não está aqui — disse ela, e o assistente franziu a testa. A ansiedade se espalhou pelo corpo de Saphira. Ela não queria estar longe de Sparky enquanto ele tomava as vacinas. — Eu acabei de sair de lá! Só saí por um segundo! — A voz dela estava aguda.

— Sinto muito, somos bastante rígidos com esse tipo de coisa — falou o assistente, com o rosto inexpressivo.

Saphira estava tão envergonhada que não fazia ideia do que dizer ou fazer. Ficou ali parada, congelada, sentindo o coração martelar no peito. O tempo parecia ter parado.

Um segundo depois, a porta se abriu e Aiden saiu, parando ao lado dela.

— Ei, aonde você foi? — indagou ele, de sobrancelhas franzidas. — Eles já vão começar.

O lábio inferior de Saphira tremia, e uma expressão de preocupação cruzou o rosto de Aiden na hora.

— O que aconteceu? — perguntou ele, com a mão leve nos cotovelos dela.

— Ela tem permissão para estar aqui? — questionou o assistente para Aiden.

Aiden olhou para ele, parecendo entender de repente por que Saphira estava chateada.

— Sim — disparou ele, fulminando o assistente com o olhar. — É óbvio.

— Ah. — O assistente engoliu em seco, nervoso e acanhado. — Me desculpe por isso.

Aiden fechou a cara. Com a mão nas costas de Saphira, ele a levou de volta para o consultório, mas não sem antes fulminar o assistente mais uma vez só por garantia.

Saphira mal percebeu; se sentia muito humilhada.

— Sinto muito por você ter tido que lidar com aquilo — disse Aiden, em voz baixa.

— Não é sua culpa — sussurrou ela.

Saphira forçou um sorriso, mas não convenceu.

— Prontos? — perguntou o veterinário.

Saphira assentiu, mas Sparky estava inquieto, agitado na cama. Lavinia foi até Saphira.

— Saph, está tudo bem? — indagou Lavinia. — O Sparky está percebendo o que você está sentindo, seja lá o que for, então tenta parecer corajosa, tudo bem?

Mas isso só fez Saphira se sentir ainda pior. De repente, a sala ficou pequena demais; ela não conseguia respirar.

— Ei — chamou Aiden, parando diante dela, até que tudo o que Saphira via fosse ele. Aiden colocou a mão nos ombros dela. — Respira — instruiu ele, a voz gentil.

Ele tomou o rosto de Saphira nas mãos, esfregando os polegares nas bochechas dela.

— Você tem todo o direito de estar aqui — afirmou ele. — Olha, o Sparky está olhando para você.

Aiden soltou o rosto dela, dando um passo para o lado para que Saphira pudesse ver, e estava certo. Sparky a observava, como se esperasse que ela lhe dissesse que ficaria tudo bem.

Saphira respirou fundo. Sem perceber, procurou a mão de Aiden, e ele entrelaçou os dedos nos dela e os apertou com delicadeza. Saphira se sentiu centrada... calma.

Saphira deu um sorriso para Sparky e, daquela vez, era genuíno. Sparky relaxou, bem mais tranquilo.

— Ele está pronto — informou Saphira ao veterinário, dando um passo à frente.

Ele assentiu, então começou a administrar as vacinas.

Sparky chorou na primeira picada, e Aiden lhe disse:

— Você é tão corajoso! Tá indo muito bem!

Então Aiden se virou e viu que Saphira também estava chorando, os olhos cheios de lágrimas.

— Ah, não — murmurou ele, os lábios trêmulos. — Você é tão corajosa! Tá indo muito bem! — falou para ela, parecendo achar graça.

Ela fez um biquinho.

— Não tem graça — choramingou ela, e Aiden a abraçou.

Saphira enterrou o nariz no peito dele enquanto Aiden afagava seu cabelo.

— Eu sei, querida, eu sei.

Ela se afastou, fungando.

— Querida?

— Você é minha querida. — Ele abriu um sorriso tímido. — A mais querida de todas.

Aiden beijou a bochecha dela.

O veterinário pigarreou, e ela abriu um sorriso acanhado, voltando a atenção para Sparky.

— Tudo certo — declarou o veterinário.

Lavinia foi até o armário e deu um pirulito para o dragãozinho, que ele chupou contente.

— O Sparky foi ótimo. Ele deve só descansar hoje e amanhã.

— Obrigado, doutor — agradeceu Aiden, apertando a mão dele.

Então o veterinário se despediu e, depois que ele saiu do consultório, Lavinia deu um pirulito para Saphira, que precisava muito de um. Ela abriu a embalagem, chupando a guloseima; era meio doce, meio picante.

— Você foi ótima, amiga — disse Lavinia, dando um abraço em Saphira. — Te vejo mais tarde.

Saphira e Aiden se despediram de Lavinia e em seguida se viraram para Sparky.

— Meu fofuchinho — falou Saphira. Ela o apertou, e Sparky ronronou. — Você se saiu tão bem! Tô muito orgulhosa de você!

— Bom menino — elogiou Aiden, coçando o queixo de Sparky.

O dragãozinho fechou os olhos, aproveitando o contato.

— Pronta para ir? — perguntou Aiden.

Saphira assentiu e pegou Sparky no colo, e a ferinha se aninhou nela. Os três saíram do consultório, e, ao atravessarem a sala de espera, Saphira sentiu que todos a encaravam, embora provavelmente não estivessem fazendo isso, e ela estivesse apenas projetando suas inseguranças, mas mesmo assim...

Ela sentiu vontade de se esconder.

Aiden caminhou com ela até a cafeteria. Eles pararam na frente para se despedirem antes de Saphira entrar, mas, depois de um beijo terno, Aiden se afastou para examinar o rosto dela, franzindo as sobrancelhas.

— Tá tudo bem? — quis saber ele. Saphira mordiscou o lábio inferior, e ele fechou a cara. — Ei. Me diz qual é o problema.

Saphira soltou um longo suspiro. Ela abriu a boca para falar, mas não conseguia encontrar as palavras certas. Aiden colocou uma mecha de cabelo atrás de sua orelha, acariciando a bochecha dela, aguardando com paciência enquanto Saphira organizava os pensamentos.

— É só que... quando a gente está na nossa bolha, não me sinto deslocada — disse Saphira, enfim. — Sinto que tenho o direito de cuidar do Sparky, como se ele fosse meu também. Mas às vezes, em público, eu me sinto tão inadequada, e isso me deixa insegura.

— Você tem mesmo o direito de cuidar do Sparky — assegurou Aiden. — Ele é seu, e o seu lugar é com ele, com *a gente*. Ok?

Ela suspirou. Sabia que a opinião de desconhecidos não importava; o que importava era como Aiden se sentia, como

Sparky se sentia. E Saphira sabia que seu lugar era com os dois. Às vezes, só era difícil — mas as palavras de Aiden a fizeram se sentir melhor.

Saphira assentiu e conseguiu abrir um sorriso.

— Ok — falou.

Aiden lhe deu um sorriso discreto, beijando sua bochecha. Os dois não treinariam Sparky nem naquele dia, nem no seguinte, enquanto o filhote descansava, e Aiden tinha mesmo que pôr o trabalho em dia.

— Te ligo mais tarde? — perguntou ele.

Ela sorriu, assentindo.

— Ok.

Com a mão livre, Aiden segurou o rosto dela, e Saphira ficou na ponta dos pés para beijá-lo, derretendo sob seu toque dolorosamente cálido. Ela saboreou o beijo, sentindo o corpo vibrar mesmo depois de se afastar.

— Não esquece — disse ele com uma piscadela —, você é minha querida.

22

Saphira não viu Aiden nos dois dias que se seguiram, e a saudade que sentiu era dolorida, mesmo que se falassem ao telefone várias vezes. Ele estava ocupado com o trabalho, e ela, com a cafeteria, enquanto Sparky descansava após as vacinas.

Então, na manhã seguinte, Saphira acordou um pouco mais cedo do que de costume porque ouviu barulho do lado de fora. Curiosa, ela saiu da cama, vestindo um roupão e calçando os sapatos antes de descer a escada.

O barulho vinha dos fundos. Assim que Saphira abriu a porta e saiu, viu o perfil de Aiden, o que fez seu coração saltar.

Ela o observou em silêncio por um tempo enquanto ele trabalhava. Tudo estava lindo; uma brisa suave soprava no ar, pássaros cantarolavam no amanhecer. O céu tinha um tom de azul rosado. Ao longo do prédio, ela viu que as buganvílias tinham se recuperado e desabrochado, explosões de rosa-choque contrastando com a pedra.

Para além de Aiden, o jardim estava... completo. Tudo estava organizado e seccionado, com sebes de vários tamanhos para os dragões brincarem. Havia cadeiras externas e algumas mesas pela lateral para os clientes que desejassem se sentar do lado de fora enquanto os dragõezinhos brincavam.

Ao longo do perímetro do jardim, parecia que ele tinha plantado flores brancas na frente da cerca. As plantas eram altas, com cerca de sessenta a cento e vinte centímetros, e tinham flores agrupadas como ervilhas. As folhas eram trifoliadas e aveludadas e se erguiam imponentes sobre todas as outras plantas.

Aiden terminou de bater a terra e se levantou. Ao fazer isso, notou Saphira e, no momento em que a viu, seus olhos brilharam e seus lábios se curvaram em um sorriso. Havia uma expressão de alegria tão genuína no rosto dele ao vê-la que Saphira foi tomada pela emoção.

Naquele momento, se sentiu amada. Mesmo se não a amasse, naquele instante em que sorriu, Aiden ao menos a fez sentir assim.

Saphira foi até ele.

— Que planta é essa? — perguntou ela, tocando as pétalas brancas das flores que ele tinha acabado de plantar.

— São baptísias — respondeu ele.

— Que lindas.

— É uma planta forte — explicou ele. — Tolera argila, cascalho e até solo pobre. Só precisa regar de vez em quando, mas também sobrevive a secas ou enchentes. Depois do inverno, ela entra em dormência, mas desabrocha outra vez na primavera seguinte.

— Ah, que interessante — disse ela, sorrindo.

Aiden parecia tímido.

— É, eu sei, sou muito nerd — falou ele, esfregando a nuca.

— Não! Adoro seus conhecimentos botânicos. — Ela olhou ao redor, para as flores brancas. — São lindas.

— Incrivelmente — concordou Aiden, mas ele não estava olhando para as flores, e sim para ela.

Saphira corou, então ele se virou de volta para as baptísias e disse:

— São úteis também. Olha só.

Havia mais do que algumas abelhas atraídas pela flor, polinizando. Sparky mantinha distância, carrancudo.

— Filhotes de dragão odeiam abelhas — apontou Saphira.

— As abelhas não vão incomodá-los, e desse jeito você não vai ter que se preocupar com filhotes estragando a cerca ou pulando por cima dela — explicou Aiden, orgulhoso de si mesmo. — Eles vão ficar no meio do cercadinho.

— Ah, meu Deus! É perfeito. Obrigada.

Ele era um amor. Saphira se esticou e beijou a bochecha dele. Teria dado um beijo de verdade se não tivesse soltado um grito quando uma abelha passou zumbindo por ela. Ela se agachou atrás de Aiden, se escondendo.

— Não venha me dizer que também tem medo de abelhas? — perguntou Aiden, rindo.

— Não tenho medo! — argumentou ela. — Só não gosto delas! E odeio o zumbido!

Saphira segurou o braço de Aiden com força, espiando por cima do ombro dele.

— Não tem motivo pra ter medo, meu bem — disse ele. — Olha.

Ele se aproximou de uma das baptísias silvestres, que estava sendo polinizada por uma abelha. Perplexa, Saphira observou enquanto Aiden tocava uma das abelhas.

Ela soltou um gritinho, fechando os olhos com força.

— Deixa eu te mostrar — pediu Aiden, tomando a mão dela.

— Não, não, não! — gritou ela conforme Aiden a puxava. — Tô de boa! Tô *muito* de boa.

Mesmo assim, ela deixou que Aiden a levasse até uma das flores, onde uma abelha descansava em uma pétala branca. Saphira sentiu o coração acelerar de medo e se preparou quando Aiden ergueu um de seus dedos, fazendo-a chegar cada vez mais perto da abelha.

Ela fechou os olhos com força.

— Saphira, abra os olhos — pediu Aiden, a voz suave.

Devagar, Saphira foi abrindo. Com delicadeza, Aiden levou o dedo dela até a abelha, afagando-a.

A abelha era peludinha, como uma pequena bola de pelúcia. Não se importava de ser afagada; estava cuidando da própria vida, sem se incomodar.

Saphira soltou o ar, chocada. Aiden tinha razão. Não havia motivo para ter medo.

Ela riu, orgulhosa de si mesma por ser corajosa.

— Não acredito que acabei de fazer isso! — Saphira sorriu para ele, radiante. — E foi tudo com a sua ajuda.

As orelhas de Aiden coraram, e ele a olhou com ternura. Saphira não conseguia acreditar que já pensara nele como uma pessoa fria, insensível, estoica ou severa; era apenas uma camada de gelo, sob a qual havia um homem sentimental e afetuoso.

Quando foi beijá-lo, sentiu alguma coisa puxando a barra de seu roupão.

Olhou para baixo e viu que Sparky tentava puxá-la para longe das abelhas, descontente com sua proximidade delas. Saphira sorriu e o pegou no colo. Sparky estava ficando cada dia mais pesado, e logo estaria pesado demais para ser carregado, o que partia o coração dela. Por outro lado, vê-lo crescendo com tanta saúde também a deixava feliz.

— A gente vai parar de te incomodar — disse Aiden. — Só queria terminar o cercadinho para você poder abri-lo para os clientes.

— Não, podem ficar — falou Saphira, colocando a mão no braço dele. Não queria que Aiden fosse embora. — Ainda tem um tempinho até a cafeteria abrir. Me dá só dois minutinhos.

Ela correu para dentro e pegou uma toalha de piquenique, depois fez um café da manhã rápido: um bule de chá, sobras de bolo de limão e ovo frito com torrada e manteiga. Quando estava tudo pronto, ela saiu, e Aiden estendeu a toalha, onde os dois fizeram um pequeno piquenique de café da manhã com o dragãozinho.

Comeram sob o sol nascente, depois ficaram sentados em um silêncio confortável, apenas olhando um para o outro enquanto tomavam um gole de chá de suas xícaras. Ela poderia se acostumar àquilo — tê-lo ali logo cedinho.

Saphira pousou a xícara de chá e sorriu. Uma ternura invadiu a expressão de Aiden e, no momento seguinte, ele estendeu o braço e cutucou a bochecha dela.

— Gosto da sua covinha — comentou ele, pressionando o indicador à dobrinha no rosto dela.

O sorriso de Saphira se alargou, e ele sorriu também.

— Mas não é nada de especial — replicou ela. — Você vê sempre, já que eu vivo sorrindo.

— E daí? — perguntou ele, franzindo o nariz. — O sol está sempre brilhando e nem por isso deixa de ser lindo.

Saphira franziu o nariz para ele, depois se deitou na toalha. Aiden também se deitou, no sentido oposto, mas com a cabeça encostada na dela. Ele lhe acariciou a cabeça, brincando com o cabelo dela, e ela fez o mesmo, passando as unhas pela cabeça de Aiden.

Ele virou a cabeça dela, puxando-a para um beijo de cabeça para baixo, que a deixou desorientada de um jeito bom, como se estivesse em um brinquedo no parque de diversões e visse o mundo girar em cores. Ela riu contra a boca de Aiden, que ergueu o tronco para beijá-la melhor.

Saphira se aproximou dele, não mais de cabeça para baixo, permitindo-se ser beijada como deve ser. Ele removeu o roupão de Saphira e deslizou as mãos pelos braços dela, depois acomodou-as na cintura.

Os lábios firmes de Aiden entreabriram os dela, a língua invadindo sua boca, e ela deixou escapar um som suave, vindo do fundo da garganta, enquanto o calor se acumulava em seu ventre.

Ele a segurava com delicadeza pela cintura, usando os dedos para mexer com a barra da camisa de Saphira até deslizar as mãos para baixo do tecido. A pele dela ardia em todo lugar que ele a tocava, e ela se deitou de costas, puxando-o para cima dela, perdendo toda a noção de tempo e espaço.

Até ouvir um barulho alto na porta do jardim.

— *Com licença.*

Saphira abriu os olhos, e Aiden recuou. Os dois viraram a cabeça e viram Theo à porta do jardim. Atrás dele estava um monte de caixas da padaria.

Opa. Ele tinha chegado com as entregas.

— Odeio interromper essa cena idílica — disse Theo —, mas já estou esperando faz cinco minutos e não quero que nada derreta.

Com um suspiro, Saphira se levantou, tirando Aiden de cima dela com delicadeza. Os dois ficaram de pé, e ele lhe entregou o roupão, que ela vestiu.

— Só um segundinho — pediu ela, mas Theo não estava prestando atenção nela. Estava olhando para Aiden com muito cuidado.

— Vocês dois estão juntos? — perguntou Theo.

Saphira ficou morta de vergonha.

— Theo!

— Estamos — respondeu Aiden, passando um braço ao redor da cintura de Saphira.

Ela se virou para encará-lo.

— Ah, estamos? — indagou Saphira, surpresa, já que ainda não tinham falado sobre o assunto.

— Sim — confirmou ele, como se fosse a coisa mais óbvia do mundo.

Ela sorriu.

Os olhos de Theo se estreitaram, e o garoto olhou friamente para Aiden.

— É melhor você não magoá-la — alertou Theo, com uma voz ameaçadora.

— Theo!

Mas Aiden só parecia achar graça em ser ameaçado por uma criança.

Theo franziu a testa.

— Estou falando sério.

— Por favor, para de me fazer passar vergonha, meu *Deus.* — Saphira se virou para Aiden. — Me desculpa. Ignore-o.

A expressão de Aiden ficou séria.

— Eu jamais a magoaria — declarou ele, com a voz carregada de seriedade.

Ele sustentou o olhar de Theo, e o rapaz o encarou por alguns instantes, sem reagir.

Até abrir um sorriso.

— Tá bom, ótimo!

Saphira balançou a cabeça e empurrou Theo para fora do jardim. Ele saiu, olhando por cima do ombro para garantir que ela o estava seguindo.

— Já estou indo. — Ela se virou de volta para Aiden. — Preciso entrar — avisou, com pesar.

— É claro — respondeu ele.

— E me desculpa pelo Theo — pediu ela, envergonhada.

— Não precisa pedir desculpas. Eu estava falando sério. Gosto muito, muito mesmo, de você.

Saphira ficou contente em ouvir isso.

— Então está ótimo. Porque eu também gosto muito, muito de você.

Ela deu uma risadinha. Estar com Aiden fazia Saphira perder a cabeça de desejo, mas também a deixava eufórica.

Saphira ficou na ponta dos pés e o puxou para mais um beijo, sentindo o peito borbulhar de alegria.

Ele a empurrou de leve até ela encostar na cerca do jardim. Intensificou o beijo e ergueu as mãos de Saphira acima da cabeça, prendendo os pulsos dela ali.

O movimento fez seu sangue pegar fogo, e um prazer devastador percorreu o corpo de Saphira em chamas incandescentes. Ela se agarrou a Aiden, ávida por chegar mais perto.

— Saphira! — chamou Theo.

Aiden recuou, a respiração ofegante.

Eles encostaram as testas enquanto Saphira recuperava o fôlego.

— Já tô indo! — gritou ela.

23

Embora os momentos com Saphira fossem um verdadeiro paraíso, Aiden não podia dizer que tudo na vida dele era igualmente prazeroso.

Seu pai havia ligado antes da consulta no veterinário para perguntar como fora a viagem ao Monte Echo. Aiden respondera que correra tudo bem e, em seguida, desligou rapidamente antes que o pai pudesse falar mais, embora soubesse que aquela conversa era inevitável.

Certa noite, depois de ter jantado com Saphira, os dois estavam caminhando pela rua principal enquanto o sol se punha. As nuvens eram uma mistura de laranja ardente e rosa; era aquela época do ano em que havia um pôr do sol deslumbrante quase todos os dias, e Aiden ficava encantado pela beleza do mundo, da vida.

Era uma noite quente no fim de junho, e a primavera estava quase no fim. Logo seria verão e, embora a mudança das estações costumasse ser algo que ele detestava, agora ansiava por isso: ver Saphira em uma nova estação, viver isso ao lado dela. Cada dia era uma nova descoberta, um novo encantamento, e ele se sentia dividido entre o desejo de permanecer para sempre naquele momento perfeito e a curiosidade de viver o que ainda estava por vir.

Aiden tinha o braço ao redor do ombro de Saphira, e seus dedos estavam entrelaçados. A mão dela estava em seu bolso de trás e, enquanto caminhavam, não paravam de colidir um no outro. Ele amava ficar perto dela daquele jeito, como se estivessem perpetuamente ligados, como se ele fosse simplesmente uma extensão dela, e ela uma extensão dele.

Aiden a puxou para si, e ela se aninhou em seu peito. Ele inalou o aroma de rosas no cabelo dela e lhe deu um beijo na testa.

Ele estava contente, mas também um pouco estressado. Seu olhar vagou até Sparky, que estava voando logo à frente deles. O dragãozinho vivia voando; adorava fazer isso.

— Estou preocupado — confessou ele, e Saphira ergueu os olhos. — Como o Sparky já teve o primeiro voo, só vai se tornar um voador melhor. E se os meus pais o forçarem a competir?

— Seus pais te amam — lembrou Saphira. — Não acho que vão pressionar você. Por que não tenta conversar com eles?

É claro, aquela era a solução mais fácil e simples.

— Falar é fácil.

— Vai, eu sei que você consegue — insistiu ela, encorajando-o. — Você não se dá crédito suficiente.

— Sério?

Aiden não sabia bem se acreditava nela.

— Sério! Você é tão competente e firme. Já lidou com tanta coisa, com certeza consegue ter uma conversa honesta com seus pais. Sei que consegue.

Hum. Era difícil não acreditar em Saphira; ela poderia ter dito a ele que estava chovendo rosquinha e Aiden teria saído com uma cesta a fim de pegá-las para ela.

Então talvez estivesse certa — talvez ele *conseguisse* fazer aquilo.

— Ok — afirmou. — Vou tentar.

No dia seguinte, depois de terminar o trabalho, Aiden foi até a propriedade dos pais. Ele entrou quando Genevieve estava saindo para a faculdade, e ela teve que pular para pegar Sparky no ar e lhe dar um beijo. Assim como bebês que tinham acabado de aprender a andar, o dragãozinho não gostava mais de ser segurado; só queria voar.

— Me deseje sorte — falou Aiden para a irmã.

— Pra quê? — perguntou ela.

— Preciso falar com nossos pais.

Ela fez uma careta.

— Boa sorte. Você vai precisar — disse, e fez uma saudação dramática.

Aiden revirou os olhos e sorriu, feliz por tê-la em sua vida.

— Ei, aparece para jantar qualquer dia — chamou ele. — Já faz um tempo que a gente não se vê.

Genevieve o encarou com uma expressão curiosa.

— O que foi?

— Nada. Você só anda diferente ultimamente, só isso.

— Diferente como?

— Sei lá. Você só parece mais... aberto. Feliz.

— Eu estou feliz — respondeu ele, pensando em Saphira, na sensação de beijá-la.

Aiden devia ter feito uma expressão abobalhada, porque Ginny deu risada.

— E essa é a minha deixa. — Ela foi até os estábulos, carregando Sparky para deixá-lo com os cuidadores. A irmã fez um último comentário para Aiden por cima do ombro: — Eu teria os pés no chão antes de conversar com mamãe e papai!

Aiden endireitou os ombros e entrou na casa. Estava muito tenso, mas pensou na confiança que Saphira tinha nele, o que lhe deu forças.

Encontrou os pais na biblioteca, onde a mãe examinava os cardápios para o jantar em família da semana e o pai estava na escrivaninha, fazendo o que parecia ser trabalho do Conselho Dragão.

Quando Aiden entrou, os dois ergueram a cabeça, deixando de lado o que estavam fazendo para dar ao filho atenção total.

— Como vai, querido? — perguntou Cecilia.

— Espero que esteja tudo bem — disse Edward, parecendo um pouco preocupado.

— Bem... sim, eu... — Ele parou de falar, tentando organizar os pensamentos.

— O que está acontecendo, querido? — questionou Cecilia.

Aiden se sentia enjoado, mas tinha treinado as falas com Saphira. Só precisava ir em frente.

— Sei que as corridas são importantes para vocês, são importantes para os Sterling — explanou Aiden. — Também sei que, depois do Danny, vocês gostariam que eu representasse a família nesses eventos. Estou aqui para dizer que as corridas de dragão são uma coisa na qual não vou me envolver, nem agora, nem nunca. Também não é algo que permitirei com que o Sparky se envolva. — Ele engoliu em seco. — E essa é a minha decisão final.

O coração dele martelava por ter que enfrentar tamanho confronto, mas Aiden tinha que ser firme, ainda mais quando se tratava da segurança de Sparky. Ele amava a criaturinha.

Aiden ficou esperando que o pai discutisse com ele, que a mãe tentasse convencê-lo. Seus pais trocaram um longo olhar, depois Cecilia soltou uma risadinha.

— Céus, é só isso? — perguntou ela.

— Filho, nós podemos ser velhos, mas não somos estúpidos — acrescentou Edward. — Você sempre deixou claro que não tinha interesse nas corridas. É claro que jamais forçaríamos você a fazer algo contra o qual tem opiniões tão fortes.

Aiden ficou confuso.

— Mas e o Sparky? Ele é um dragão Sterling.

— Querido, o que tem ele? — indagou Cecilia. — Ele é seu dragão. A decisão é sua.

— Mas eu pensei que vocês tinham interferido para chocar o ovo e me forçar a correr.

Cecilia pareceu alarmada, e mesmo Edward parecia atônito diante daquela alegação.

— Você acredita mesmo que somos tão manipuladores? — questionou Edward.

— Er... bem... não... — respondeu Aiden, e era uma resposta honesta.

Ele percebeu que talvez tivesse se preocupado sem motivo. Aiden realmente tinha o hábito de pensar demais, de passar muito tempo absorto na própria mente.

— Nós podemos ter interferido um pouco para chocar o ovo, mas foi apenas pelo seu bem, querido — confessou Cecilia. — Eu acreditava que, uma vez que o ovo chocasse, você ia querer criar o dragão por conta própria.

— Nós esperávamos que ele o fizesse se sentir conectado ao Danny — explicou Edward. — Você passou tanto tempo triste.

— Ah. — Aiden piscou. — Bem, obrigado.

Os pais riram.

— Não foi nada — disse Edward.

— Mais alguma coisa? — perguntou Cecilia.

— Eu levei a Saphira comigo para o Monte Echo para o primeiro voo do Sparky.

— Como conseguiu isso? — Edward parecia curioso. — Você sabe como a Irmã Mireya é.

— Nós fingirmos ser casados — revelou Aiden, com as bochechas quentes.

Ele pensou que seria repreendido por tal farsa, mas a mãe parecia apenas contente.

— Você deve gostar mesmo dela — apontou Cecilia, com os olhos brilhantes.

— Eu gosto.

— Que bom. Você merece um pouco de felicidade — falou Edward.

— E nós também gostamos muito dela, querido — acrescentou Cecilia com um sorriso.

Aiden sentiu o coração aquecido. Estava muito grato pela reação dos pais e lhes deu um sorriso que, assim esperava, transmitisse o quanto ele os amava.

— Vai ficar para o almoço? — perguntou Edward.

— Vou.

Aiden ficou, e eles almoçaram juntos. Depois, passou mais um tempo com os pais e, quando voltou para casa ao entardecer, se sentia muito mais leve.

Estava contente por Saphira ter lhe dado coragem para falar.

Ela deixava tudo melhor. Aiden estava se apaixonando mais e mais por ela a cada dia. Só se conheciam fazia três meses, mas era como se a conhecesse desde sempre.

Aiden queria organizar um encontro especial para ela. Enquanto refletia quanto ao que fazer, lembrou-se de algo que ela tinha dito sobre sua flor preferida e começou a planejar.

Foi preciso um pouco de pesquisa e um punhado de ligações, mas ele conseguiu.

No dia do encontro, estava bastante ensolarado: o clima estava perfeito, embora um pouco quente. Aiden foi buscá-la na cafeteria no fim do dia, e Saphira usava um vestido leve e solto azul-claro, da cor da flor escovinha. Ela estava radiante como sempre, mas naquele dia ainda mais, com metade do cabelo preso para trás com um laço.

— Para onde vamos? — perguntou ela, se aproximando do carro de Aiden, onde Sparky já estava sentado no banco de trás.

— Não posso te falar — respondeu ele, sorrindo antes de beijá-la. — É uma surpresa.

— Opaaa — cantarolou Saphira, entrando no carro.

Aiden se acomodou ao volante do motorista, torcendo para que ela gostasse do que tinha preparado.

Seguiram para fora da cidade ouvindo música, aproveitando a paisagem e conversando de vez em quando. O corpo inteiro de Aiden vibrava de nervosismo; ele torcia para que tudo saísse como planejado. Tudo o que ele queria era deixá-la feliz.

Aiden estacionou em uma área pública, e os três saíram do carro.

— Ah, um parque! — exclamou Saphira, contente. — Que divertido!

Mas aquela não era a surpresa. Aiden tomou a mão dela, com Sparky voando ao lado deles, e a levou até o local pelo qual procurara e que examinara alguns dias antes. No momento em que se aproximaram, ele a ouviu arfar.

— Ai, meu Deus! — suspirou Saphira, encantada. — Aiden!

Era uma fileira de árvores chuva-de-ouro, também conhecidas como árvores *amalta* — a favorita de Saphira —, todas em pleno florescimento. O chão estava coberto de pétalas amarelas.

— Como é que eu nunca ouvi falar deste lugar?

— Eu mesmo descobri faz pouco tempo.

Eles atravessaram o caminho sob uma chuva de pétalas douradas. Saphira ergueu a mão, pegando algumas delas, e sorriu, transbordando de felicidade.

— É lindo, de verdade. Muito obrigada por me trazer até aqui.

Saphira jogou os braços ao redor dele, abraçando-o, e Aiden a puxou para mais perto, sentindo o peito apertado de ternura.

Ele sentia que estava em um sonho — decerto aquilo era um sonho. Como poderia ser real? Como ele poderia ter tanta sorte? Chegava a dar medo.

Aiden queria se agarrar a cada momento, capturá-los como vagalumes em um jarro para o caso de serem efêmeros.

Mesmo que esse fosse todo o tempo que lhe restasse, ele estaria em paz e morreria feliz. Só um momento ao lado de Saphira já teria feito todos esses anos valerem a pena.

Saphira se afastou, olhando ao redor com os olhos arregalados. Ela sorriu.

— Eu amei.

E Aiden sabia que a amava. Ela já a amava fazia algum tempo, e talvez naquele dia, se tudo corresse bem, ele diria isso a ela.

Mas não ainda. Não queria assustá-la.

Eles se sentaram à sombra de uma árvore na grama, conversando e se beijando e rindo até as cores do céu ficarem mais escuras. Sparky brincou sozinho, depois foi se juntar a eles.

— Está com fome? — indagou Aiden. — Quer voltar para o jantar? Eu cozinhei pra você.

— Sim! Adoro sua comida. Vamos.

Aiden dirigiu de volta para sua casa e, quando os dois entraram, ele não acendeu as luzes de imediato. Saphira tentou alcançar o interruptor, mas ele a deteve.

— Espera — pediu ele, parecendo nervoso. — Quero te mostrar uma coisa.

Aiden pegou Sparky no ar, depois foi até a mesa de jantar, com Saphira logo atrás dele. Em cima da mesa havia uma vela cônica.

— Beleza, amigão — sussurrou Aiden para Sparky. — Do jeito que a gente treinou.

Sparky respirou fundo, depois soltou uma chama muito controlada. A vela se acendeu, com um fogo bruxuleante.

— Ah! — O rosto de Saphira se iluminou. — Bom trabalho, meu anjinho!

Ela acariciou Sparky, que ronronou contente. Depois, se voltou para Aiden, impressionada. Controlar o fogo de um dragão naquele nível exigia uma técnica avançada, e ele devia ter levado um tempo para treinar Sparky para executar um truque daqueles.

— Como você...? — começou ela, encantada.

— Andei treinando Sparky por conta própria — explicou ele.

Aiden não tinha comentado antes porque queria surpreendê-la. Os olhos de Saphira se iluminaram, e ela sorriu. Ficou na ponta dos pés e ergueu a cabeça para beijá-lo. Aiden saboreou o gosto doce dos lábios dela, suspirando enquanto a beijava.

Mesmo enquanto vivia o momento, ele já sabia que a lembrança daquele dia seria um capítulo marcado em sua memória, um trecho preferido grifado para o qual voltaria muitas vezes.

Foram interrompidos por uma batida na porta. Aiden franziu as sobrancelhas, perguntando-se quem poderia ser.

Ele foi atender, ligando as luzes do chalé no caminho. Abriu a porta, e então piscou surpreso ao ver quem estava ali. Eram Emmeline e Genevieve.

— Olá! — disse Emmy.

— Viemos jantar — anunciou Ginny. — Então acho bom você ter feito alguma coisa boa.

Elas passaram por Aiden e pararam quando viram Saphira.

— Ah, foi mal — falou Emmeline. — Não sabia que você estava num encontro.

— Pois é — respondeu Aiden, com um olhar fulminante. — Então, por favor, vão embora.

— Foi você quem disse pra eu vir jantar aqui qualquer dia — protestou Genevieve.

— Mas não esta noite!

Ele tentou enxotá-las porta afora, mas Saphira colocou a mão no braço dele.

— Não, tá tudo bem, deixa elas ficarem — disse Saphira, sorrindo.

Aiden a puxou para um canto.

— Tem certeza? — perguntou ele em voz baixa. — Porque não tenho nenhum problema em expulsá-las.

— Não, eu gosto de ver você com elas — assegurou Saphira, rindo. — Mesmo quando as mulheres da sua vida estão te enchendo o saco, você é muito paciente.

Ele se voltou para Emmeline e Genevieve.

— Tá bom, *beleza*, podem ficar.

— Por favor, fiquem! — acrescentou Saphira. — Podemos todos jantar juntos.

— Viu só, é por isso que você é minha favorita — provocou Emmy, passando um braço ao redor de Saphira.

326

— Para cima deles, Time Saph! — exclamou Ginny, abraçando Saphira pelo outro lado.

Mesmo que no começo Aiden tivesse ficado irritado com a intromissão, vê-las com Saphira o deixou muito feliz de forma surpreendente.

Ele amava ver Saphira se encaixando com facilidade em sua vida, como se sempre tivesse sido o destino dela estar ali. Era como se ele tivesse passado a vida toda guardando um lugar para ela, mesmo sem saber quem ela era, e ela enfim tivesse chegado.

— Então, o que você preparou? — quis saber Emmeline.

— Tô morrendo de fome — completou Genevieve.

— Posso ajudar em alguma coisa? — perguntou Saphira, dirigindo-se à cozinha, mas Aiden entrou na frente dela, bloqueando o caminho.

— Não, não, isso é uma surpresa — disse ele, com as mãos nos ombros de Saphira, fazendo-a dar meia-volta. — Vai sentar.

Saphira deu de ombros.

— Já que insiste.

Aiden se virou para Emmeline.

— Emmy, você pode ficar e ajudar.

— Pode deixar, chefe.

Ginny foi se sentar com Saphira no sofá, e Aiden lançou para a irmã um olhar de alerta para que ela se comportasse, enquanto Emmeline ia para a cozinha. A prima foi até o fogão, onde ergueu a tampa da panela. O rosto dela se iluminou quando viu o que havia lá dentro.

— Meu Deus? — Ela piscou, erguendo os olhos para Aiden. — Como você fez isso?

— Parece bom? — perguntou ele, preocupado.

Era uma receita chamada *kachnar gosht*. Saphira mencionara certa vez que seu prato favorito era um curry com carne de carneiro feito com botões de flor. Ela não sabia o nome, então foi difícil encontrar uma receita, mas ele conversara com a mãe de Emmeline, e ela soube na hora do que se tratava.

— Parece ótimo — disse Emmeline. — Minha mãe te ensinou?

Ele assentiu.

— Eu a vi preparar uma vez, depois pratiquei com ela, e então pratiquei sozinho.

Ele fizera a maior parte da receita mais cedo naquele dia; só precisava aquecer e terminá-la, além de esquentar o *naan* que acompanhava o prato.

Emmeline estava bastante impressionada.

— Você acha que a Saphira vai gostar? — questionou ele, em voz baixa para que a amada não ouvisse.

— Ela vai amar — respondeu Emmy, sorrindo.

Ela esquentou o *naan* enquanto Aiden terminava o curry, depois saiu para se juntar às garotas no sofá, e as três ficaram conversando e rindo.

Aiden olhou para elas da cozinha, admirando a cena aconchegante.

Quando a comida ficou pronta, ele a pôs na mesa com o *naan* em uma cesta de pães. Estava feliz por ter feito bastante, mas nervoso porque nunca tinha preparado aquele prato específico para receber alguém. Já tinha feito outros tipos de curry, mas não aquele.

— O jantar está servido! — anunciou ele.

Elas foram até a mesa.

— Hum, o cheiro está delicioso — disse Ginny.

Saphira estava logo atrás dela e, quando viu a mesa posta, seu rosto se iluminou ao reconhecer o prato. Ela arfou, levando a mão à boca. Os olhos dela se encheram de lágrimas.

— Ah, não, eu estraguei o prato? — perguntou ele. — Eu te ofendi?

— Não! — Ela riu. — Parece perfeito! Mas como você... isso é... quer dizer... — Saphira estava sem palavras, com a voz embargada. Ela encarou Aiden com um brilho no olhar. — Obrigada.

Os quatro se sentaram, e Aiden respondeu:

— A mãe da Emmy me deu a receita. Espero que esteja parecido. Provavelmente não vai ser do jeito que a sua avó fazia, mas espero que chegue perto.

Ele serviu Saphira primeiro, depois as outras. Aiden esperou, sentindo um frio na barriga enquanto observava Saphira dar a primeira garfada.

— Ai, meu *Deus*. — Ela levou a mão ao coração. — Tá tão bom.

— Sério?

— Sério.

Aiden soltou o ar, relaxando. Então se serviu, e todos comeram.

— Sinto muito, muito mesmo, por invadir o encontro especial de vocês, mas isso está bom demais, então não sinto tanto assim, na verdade — disse Genevieve.

— Eu também — acrescentou Emmeline.

— Bom, *era* pra ter sido uma refeição especial só para Saphira... — lembrou Aiden.

— Não, está tudo bem! — Saphira sorriu. — Sabe, eu sempre quis compartilhar as refeições com uma família maior quando éramos só eu e a Nani-Ma. Ela me contava o tempo todo histórias da infância, de como ela e os parentes brigavam pelo melhor pedaço de carne e roubavam uns dos pratos dos outros, como a mesa era cheia e agitada... e agora eu finalmente sei do que ela estava falando. — Saphira soltou um suspiro de felicidade. — Então muito obrigada, todos vocês.

— Ahhh — falou Ginny.

— Isso é tão fofo — concordou Emmy.

Aiden só estava feliz por Saphira estar feliz. Debaixo da mesa, ele apertou o joelho dela, e ela colocou a mão sobre o dele.

Os quatro comeram, conversando sobre amenidades. As mulheres contaram histórias constrangedoras da infância de Aiden, que lhes implorava que parassem. Então Emmeline começou a reclamar de Luke, que tinha uma marca de café torrado por quimeras, e Genevieve falou das aulas na faculdade, onde estudava História dos Dragões.

— Você deve estar muito animada pra ter seu próprio dragão — comentou Saphira.

— Sim, meu Deus, não vejo a hora — respondeu Ginny.

— Para o que você está mais animada?

— Para voar, é claro! A fase de filhote é muito caótica pra mim.

— Como assim? Queria que o Sparky ficasse pequenininho assim para sempre. Ele é tão fofo.

A criatura em questão já estava grande o bastante para comer comida de verdade, então estava se alimentando da mesma coisa que eles em sua tigela de dragão no chão, sem dúvida se deliciando.

Quando terminaram de comer, Emmeline ajudou Aiden a limpar tudo como forma de agradecimento, enquanto Saphira e Genevieve brincavam com Sparky.

Quando estavam se preparando para ir embora, Genevieve pegou Sparky no colo.

— Vou levar esse carinha comigo — disse ela. — Ele quer uma festa do pijama com a tia favorita, não quer?

Sparky bateu as asinhas, animado. Aiden olhou para Saphira.

— O que você acha? — perguntou ele.

— Acho ótimo — respondeu Saphira.

— Tem certeza de que dá conta? — indagou Aiden.

— Tenho, claro que sim — afirmou ela com tranquilidade.

Aiden também sabia que havia muitos ajudantes na casa, se ela precisasse.

As mulheres se levantaram para ir embora com Sparky. Aiden e Saphira os levaram até a porta, quando Emmeline brincou:

— Não se divirtam demais!

Ela e Genevieve riram.

— Para, não seja nojenta — disse Ginny, dando um tapinha em Emmy, mas Aiden sabia que as duas estavam felizes por ele.

— Tchaaaau — falou Aiden, fechando a porta com um baque satisfatório.

Por fim, ele suspirou.

Aiden se virou e encurtou o espaço entre ele e Saphira, unindo seus lábios em um beijo voraz. Ela gritou de surpresa, depois retribuiu o beijo, sorrindo contra a boca dele.

— Você esperou um tantinho por isso, né?

— Sim — confirmou ele, a respiração ofegante. — Achei que elas não iam embora nunca.

— Bom, elas se foram — falou ela com um sorriso.

— Graças a Deus.

Aiden puxou Saphira para mais um beijo ardente, desesperado por ela. Foi a empurrando para dentro da casa, inalando o aroma doce de rosas na pele dela.

Levou a mão ao cabelo dela e, com dedos ágeis, desfez o laço. Os cachos caíram para a frente, e ele torceu os fios nos dedos, puxando a cabeça de Saphira para trás com delicadeza e intensificando o beijo.

Ela soltou um gemido leve, e o coração de Aiden palpitou de urgência, tanto de desejo físico quanto de palavras que ele não podia mais esperar para dizer.

Ele se afastou, segurando o rosto dela entre as mãos. Saphira abriu os olhos, suas pupilas, dilatadas. Ele afagou suas bochechas. Um sorriso vagaroso se abriu no rosto dela.

— Saphira — disse Aiden, com a voz carregada. — Você não deve ter dúvidas sobre os meus sentimentos por você, mas, caso não esteja claro, permita que eu corrija isso agora. É como se tudo que veio antes de eu te conhecer tivesse sido apenas o prólogo da minha vida; depois de te conhecer, a história de verdade começou. Como se minha vida real tivesse começado no dia em que eu te conheci. Tudo isso é pra dizer… eu te amo. Profunda, apaixonada e loucamente, eu te amo.

Aiden estava ofegante, o coração batendo rápido. Ele observou enquanto as palavras eram assimiladas, os olhos de Saphira se iluminando e, embora não houvesse nada além de alegria no rosto dela, mesmo assim ele se preocupou com como ela responderia, com o que ela poderia dizer.

— Aiden. — O sorriso dela se alargou. — Eu também te amo. Conhecer você foi a melhor coisa que já me aconteceu. Você não está só no meu coração; você *é* o meu coração.

Aiden nunca acreditara de verdade em magia. Mesmo que morassem em um mundo de dragões e quimeras e outras criaturas míticas, a magia sempre lhe parecera um pouco improvável demais.

Mas o que sentia por ela — o que Saphira, de alguma forma, de algum jeito, sentia por ele — não era nada além de mágico.

24

Saphira tinha a sensação de estar flutuando. Já suspeitava havia algum tempo que estava apaixonada por ele, que o amava. Quando Aiden terminou de lhe dizer aquelas palavras, ela sentiu que *era claro* que o amava. Era a coisa mais óbvia do mundo.

Ela o puxou para um beijo, abrindo a boca contra a dele, derretendo-se em seus braços. Um gemido irrompeu da garganta de Aiden quando ele a ergueu e a puxou para mais perto. O corpo de Saphira pressionava o dele, cada centímetro querendo fundi-los num só. Ela o queria, por inteiro. Queria naquele segundo.

Saphira se afastou.

— Onde é o seu quarto? — perguntou ela, sem fôlego.

Os olhos de Aiden ardiam com um desejo incandescente.

— Tem certeza? — questionou ele, a voz rouca.

A pele de Saphira formigava. Ela estava tão feliz por ter tirado o dia seguinte de folga.

— Tenho.

Ela o puxou para mais um beijo.

Aiden a ergueu do chão, e ela prendeu as pernas ao redor da cintura dele, arfando com o contato. Ele mordiscou os lábios dela, fazendo sua pulsação disparar.

Ele a levou até o quarto, depois a deitou com muito cuidado na cama. Saphira se agitou, o corpo inquieto por estar longe do dele, algo que Aiden remediou depressa ao beijá-la de novo. O som da respiração irregular de ambos encheu o espaço enquanto os dois trocavam beijos intensos, cada um mais repleto de expectativa e urgência do que o outro.

— Tira — disse ela, erguendo a camisa de Aiden.

Ele a tirou com um gesto ágil, e ela o encarou, absorvendo a visão dele, e então os dois voltaram a se beijar, o corpo dele pressionando o dela nos lençóis macios.

Saphira sentiu os músculos do abdômen dele se contraírem ao seu toque, enquanto suas mãos exploravam, ávidas, cada centímetro de corpo de Aiden.

As mãos dele deslizaram por baixo do vestido, os dedos ágeis procurando a pele nua, e um calor percorreu o corpo de Saphira. Um som carregado de desejo escapou da garganta dela quando ele puxou o vestido, e ela interrompeu o beijo apenas o tempo necessário para tirá-lo.

Com mãos reverentes, Aiden removeu o resto das roupas dela, e os batimentos de Saphira eram desconcertantes enquanto ela o despia também.

Então eles voltaram a se beijar, só línguas e dentes e pele e nervos. O sangue de Saphira rugia em seus ouvidos, e o coração pulsava com ardor.

Ela o puxou para mais perto, tomada por um torpor onírico enquanto ele a tocava em todo lugar. A pele de Saphira queimava conforme os dedos dele se moviam. Ela gemeu, o corpo inteiro retesado de desejo.

Então, finalmente, o corpo dele cobriu o dela, e a sensação foi catastrófica, deliciosa, *certa*. Saphira enterrou as unhas nas costas dele, querendo-o ainda mais perto, e ele fez um som sufocado em resposta. Aiden a beijava com ardor, voracidade, enquanto o atrito entre eles se tornava frenético, elétrico.

Todo o resto se desfez, até restarem apenas os dois, a sensação dele ao penetrá-la, os corpos se movendo juntos, as batidas aceleradas do coração dele, os lábios, as mãos, a pele.

Desejo e prazer — tanto prazer.

25

Na manhã seguinte, Saphira acordou com o melhor tipo de exaustão. Os dois tinham passado horas em claro na noite anterior, incapazes de se fartarem um do outro, então, quando enfim adormeceram, dormiram como pedras.

Saphira abriu os olhos e descobriu que Aiden não estava lá. Ela se espreguiçou, depois foi ao banheiro. Arregalou os olhos quando se viu no espelho e tentou não rir diante da imagem.

O cabelo de Saphira estava uma bagunça, cortesia das atividades da noite anterior, e ela tinha um chupão enorme na região sensível do pescoço. Ela sentiu o corpo esquentar diante das lembranças.

Saphira se lavou e roubou uma camisa do guarda-roupa de Aiden. A peça tinha um detalhe floral bordado no peito e passava dos quadris. *Fofa*. Talvez ela ficasse com a camisa.

Trançou o cabelo para trás, de modo que não ficasse tão bagunçado, e estava prestes a sair do quarto quando a porta se abriu e Aiden entrou. Ele estava sem camisa, usando apenas cueca boxer, e carregava uma bandeja.

Saphira se deliciou com a visão (tanto do corpo dele quanto do café da manhã), mas ele pareceu desapontado por ver que ela já estava acordada.

— O que você está fazendo? Volta pra cama!

Ela ergueu as mãos.

— Tá bom, tá bom.

Saphira voltou para a cama, depois deu um passo além, fingindo voltar a dormir. Ela sentiu a cama se mexer quando Aiden se sentou e pigarreou.

Ela abriu os olhos outra vez.

— Ah! Café da manhã na cama! Que surpresa! — Ele riu e deu um beliscão nela, que deu um gritinho. — Não, sério, parece maravilhoso.

A bandeja tinha um prato de rabanadas empilhadas, xarope de bordo, uma tigela de frutas vermelhas e um vasinho de rosas vermelhas. Já havia um jarro de água e dois copos na mesa de cabeceira dele.

— Você é um amor — disse ela, beijando a bochecha dele.

— Só o melhor pra minha garota.

Aiden lhe serviu um copo de água, e ela deu um longo gole.

— Eu precisava disso.

Enquanto Saphira bebia, Aiden observou o pescoço dela, notando o chupão, com um brilho convencido nos olhos.

— Já volto.

Ele saiu, voltando logo depois com um quadradinho de babosa, com um lado cortado para revelar o gel, que ele esfregou no pescoço dela. Era refrescante e relaxante.

— Hum, que delícia.

Ela amava como ele cuidava dela. Saphira pegou o xarope, despejando uma quantidade insana na rabanada, sob o olhar atento de Aiden.

— Come um pouco das frutinhas também, por favor — pediu ele enquanto Saphira acrescentava uma colherada de chantilly.

— Ah, achei que eram pra você.

Aiden riu.

— São para *nós dois*. Você precisa de nutrientes.

— Rabanada tem nutrientes! — Saphira deu uma mordida grande, saboreando o pão doce. — Tão gostoso.

Com um sorriso, Aiden lhe deu as frutinhas, que também estavam bem doces, e os dois tomaram café da manhã juntos, com os pés roçando um no outro debaixo dos lençóis.

Quando terminaram de comer, ele deixou a bandeja de lado e ela se alongou, de barriga cheia.

— Estou tão feliz por ter tirado o dia de folga.

Saphira se aconchegou, afundando mais na cama. Já passava de meio-dia, e a luz do sol jorrava dentro do quarto, deixando tudo quente e dourado. Ela se virou para ele.

— Então, o que você quer fazer? — perguntou ela.

Um brilho malicioso atravessou os olhos de Aiden.

— Tenho alguns planos.

O verão começou, e Saphira nunca se sentira tão feliz. Ela e Aiden passavam todo o tempo livre que tinham juntos. Às vezes, passavam a noite no chalé repleto de plantas de Aiden, onde ele cozinhava para ela e lhe contava tudo sobre diferentes flores e os dois riam e se beijavam e riam um pouco mais.

Alguns dias ficavam no apartamento dela, onde ele também cozinhava, mas Saphira ao menos tentava ajudar acrescentando ingredientes vitais como queijo, manteiga e creme de leite quando ele esquecia. Sparky amava que os dois estivessem juntos e estava ficando cada vez maior, com o treinamento quase completo.

Mas nem tudo era fogo e diversão; eles também passavam tempo juntos fazendo atividades banais. Porque, afinal, não era justamente isso que dava sentido ao amor? Ter alguém para testemunhar a vida a seu lado? Ter alguém com quem conversar, alguém com quem reagir ao mundo?

Certa noite, Saphira tinha que lidar com todas as contas, então Aiden a ajudou. Ele ficou muitíssimo chocado com a desorganização dela.

— Isso está me estressando — declarou ele.

Então Aiden pegou o notebook dela e todos os recibos e boletos e criou um sistema surpreendentemente coeso. Ele tinha muita habilidade com números por causa de sua empresa de jardinagem e compartilhou várias dicas com ela, as quais Saphira teve o maior prazer e disposição de aceitar e implementar.

— Como é que você é tão bom nisso? — perguntou ela, impressionada.

— Eu adoro matemática — respondeu ele. Saphira ficou boquiaberta. — Tudo sempre dá certo, e você não precisa se preocupar ou fazer suposições.

— Hum, faz sentido — disse ela. — Mas você tem que saber o que fazer, pra começo de conversa.

— É, mas dá para aprender as regras com facilidade — replicou ele. — Sinto que, na vida real, eu sempre preciso me preocupar ou me perguntar se estou fazendo algo errado. Praticar as coisas na cabeça, pensar demais, me preparar demais.

— Eu notei isso em você no começo — comentou Saphira. — Você era muito introspectivo, mas acho que não é mais tanto assim.

— É porque com você eu me sinto confortável — explicou ele. — Você faz tudo ficar quieto, do melhor jeito.

— Mesmo eu sendo tão barulhenta?

Aiden riu.

— Mesmo você sendo tão barulhenta.

Eles passaram algumas noites trabalhando com os números, e as mudanças que Aiden sugeriu ajudaram Saphira a passar ainda mais tempo longe da cafeteria. Ela tirava mais dias de folga, o que era preferível — ela não se cansava de ficar perto de Aiden.

De vez em quando, os dois saíam para comer com Theo e Lavinia; Saphira amava ver Aiden se encaixar com tamanha facilidade em sua vida, com as pessoas que ela amava. Tanto Theo quanto Lavinia gostavam muito de Aiden, o que deixava Saphira feliz. Significava muito para ela que ele passasse tempo com as pessoas que eram importantes em sua vida.

Ela desejava que Nani-Ma pudesse tê-lo conhecido; sabia que sua avó teria amado Aiden, assim como Saphira amava.

Saphira estava tão feliz. Não conseguia acreditar que aquela era a vida dela, que Aiden era seu. Ela podia tocá-lo sempre que tivesse vontade. Às vezes, de manhã, quando acordava antes dele, Saphira assistia a ele dormir, tocando a curva dos cílios escuros, tracejando o nariz, a boca.

Então ele acordava e lhe beijava os dedos, segurando a mão de Saphira e beijando sua palma, seu pulso. Os dois voltavam a dormir, a mão dela repousando na bochecha dele, os dedos dele no pulso dela.

Ela sempre acreditara em mágica, e o que sentia por ele — o que ele sentia por ela — apenas confirmava sua fé inabalável durante todos aqueles anos, como se ela estivesse enfim sendo recompensada.

Tudo era lindo, perfeito, maravilhoso.

Tirando o fato de que, às vezes, quando os dois saíam juntos, Saphira sentia que as pessoas da cidade a observavam. Ela ficava insegura, meio paranoica, então escutava o que pareciam ser conversas alheias sobre ela.

No começo, Saphira tentou se convencer de que estava sendo dramática, de que estava imaginando coisas. Mas aquilo era como uma pedra no sapato que ela não conseguia tirar.

As inseguranças estavam crescendo, afetando-a cada vez mais. Ela não parava de pensar na mãe, que tinha tentado ter algo que não lhe pertencia ao comprar um dragão no mercado clandestino, e como isso, no fim das contas, levara à sua ruína. Saphira achava que conseguia entender aquele desespero agora; não conseguia imaginar uma vida sem Sparky.

No entanto, ainda que ela estivesse treinando Sparky, o dragão não lhe pertencia de verdade, e jamais pertenceria. Saphira não era de uma família Drakkon e não podia mudar isso.

Havia os comentários e olhares enviesados. Ela era afetada por eles, sobretudo porque o treinamento de Sparky estava quase completo, e ela perderia a ligação oficial com o dragãozinho.

Saphira estava em uma posição muito melhor com a cafeteria, mas, se o treinamento de Sparky acabasse, ela não seria mais paga, e estava tão perto de quitar as últimas parcelas do financiamento. Aiden se ofereceu para pagá-las, mas ela não queria caridade.

Ele já tinha lhe dado um presente muito caro recentemente: dois braceletes dourados idênticos para completar seu conjunto. Ela amava o presente e usava todos os dias, e podia aceitar algo do tipo — mesmo que parecesse exagero —, mas não podia aceitar que ele pagasse a última parcela do financiamento.

A cafeteria era algo que ela precisava completar por conta própria. Fora o dinheiro de Nani-Ma que dera início àquele sonho, e era Saphira quem tinha que terminá-lo.

Certo dia, ela estava caminhando pela rua principal, rumo à sorveteria, quando ouviu seu nome. Eram duas garotas que fofocavam à toa, sem se preocupar com o que diziam ou quem poderia ouvi-las. Eram de famílias Drakkon, e Saphira já vira as duas voando em seus dragões no alto de Vale Estrelado.

Estavam falando sobre Saphira e Aiden, com desdém e perplexidade evidentes no tom de voz.

— Só não consigo acreditar que eles estão juntos de verdade — disse uma delas.

— Só deles ficarem já é difícil de entender, mas namorar sério? Não faz sentido.

— Não é? Ela nem é uma de nós! É uma forasteira.

E aquela palavra: *forasteira*. Ela abalava Saphira profundamente, e foi então que ela decidiu. Basta. Ela precisava se provar. Não podia continuar daquele jeito.

Saphira lembrou o que Mireya dissera no Monte Echo, que havia um ritual disponível para os forasteiros que se casavam com membros de famílias Drakkon. Para que eles pudessem se enquadrar em meio aos dragões.

Talvez, se Saphira fizesse o ritual, ela deixaria de se sentir daquela forma. Talvez a sensação de não pertencer desaparecesse.

Ao amanhecer, Saphira acordou e saiu antes de Aiden acordar.

26

Quando Aiden despertou, a primeira coisa que notou foi que Saphira não estava lá. Ela não tinha o costume de sair da cama antes dele, mesmo quando acordava primeiro. Ele olhou ao redor, confuso, mas Saphira não estava no quarto.

Aiden olhou em volta à procura de um bilhete. Uma ou duas vezes ela saíra da cama antes, e em todas as ocasiões lhe deixara um bilhete. Naquele dia, porém, não havia nenhum.

Ele saiu do quarto dela e se dirigiu à área principal, onde Sparky descansava em sua caminha.

— Oi, Spark — disse Aiden, acariciando o dragão. — Cadê a Saphira?

Sparky piscou, sem resposta. Se Saphira estivesse no apartamento, o dragãozinho teria direcionado Aiden para o lugar, mas ela não estava lá.

Aiden procurou o celular e ligou para ela. Chamou e chamou, mas Saphira não atendeu. Ele franziu as sobrancelhas, preocupado.

Ele se trocou rápido e desceu até a cafeteria com Sparky, onde encontrou Lavinia abrindo o estabelecimento. Era o dia de folga de Saphira, mas talvez tivesse acontecido uma emergência na cafeteria com a qual Saphira estivesse lidando. No entanto, quando Aiden verificou o salão, ela não estava em lugar nenhum.

— Oi, Lavinia. A Saphira está por aí? — perguntou ele.

Lavinia lhe lançou um olhar confuso.

— Eu é que deveria estar te perguntando isso — falou ela. — Por quê? Você não sabe onde ela está?

Aiden fez que não com a cabeça, e uma sensação estranha se espalhou pelo corpo. Ele estava começando a se preocupar de verdade. Aquilo não era do feitio dela.

Ele pensou em para quem mais podia perguntar, e Emmeline lhe veio à mente. Aiden ligou para a prima e, enquanto a ligação chamava, pegou Sparky e saiu da cafeteria.

— Oi, oi — disse ela ao atender.

— Você viu a Saphira?

Aiden começou a andar para o chalé, imaginando que talvez ela estivesse lá, mas então a prima respondeu:

— Vi, deixei ela lá umas horas atrás.

Ele parou de súbito.

— O quê? Lá onde?

— Como assim? Ela foi para o Monte Echo… Você não sabia?

— O quê? — A voz de Aiden saiu aguda de pânico. — Monte Echo? Por quê?

— Ela disse que precisava conversar sobre alguma coisa com a Irmã Mireya — respondeu Emmeline —, então a deixei lá com Torch.

Aiden estava com um mau pressentimento.

— Em, preciso pegar Torch emprestado — disse ele ao telefone, caminhando às pressas rumo ao chalé para pegar o carro. — Te encontro no descampado.

— Tá bom, mas... Aiden, o que está rolando?

— Acho que a Saphira pode estar com problemas. Te vejo em quinze minutos.

Ele desligou, estressado demais para continuar a falar. Pegou o carro e subiu a colina, chegando lá alguns minutos antes do combinado com Emmeline porque estava em alta velocidade. Por sorte, a prima já estava lá, com uma expressão preocupada.

— Como assim, a Saphira pode estar com problemas? — perguntou Emmeline enquanto Aiden corria até Torch, onde a prima o esperava.

— Depois eu explico — falou Aiden, subindo na sela com um movimento ágil.

Torch tomou Sparky em sua pata e, com um chute, tomou impulso e saiu voando.

Conforme voavam rumo ao Monte Echo, Aiden se sentiu mal ao perceber o provável motivo de Saphira ter ido à montanha.

Ele achara o ritual uma bobagem na época — afinal, para ele era óbvio que Saphira pertencia àquele lugar. Mas talvez ela não sentisse o mesmo.

Aiden notara uma mudança sutil no comportamento dela e, quando lhe perguntara a respeito, os dois conversaram sobre como Saphira às vezes se sentia uma impostora por estar com ele — e com Sparky, por sinal —, porque não era de uma família Drakkon. Ele a assegurara de que sem dúvidas o lugar dela era ao lado dele, mas talvez não tivesse sido enfático o suficiente.

Ele queria fazer uma surpresa com a notícia de que tinha alterado a custódia de Sparky para que fosse dividida entre os dois. Ela teria um registro Drakkon dourado; ele sabia que Saphira se sentia insegura a respeito disso e queria lhe dar aquele símbolo para fazê-la se sentir melhor.

Aiden queria que Saphira sentisse que era tão dona de Sparky quanto ele, que ninguém tomaria o lugar dela, mesmo que Sparky já estivesse treinado, a cafeteria estivesse indo bem e o acordo dos dois tivesse chegado ao fim.

Mas ele deveria ter feito mais, e antes.

Só torcia para que não fosse tarde demais.

Quando chegaram ao Monte Echo, Aiden apeou e correu para dentro do complexo a fim de encontrar Mireya. Sparky estava logo ao lado de Aiden, voando junto dele.

Aiden encontrou Mireya lendo em uma das salas menores e, quando ele entrou de supetão, a mulher ergueu a cabeça, surpresa.

— Cadê a Saphira? — perguntou Aiden, ofegante.

— Não entendo — disse Mireya, repousando o livro com serenidade. — Você não sabe?

— Irmã, por favor — implorou Aiden.

— Ela foi se tornar uma condutora, mesmo que não tenha sangue de condutor — respondeu Mireya.

Aiden cerrou os punhos e lutou contra a vontade avassaladora de socar alguma coisa. Estava perdendo a cabeça de preocupação, a mente acelerada imaginando cenários terríveis.

— Não importa que ela não seja de uma família Drakkon! — gritou ele, mal capaz de falar.

— Pelo visto, importa para ela.

— Como é o ritual? — quis saber ele, agitado. — Onde ela está?

Mireya franziu as sobrancelhas.

— Sinto muito, Aiden, mas não posso lhe contar.

Ele não era uma pessoa violenta, mas, naquele momento, quis ser, se isso significasse garantir a segurança de Saphira.

— Por favor — ele conseguiu dizer, com muito esforço.

— Não devemos interferir nem podemos perturbar o ritual sagrado — respondeu Mireya, casualmente.

Aquilo era ridículo. Aiden pensou em como forçá-la a contar, mas sentiu algo o cutucar no ombro. Era Sparky, tentando conseguir sua atenção.

— Agora não — disse ele.

Então Sparky saiu voando, e Aiden não teve escolha senão segui-lo. Ele lançou um olhar fulminante para Mireya, depois foi atrás do dragãozinho — assim como tinha feito havia mais de três meses, na noite em que Sparky levara Aiden até Saphira.

— Sparky!

Aiden correu atrás dele enquanto Sparky ziguezagueava pelos corredores, subindo. O dragão saiu e passou por Torch, voando em direção à encosta da montanha.

— Por favor, não tenho tempo para isso — falou Aiden, passando as mãos pelo cabelo. — A gente precisa encontrar a Saphira.

Sparky olhou para a encosta da montanha, fazendo um arrulho, então se voltou para Aiden, com os olhos roxos arregalados, como se tentasse fazê-lo entender alguma coisa.

Mas Aiden não entendia. Mal conseguia enxergar um palmo à sua frente, de tão preocupado que estava.

Sparky se moveu, como se fosse voar encosta abaixo, e Aiden estendeu o braço na tentativa de detê-lo.

— Sparky, o que está fazendo? — perguntou Aiden, exasperado. — A gente tem que encontrar...

Ele estacou, se lembrando de algo, uma informação vital: dragões eram capazes de rastrear seus condutores. O que significava que Sparky podia rastrear Saphira; estava ligado a ela tanto quanto estava ligado a Aiden, se não mais.

Aiden exalou, processando aquela ideia, enquanto Sparky aguardava, ansioso. Ele podia ser um bebê, mas era esperto.

— Bom menino — elogiou Aiden, coçando o queixo do dragão.

Ele correu até Torch, e Sparky o seguiu. Os dois montaram rapidamente, então partiram.

Embora Sparky fosse pequeno demais para voar por conta própria em meio às montanhas, podia comunicar a Torch para onde precisavam ir.

Enquanto voavam através das nuvens, Aiden não podia deixar de sentir que aquilo era culpa sua: ele deveria ter feito mais para protegê-la das fofocas, para reconfortá-la, ou lhe dado o registro Drakkon mais cedo, ou feito um milhão de outras coisas para que ela não tivesse sentido necessidade de se colocar em perigo daquele jeito. Aiden sentia que estava perdendo a cabeça de verdade.

Estava congelando. Nem vestira uma jaqueta, tamanha fora a pressa, mas mal notava o vento que chicoteava sua pele, de tão preocupado que estava em procurá-la, em descobrir onde ela poderia estar.

Sparky conduziu Torch a outra montanha, uma mais alta. Era um pico notável e nítido, rodeado de nuvens, mais alto do que qualquer outra montanha. À medida que voavam na direção dele, a temperatura ia caindo, mas Aiden estava focado. Então ele avistou um pontinho em meio à neve.

— Saphira! — gritou ele, a voz falhando, mas ela não conseguia escutá-lo. Estavam longe demais. Aiden sentiu um aperto doloroso no peito. — Torch, mais rápido!

Eles se aproximaram, e Aiden podia vê-la com clareza, usando um manto escuro. Saphira subia degraus íngremes, com movimentos lentos enquanto avançava em meio ao vento e à neve. Os degraus contornavam a montanha, levando a uma caverna.

Ela estava na metade do caminho, mas o tempo estava horrível demais para fazer aquilo. Era muito perigoso.

— Saphira! — gritou ele de novo, com o coração palpitando de forma dolorosa conforme eles se aproximavam e Aiden percebia o quão íngremes eram os degraus, o quão próximos estavam da borda da montanha.

O desespero fazia seu estômago embrulhar, e ele incitou Torch a ir mais rápido, com mais força.

Então, uma rajada de vento soprou.

E ela escorregou.

27

—O ritual é simples — explicara Mireya para Saphira naquela manhã.

Ela seria deixada em uma montanha, onde teria que subir uma série de degraus até uma caverna. Lá, um dragão estaria protegendo pedras preciosas, entre as quais ela teria que escolher uma. Assim que o fizesse, o dragão ia se comunicar com o Monte Echo, e eles viriam buscá-la.

Fácil! A menos que o dragão ficasse ofendido.

Naquele caso, ela viraria espetinho.

Saphira tinha bastante confiança de que isso não aconteceria. Sparky a amava, assim como todos os filhotes de dragão da cafeteria. Então o ritual seria rápido e simples.

Infelizmente, ele não se mostrou tão fácil quanto ela tinha esperado. Na metade do caminho, Saphira estava com dificuldades. O lugar era altíssimo — muito mais alto do que o Monte Echo — e congelante.

O vento era uma força física que lutava contra Saphira conforme ela subia, e a neve não parava de cair, cortando o rosto dela como minúsculos estilhaços de gelo. Saphira parou para enterrar o nariz no cachecol, recuperando o fôlego.

Ela tinha que fazer aquilo. Então seguiu em frente.

Até que uma rajada de vento soprou contra ela, e Saphira escorregou.

Ela sentiu a barriga se revirar e o coração parar — mas se segurou no último momento.

A neve caiu pela lateral dos degraus, e ela olhou para baixo, vendo a neve desaparecer entre as nuvens. Engoliu em seco, levando a mão ao peito. Saphira tentou manter a calma, reunindo coragem para continuar, apesar de estar tomada pelo medo.

Então ouviu a voz de Aiden chamando seu nome. Saphira piscou. A voz estava distante, o que a fez pensar que devia ser sua imaginação.

Então ela ouviu de novo.

Saphira olhou para o lado, e lá estava ele, entre as nuvens.

Aiden estava montado em Torch, com Sparky na pata do dragão.

— Aiden! — gritou ela, surpresa.

— Saphira, meu Deus — disse ele, a voz trêmula. Torch parou ao lado dos degraus para que ela ficasse na mesma altura de Aiden. O rosto dele estava pálido, os olhos exalando preocupação. — Você está bem? — A voz dele falhou. Ele a examinou, procurando por qualquer ferimento. — Por favor, vamos para casa.

— O que está fazendo aqui? — perguntou ela, examinando-o também. — Por que está sem jaqueta?

353

— Você vai acabar me matando — falou Aiden, ignorando as perguntas dela. — Você não precisa fazer isso, não precisa provar nada. O Sparky te ama; ele é tanto seu quanto é meu. Foi ele quem te encontrou! E os dragões só conseguem rastrear seus condutores. Ele só conseguiu fazer isso porque você é dele. — Ele parou de falar, emocionado. — Saphira, eu te amo. — Os olhos de Aiden se encheram de lágrimas. — Eu te amo.

— Eu também te amo — respondeu ela, a voz carregada de emoção.

— Por favor, me deixa te levar para casa — implorou ele. — Só quero que você fique segura. Se alguma coisa acontecer com você, eu vou morrer de verdade.

Saphira foi atravessada pela culpa. Ela odiava ver Aiden tão preocupado. Fora por isso que não lhe contara que ia fazer aquilo. Ela imaginara que já estaria em casa quando ele se desse conta de que ela havia sumido.

— Sinto muito, Aiden — disse ela aos soluços. — Mas eu tenho que fazer isso. Preciso provar pra mim mesma, se não para os outros.

O rosto de Aiden desabou. Ele parecia atordoado, pensando em alguma coisa, e ela se preparou para uma discussão, para ouvi-lo tentar convencê-la a ir para casa.

Mas ele só soltou um longo suspiro, resignado.

— Ok. — Aiden engoliu em seco. — Mesmo que isso esteja me matando, se é algo tão importante para você, eu não vou te impedir.

Ela soltou um suspiro de alívio.

— Obrigada.

Saphira ficou esperando que Aiden voasse de volta para o Monte Echo, mas ele a surpreendeu direcionando Torch para cima, em uma rota paralela ao caminho dela.

— Me deixa pelo menos te dar cobertura — pediu ele. — Se você cair, vou estar aqui para te pegar. Prometo.

Aiden estava com ela, dando apoio, observando-a. Ela se sentiu revigorada.

Então Saphira seguiu adiante.

28

Devagar, dolorosamente, Saphira subiu o resto do caminho e, daquela vez, não teve medo. Aiden estava logo ao lado dela, observando-a com uma concentração silenciosa, e ela sabia que, se escorregasse, ele se lançaria para pegá-la, mesmo que isso significasse cair junto.

Por sorte, ela chegou ao topo sem mais nenhum susto.

Quando o fez, Aiden pousou Torch, depois saltou do dragão, correndo direto para Saphira. Sparky estava atrás dele, saindo da pata de Torch. Antes mesmo que ela pudesse reagir, ele a puxou para si, abraçando-a com força.

Ele enterrou o nariz no pescoço dela, a respiração irregular. Saphira podia sentir o quão assustado ele estava.

— Eu estou bem — falou ela, afastando-se e segurando o rosto dele. — Eu estou bem.

— Era só isso? — perguntou ele.

— Não, eu preciso entrar — explicou ela. — Tem um dragão protegendo as gemas, e eu preciso pegar uma.

Ele voltou a apertá-la, assustado, mas depois soltou um suspiro controlado.

— Eu sei que você consegue — encorajou ele, em voz baixa. — Vou estar esperando bem aqui.

Saphira sorriu, puxando a boca dele para si. Ele a beijou com firmeza, depois se afastou antes que se empolgasse. Aiden repousou a testa na dela.

— Boa sorte — sussurrou ele.

Ela se afastou dos braços dele, sentindo o ar frio ao seu redor. Sparky alçou voo e lambeu o rosto dela, abraçando o pescoço de Saphira com as patinhas. Ela o apertou.

Então, ela encarou a caverna. Era escura e enorme. De onde estava, ela não conseguia ver o interior, com exceção de um breve cintilar aqui e ali. Ela deu um passo à frente e, de repente, sentiu medo.

Talvez fosse bobagem, mas ela não conseguia se livrar da insegurança que sentia nas profundezas de seu ser. Se Saphira tivesse sucesso em obter a gema, ela a usaria para que todos soubessem sem sombra de dúvida que ela pertencia.

Saphira respirou fundo e entrou na caverna. A escuridão a cercou por completo, mas ela continuou em frente, até sentir uma baforada quente contra o rosto.

Ela deu um passou adiante e, de repente, luzes encheram a caverna: gemas cintilantes em branco, preto, vermelho e azul brilhavam ao redor dela. E no centro jazia um dragão adormecido.

Engolindo em seco, Saphira chegou mais perto. Então o dragão despertou.

Ela pulou para trás, com o coração acelerado à medida que o dragão despertava por completo, erguendo-se. Era o maior e mais velho dragão que Saphira já tinha visto, com o dobro do tamanho de Torch e dos outros dragões com os quais ela já interagira. Também era de uma raça diferente das quatro com as quais estava acostumada em Vale Estrelado; aquele tinha escamas verdes e douradas, e os olhos dele eram um caleidoscópio de diferentes cores.

Ela nunca vira nada parecido — nem sequer sabia que uma criatura daquelas existia! Ter aquela visão agora era uma maravilha, mesmo que fosse assustador. E *era*.

O dragão notou sua presença e soltou um grunhido grave, provocando um arrepio em Saphira.

Ela soltou um suspiro trêmulo, enraizada no lugar quando o rosto do dragão se aproximou. Saphira tinha a impressão de que não poderia apenas arrancar uma gema da parede; precisava deixar que o dragão a avaliasse primeiro, conquistar a permissão dele.

Então, o dragão rugiu no rosto dela. Sua respiração quente a atingiu como uma explosão, e o som fez os ouvidos de Saphira doerem. Ela gritou de pavor, apertando os olhos com força. Por mais que quisesse correr, Saphira se manteve firme, imóvel.

O dragão se aquietou, e ela abriu os olhos para ver que a criatura a examinava. O dragão se aproximou, farejando. O coração de Saphira martelava.

Então, o dragão pareceu tomar uma decisão. Saphira se preparou, mas ele curvou a cabeça para ela.

Mesmo que estivesse tremendo, Saphira ergueu a mão e acariciou o dragão. A criatura ronronou, depois se acomodou.

Ai, meu Deus.

Saphira deu um passo cauteloso para longe do dragão, mas o animal se manteve imperturbável. Ela foi até a parede da caverna e escolheu uma gema: a que lhe pareceu mais bonita. A pedra capturou seu olhar de imediato. Era preta e roxa, do tamanho de sua unha.

Saphira voltou a olhar para o dragão, que assentiu para ela. Então, Saphira deu meia-volta e caminhou em direção à luz até sair da caverna. Atrás dela, o dragão também saía da gruta; uma vez do lado de fora, sentindo o ar da montanha, a criatura se alongou, e Saphira percebeu que o dragão era ainda maior do que ela tinha se dado conta.

Ele inclinou a cabeça para trás e rugiu para o céu, lançando chamas coloridas na direção das nuvens. Saphira arfou diante daquela linda visão, e Aiden a abraçou por trás. Os dois contemplaram o fogo, maravilhados.

Então o dragão voltou para dentro da caverna, deixando-os.

Saphira ainda estava atônita; não conseguia acreditar que tinha feito aquilo.

— Saphira — disse Aiden, segurando o rosto dela nas mãos.

Ela ergueu a cabeça e fitou os olhos dele. Saphira abriu a mão, e os dois olharam para a gema em sua palma.

— Eu pertenço — afirmou ela, a voz um sussurro.

— Sempre pertenceu — falou Aiden, e então a beijou.

Ela o beijou de volta, sorrindo e depois rindo contra os lábios dele. Aiden se afastou, balançando a cabeça para ela.

— Você tirou alguns anos da minha vida, mas está tudo bem — brincou ele. — Desde que esteja rindo.

Ela o empurrou, e ele levou uma mão ao coração, dobrando o corpo para a frente.

— Deus, isso foi estressante — desabafou ele. — Preciso recuperar o fôlego.

— Para ser sincera, eu também.

Os dois ficaram em silêncio, puxando o ar. Aiden estremeceu, e ela se lembrou de que ele não estava usando jaqueta. Saphira tirou o manto que Mireya tinha lhe dado e entregou a peça para Aiden, já que ela estava usando um casaco por baixo. Ele vestiu o manto, que era cerca de quinze centímetros curto demais para ele, mas cobria seu corpo bem o suficiente.

Aiden abriu os braços, e ela se aconchegou nele, ambos dentro do tecido, se mantendo aquecidos com o calor corporal um do outro.

— Melhor? — perguntou Saphira, erguendo os olhos para ele.

— Muito.

Ele deu um beijo delicado na testa dela, que se apoiou em Aiden.

Em seguida, Sparky saltou até os dois, querendo se juntar a eles. Saphira riu e o deixou se acomodar entre suas pernas, que ficaram ainda mais quentes com a presença do dragãozinho.

Não havia como negar que ele já estava bem crescido e bem treinado.

— Suponho que nosso acordo esteja chegando ao fim — comentou Saphira, tentando não soar muito triste enquanto coçava o queixo de Sparky.

— Nosso acordo pode estar chegando ao fim, mas meu amor por você é infinito, Saphira — declarou Aiden, soltando-a para levar a mão ao bolso. Ela deu um passo para trás, observando-o tirar algo de lá, erguendo-o entre os dois. — Assim como o amor do Sparky por você.

Saphira arfou. Era um registro Drakkon dourado que estabelecia que ela dividia com Aiden a custódia de Sparky. Ela sentiu um nó na garganta, e seus olhos se encheram de lágrimas.

— Obrigada. Isso é...

Ela não tinha palavras.

— Não precisa me agradecer — afirmou Aiden. — Somos seus, nós dois. O que é um pedaço de papel quando você é dona dos nossos corações?

Saphira sorriu e o beijou, até que Torch resmungou, incomodado por estar tanto tempo no frio.

— Acho que você deveria ir mesmo — disse Saphira com uma risada. — Ou a Mireya vai suspeitar que eu trapaceei.

— Vejo você no Monte Echo — falou ele, roubando um último beijo antes de se dirigir a Torch.

Sparky lambeu a bochecha dela, depois voou para o lado de Aiden. Eles subiram na sela e partiram.

Saphira soltou um longo suspiro, esperando o retorno do dragão que a deixara ali. Pouco tempo depois, a criatura chegou, e ela voou de volta para o Monte Echo com um noviço, ainda sem acreditar direito que tinha feito aquilo. A gema continuava em sua mão, linda e cintilante.

Talvez tivesse sido bobagem se colocar em perigo por aquela pedrinha, mas ela quis fazer isso. Sentia orgulho de si mesma por ter ido até o fim, e estava feliz por Aiden tê-la apoiado, mesmo que estivesse morrendo de medo de perdê-la.

Saphira chegou ao Monte Echo, onde Mireya e Aiden a aguardavam. Ela apeou e foi até Mireya, que a encontrou na metade do caminho, enquanto Aiden permaneceu onde estava.

Saphira abriu a mão e mostrou a gema para Mireya.

— Ótimo. — Pela primeira vez, Mireya sorriu. — Sabia que você conseguiria.

— Sério? — Saphira estava surpresa. — A senhora parecia tão insatisfeita comigo.

— Mesmo assim, eu tinha fé de que você conseguiria. Você e Aiden têm um vínculo.

— Sim, mas não somos casados de verdade… A gente estava fingindo.

Mireya pareceu achar graça.

— Não sou idiota. De qualquer forma, você tem o espírito de uma verdadeira condutora. Não tinha dúvidas de que completaria o ritual e, casados ou não, você e Aiden têm um vínculo profundo, e você e Sparky também têm um vínculo profundo independentemente disso. Vocês três estão entrelaçados. Tudo isso para dizer que sim, você pertence ao mundo dos dragões.

— E quanto à gema? — perguntou Saphira. — Posso ficar com ela como lembrança?

— Use-a com orgulho, mostre-a para todos — respondeu ela. — Ou, se não sentir necessidade, pode vendê-la para nós. Você tem um bom olho. A gema que escolheu é rara. Valerá uma fortuna.

Seria o símbolo perfeito para provar a todos o que ela fizera naquele dia, mas então Saphira percebeu que não precisava provar nada para ninguém, na verdade.

Embora apreciasse a validação de Mireya de que pertencia àquele mundo, Saphira percebeu, depois de ouvi-la dizer isso, que na verdade já sabia. No fundo, ela sabia que seu lugar era entre os dragões; era por isso que não sentira um medo avassalador de completar o ritual.

Ela sabia que Sparky a amava. Sabia que os dragõezinhos da cafeteria a amavam. Tinha permitido que umas poucas vozes cutucassem uma insegurança irracional, mas não deixaria que aquela insegurança a afetasse de novo.

Ela olhou para a gema, que brilhava em sua mão, e pensou na última parcela do financiamento.

— Por quanto eu poderia vendê-la para vocês? — quis saber Saphira.

— Ao menos quarenta mil.

Saphira pestanejou. Aquilo era mais do que suficiente. A gema era linda, mas não era tão importante quanto a cafeteria.

— Perfeito. — Ela entregou a gema para Mireya. — Eu gostaria de vendê-la, por favor.

Mireya assentiu, guardando a pedra preciosa.

— Vou cuidar da transferência.

Então Mireya partiu, e Saphira se virou para Aiden, que observava e aguardava. Saphira sorriu, e ele soltou um suspiro de alívio, o rosto se iluminando.

Ele não sabia o motivo do sorriso dela, mas para Aiden bastava que ela estivesse feliz, o que só fez o sorriso de Saphira aumentar.

Ela foi até Aiden e o abraçou. Ele a girou no ar, sorrindo com o rosto enterrado no pescoço dela.

— Aiden, vamos para casa.

Epílogo

Um ano mais tarde, Aiden retornou ao Monte Echo para buscar a pequena pedra que lhe causara tanto estresse, mas que também era um símbolo da força e da coragem de Saphira. Ela abrira mão da gema pela cafeteria, e agora Aiden a compraria de Mireya para devolvê-la a Saphira.

Só que ele não lhe ofereceria apenas a pedra.

Ele já tinha o anel dourado daquela vez em que estavam fingindo, e os diamantes para cravejar ao redor da pedra central.

Seria o anel de noivado perfeito.

Aiden não via a hora de passar o resto da vida com Saphira.

Agradecimentos

Alhamdulillah por mais um livro publicado! Já é o quinto, o que é muito empolgante; tudo que já conquistei ou fiz é graças às bençãos de Alá (swt). Se você acompanha meu trabalho desde o primeiro livro, obrigada por me aguentar; e, se esta é a primeira vez que lê algo meu, espero que se interesse por meus outros livros também!

Estou muito grata por publicar este livro, e não teria chegado tão longe sem todas as pessoas maravilhosas que me apoiam. Obrigada à minha incrível agente, Emily Keyes, pelo esforço infindável; aprecio tudo o que você faz. Obrigada à minha editora maravilhosa, Amy Mae Baxter, quem primeiro me deu esta ideia e com quem tem sido um prazer trabalhar. Obrigada, Penny Isaac, por fazer um trabalho de preparação tão cuidadoso, e Anne O'Brien pela revisão.

Obrigada a toda a minha equipe na Avon UK, por darem um lar tão fantástico para meu livro! Obrigada, Ellie Game, pela capa e pelo projeto gráfico. Obrigada, Alex Cabal, pela ilustração de capa. Obrigada, Emily Hall e Jessie Whitehead, do marketing, pelo trabalho na divulgação do meu livro.

Obrigada à minha família: Mama, Baba, Sameer, Zaineb e Ibraheem. Obrigada a meus primos e melhores amigos, Hamnah, Umaymah, Noor e Mahum. Obrigada às minhas melhores amigas: Arusa, Isra, Sara e Justine. Amo muito todos vocês!

Obrigada às primeiras leitoras, Umamah e Famke. Eu amo muito, muito vocês e não sei o que faria sem vocês. Obrigada a todos que já divulgaram meus livros, que os recomendaram para pessoas conhecidas, que os requisitaram em sua biblioteca local, escreveram resenhas e/ou compraram um exemplar. Vocês são o motivo de eu escrever livros! Agradeço de coração.

Por favor, orem por mim. Até a próxima! Beijos.

Este livro foi impresso pela Geográfica, em 2025, para a Harlequin.
O papel do miolo é Pólen Natural 70g/m² e o da capa é Cartão 250g/m².